LA NAUSÉE

嘔吐

Jean-Paul Sartre

沙特——著 嚴慧瑩——譯

目次

導讀　存在只是偶然

阮若缺（政治大學外語學院院長、歐洲語文學系法文組教授）

其實沙特早在一九三一年即著手撰寫《嘔吐》，他的首部長篇小說，欲以小說形式，論述偶然性的問題。起初，小說定名為《憂鬱》（*Melancholia*），雖有多位名人推薦，仍遭伽利瑪出版社退稿。期間，西蒙·德·波娃曾建議他在小說敘述中採用一些如偵探小說裡的「懸念」（suspense），這必然為本書增色不少。直到一九三八年，老闆賈思東·伽理瑪經作者同意，將小說名字改為《嘔吐》（*La Nausée*），本書始得以問世，並造成文學界震撼，從此沙特聲名大噪。

法國哲學家尼贊（Paul Nizan）評論道：「沙特先生將成為法國的卡夫卡，……如果他的思想不完全違背道德問題的話……。」卡繆也於報上發表專文讚揚沙特的《嘔吐》，他

《異鄉人》（一九四二年）的主人莫梭，似乎隱約有《嘔吐》一書中主角羅岡丹的影子，同樣對人生感到厭煩及漠然。

《嘔吐》以沙特曾待過的哈佛爾（Havre）為背景，虛擬了布城（Bouville）這個城鎮；主人翁具沙特的人格特質，女主角安妮則與他少年時見過的女星卡蜜兒為藍本，自學者則是他崇拜的當代哲人勒南（Renan）。

羅岡丹是個因失戀而精神崩潰的年輕人，經歷長途旅行後，終於在布城落腳，住在火車站附近的旅館裡。他和曾心愛的女人安妮已分手四年了，如今一切化為烏有，他如行屍走肉般天天上圖書館，蒐集資料，打算撰寫十八世紀侯勒邦的冒險生活史。在那兒他結識了一位自學者，在這位人文主義者的引導下，羅岡丹閱讀不少書籍。晚上，他會到鐵路員工俱樂部，聽那首老掉牙的《時光匆匆》。他感到自己正一點一滴地失去自己的過往，日復一日陷入怪誕混沌的「現在」。他曾以為自己有過浪漫的奇遇記，如今卻意識到那並不存在，充其量只是些「過往」罷了。

後來，羅岡丹感覺到一種神不知鬼不覺的生理轉變，那就是莫名的鬱悶，接著感到噁心，然後就是想吐……有時甚至會產生超現實的恐怖幻覺。存在，是一種見不得的醜態，它令人難忍。某一天，他收到安妮的信，這使他重燃一絲希望，然而他發現安妮變得俗不可耐，放棄了以往追求的「完美時刻」，重逢竟令他放棄了書寫侯勒邦的冒險史。安妮和羅岡丹都察覺存在的虛無，沒什麼好相互傾訴的，因此，羅岡丹又重新陷入孤獨深淵。

既然不寫書了，羅岡丹決定離開布城，重返巴黎。他最後一次上圖書館、最後一次光顧鐵路員工俱樂部、最後一次聽《時光匆匆》這首藍調歌曲……他想：「別了，美麗的百合花，別了，我們的驕傲和我們存在的理由，別了，混蛋們！」

羅岡丹本以為「我思故我在，我在故我寫」；但原來存在只是偶然，沒有理由，存在著的只是荒謬與虛無，而自己則不過是個多餘的東西。「嘔吐」就是對自我存在虛無性的否定反應，在沙特看來，這便是人們對世界、對人生所應會採取的基本態度。曾旅居德國的沙特受到了德國哲學家海德格現象學的影響，而他的作品之所以一鳴驚人，更是因為注入了法國思想家笛卡爾的哲理基底及自我對當代社會性的批判與反思。思想上有所突破，且更令人有所共鳴，這也是《嘔吐》在當代廣受矚目的原因。

獻給海狸[1]

1 譯注：海狸（Castor）是沙特對親密伴侶西蒙・德・波娃的暱稱。

這個男孩對群體來說毫無重要性，他僅僅只是一個個體。

——賽林[2]，《教堂》（*L'Eglise*）

2 譯注：賽林（Louis-Ferdinand Céline.），二十世紀與普魯斯特比肩的法國作家，對沙特影響甚鉅。

嘔吐

La Nausée

出版聲明[3]

這些筆記是在安端・羅岡丹的手稿中找到的。我們毫無修改，直接出版。第一頁沒有標示日期，但我們有充分理由相信是在這本日記開始之前的幾個星期寫下的。也就是說，是在一九三二年一月初之前所寫的。

那個時候，安端・羅岡丹從中歐、北非、遠東國家遊罷歸來，已落腳在布城三年，他計畫在那裡完成對侯勒邦侯爵的歷史研究。

——編輯

3 編注：此頁聲明為《嘔吐》創作的一部分，此處提及的羅岡丹、侯勒邦均是虛構的角色。全書中的「作者注」也是虛構小說的一部分。

沒有日期的篇章

最好還是逐日把發生的事情記下。寫成日記才會看得清楚。不要漏失細微差別、細枝末節，儘管它們狀似無關緊要，尤其應該要把它們分門別類。必須說明我是如何看這張桌子、這條街、那些人、這包香菸，因為改變的就是**這個**。必須精確地界定這個改變的廣度和性質。

譬如說，這是裝墨水瓶的紙盒，我必須試著說出我**之前**是怎麼看它，現在又是怎麼[4]

嗯，這是個平行六面長方形，凸顯在——真蠢，這實在沒什麼可說的。這恰恰是應該避免的，不要把「無」強加上奇特。我想這是寫日記的一個危險：誇大一切，時時窺伺，

4 作者注：這裡空了一格。

不斷扭曲事實。另一方面，我當然能夠隨時——面對這個墨水盒或是任何其他物體——找回我前天對它所產生的感受。我應該隨時準備好，否則這個感受又會從指縫中流失。不能夠[5]而應該對所有發生的事仔細記下詳細的細節。

我現在當然無法明確寫下星期六和前天發生的事，已經隔太遠了；我能說的只是，不論是在星期六或在前天，都沒有發生任何一般所謂的事件。星期六那天，孩子們玩著打水漂，我也想和他們一樣往海面上擲出一顆石子。就在那一瞬間，我停下動作，石子從我手中落下，我走開了，想必是一臉倉皇吧，我背後的那些孩子哄笑了起來。

這是外在的表象，我內心所經歷的感覺並未留下清晰的痕跡。我看見了某個東西，它令我厭惡，但我已不知道我看的是海，還是石子。石子是扁平的，整整一面是乾的，另一面潮濕沾著泥。我捏著邊緣，以免弄髒手。

前天，那又更加複雜了。而且還加上一連串巧合、誤會，連我自己也莫名其妙。但是我不想把這些寫下來。總之，我很確定自己興起了害怕或是類似的感覺。如果我知道害怕什麼就好了，那就已經是向前跨了一大步。

奇怪的是，我完全不覺得自己瘋了，甚至我相信自己完全沒瘋，一切的改變都只涉及物體本身。至少這是我想證實的一點。

十點半[6]

或許我是真的有點精神失常。但是沒有留下痕跡。上星期古怪的感覺今日看來相當無稽，我一點都不再有這個感覺了。今晚我覺得很自在，平庸地處在這世上。這是我的房間，朝向東北方。下面是穆迪雷街以及新火車站的工地。從窗戶看出去，維多黑大道拐角口，是鐵路員工酒吧紅白色火焰招牌的燈。從巴黎開來的火車剛到站，旅客從舊火車站走出來，四散到街上。我聽到腳步聲和說話聲。許多人等著最後一班電車，他們想必就在我窗戶下圍著煤氣燈，聚集成一個悲傷的小群體。他們還得再等幾分鐘，電車十點四十五分才會來。但願今晚沒有出差的旅客前來，我真想好好睡一覺，睡眠實在不足。美美地睡一夜，一夜就好，然後所有的事就會一筆勾銷。

十一點差一刻，不必擔心了，就算晚到的客人也早該到了。除非今天是盧昂那位先生來的日子。他每個星期都來，二樓附浴缸的二號房是專為他保留的。他還是有可能會來，他經常睡前先去鐵路員工酒吧喝杯啤酒。他並不吵，個子矮小，一身整潔，黑色小鬍子抹

5 作者注：這裡有一個字被畫掉（可能是「強加」或是「虛構」），取代的那個字則無法看清。
6 作者注：當然是晚上。接下來的篇章比上面一頁晚很多才寫成。我們傾向於相信最早也是次日才寫的。

上蠟，戴著假髮。喏，他來了。

當我聽到他上樓的聲音，心裡輕輕一震，真是令人安心啊：如此規律的世界，有什麼好擔心的呢？我想我痊癒了。

「屠宰場—大船塢」的七號電車來了。它帶著巨大的匡噹聲響而來，然後又開走。現在它漸漸駛遠，滿載行李和熟睡的孩子，朝著大船塢，朝著工廠，朝著黑暗的東區消失。這是倒數第二班電車，末班車會在一個鐘頭後經過。

我要睡了。我痊癒了，我不打算逐日寫下我的感覺，又不是小女孩每天在嶄新的筆記本寫下日記。

只有一個情況下，寫日記是有意義的，那就是如果[7]

7 作者注：沒有日期的篇章在此中斷。

日記

一九三二年一月二十五日星期一

我身上發生了某件事，這不必再懷疑。它不似一般確切而明顯的事實，而是像疾病一樣，一點一點陰險地定下來；我覺得有點怪異，有點不舒服，就只是這樣。它一旦定下來就不再蠢動，靜靜地待著，這讓我說服自己沒事，只是窮緊張罷了。現在，它茁壯發展了。

我不認為歷史學家這個職業適合做心理分析。在我們這個領域，只處理一些概括性的感覺，將它們統稱為諸如「野心」、「利益」這樣的名稱。然而，若是我對自己有一絲絲的認識，此刻就是用得上的時候了。

譬如，在我手中出現某種新事物，握菸斗或是握叉子的某個方式。或者，是叉子現在有了被握著的某種方式，我也不知道。剛才，我要進臥房的時候，硬生生地停住，感覺到手上有個冷冰冰的物體，它就像具有某種個性，引起了我的注意。我張開手掌一看：只是手握著門把。今天早上在圖書館，自學者[8]過來跟我打招呼，我花了十秒鐘才認出他來。我看見一張陌生的臉孔，幾乎不能算臉孔。還有他那隻手，握在我手中像一條白色的大蠕蟲。我立刻鬆開手，手臂無力地垂下。

在街上也是，一大堆古怪的噪音縈繞不去。

因此，過去這幾個星期發生了一個改變。但是哪裡改變了呢？是個抽象的改變，並不固定在哪裡。是我改變了嗎？如果不是我，那就是這個房間、這個城市、這個景色改變了；必須二者擇其一。

*

我想是我改變了，這是最簡單、也是最令人不悅的的答案。總之，我必須承認，我為這些突然的改變所苦。之所以會這樣，是我絕少去想，於是一大堆小小的蛻變在身上累積，我卻都沒在意，直到某一天，一個真正的革命性轉變發生了，讓我的生命顯出生硬、不協調的樣子。例如我離開法國時，許多人都說我是心血來潮。當我旅遊了六年，突然回來，大家又說是我一時興起。我對當時的情景還歷歷在目，我和去年因貝圖事件辭去官職的梅西耶在他的辦公室裡。梅西耶即將隨考古團前往孟加拉，我一直很想去孟加拉，他催促我跟他一起去。我到現在還不明白為什麼他極力邀我同行，大概是因為他對波塔不放心，希望我在旁監視他吧。當時我完全沒有理由拒絕，就算預感到是為了監視波塔這回事，也應更加欣然接受才對。然而，我全身僵住了，一個字都說不出來。我盯住擺在綠色桌布上，電話機旁的一尊高棉小雕像。我體內似乎充滿了淋巴液或溫熱牛奶。梅西耶以天使般的耐心掩飾住些許不快，對我說：

「我需要得到正式答案，不是嗎。我知道你終會答應，不如立刻接受了吧。」

他蓄著一把黑紅色的鬍子，噴得很香，只要頭一動，我就聞到一股濃濃香氣。接著，突然之間，我從一場持續六年的睡眠中醒來。

我覺得那尊雕像令人生厭又愚蠢，深深感覺到一股厭倦。我無法理解自己為什麼要待

---

8 作者注：是Ogier P...，他將會經常出現在日記裡。他是名執達員的書記。羅岡丹一九三〇年在布城的圖書館和他結識。

在印度支那[9]。我在那裡做什麼？為什麼和那些人談話？為什麼我裝束如此古怪？我的熱情已逝，它曾淹沒我、愚弄我好幾年，目前我感覺自己被掏空了。但這還不是最糟的：在我面前，一個龐大而乏味的思想以一種無精打采的姿態處在那兒，我不清楚那是什麼，但它令我如此反感，我無法正視它。這一切混雜著梅西耶鬍子的香水味。

我強打起精神，對他非常生氣，硬邦邦地回答說：

「感謝您，但我覺得已經旅行夠久，現在該回法國了。」

第三天，我便搭船回馬賽。

若我沒搞錯，若所有積聚的徵象都在預告我生命中一個新的大轉變的話，我感到害怕。我的生命算不上豐富多彩，不沉重也不珍貴，但是我害怕即將發生、控制我的事——它會把我帶到哪裡去呢？難道我又必須離開，拋下一切，放棄我的研究和寫作的書？難道在幾個月、幾年後，又得在新的廢墟之間醒來，疲憊不堪且心灰意冷？趁現在還來得及，我想要看清楚自己。

一月二十六日星期二

沒有發生任何新的事。

我在圖書館從九點工作到一點，完成了第十二章，以及侯勒邦直到保羅一世逝世前在俄國僑居的生活。這部分已經完成，只要繕寫清楚就好了。

現在是一點半，我在馬布利咖啡館裡，吃著三明治，一切都大致正常。咖啡館裡總是一切正常，尤其是在馬布利咖啡館，因為經理法斯蓋先生一副兵來將擋、令人安心的吊兒郎當模樣。他的午睡時間快到了，雙眼已經泛紅，但行動依舊敏捷果斷。他穿梭在桌子之間，靠近客人，體己地說：

「一切都妥當嗎，先生們？」

我微笑地看著他如此生龍活虎，而店裡人空了的時候，他的腦袋也空了。兩點到四點間咖啡館裡空無一人，那時法斯蓋先生神情遲鈍地走幾步，服務生關上燈，他就滑進無意識當中：他獨自一人的時候，就睡覺。

現在店裡還有二十多個客人，都是些單身漢、小工程師、公司職員。平時在他們稱為食堂的寄宿家庭裡匆匆吃午飯，吃完飯想享受一下的時候就會來這裡，喝杯咖啡，打打撲

9 編注：法屬印度支那是法蘭西殖民帝國在東南亞的領土，始建於一八六二年的越南，其後漸漸擴張，擴及今日的寮國、柬埔寨，以及中國廣東省的湛江市。

克牌。他們有點吵，但發出的聲音輕忽飄渺，並不會干擾我。他們也一樣，為了感受到存在，必須和其他人在一起。

我呢，我獨自活著，全然孤獨。我不和任何人談話，從不。我不接受，也不給予。自學者不算。還有弗朗索絲啦，她是鐵路員工酒吧的女老闆，但是我和她之間算是談話嗎？有幾次，吃完晚餐，她端來啤酒時，我問她：

「您今晚有空嗎？」

她從不拒絕我，我跟著她走上二樓的大房間，那些是她按鐘點或按日租給客人的房間。我不付房錢，用做愛來抵。她享受性愛（她每天都得有個男人，除了我之外，還有很多男人），而我從中洗滌某些我深知從何而來的憂鬱。但是我們幾乎只交換幾個字句。有什麼好說的呢？只是各取所需罷了，在她眼裡，我就是一個酒吧的顧客。她邊脫衣服邊說：

「喂，您知道Bricot這個開胃酒嗎？這星期就有兩個客人點這種酒，年輕女侍沒聽過，跑來告訴我。那兩個是旅客，一定是在巴黎喝過。但是我總不能沒搞清楚就亂進這種酒。如果您不在意，我就不脫襪子了。」

以前——就算安妮離開我很久之後——我的思考是為了她。現在，我的思考不為任何人，甚至不再在乎字詞。字詞從我身上流過，或快或慢，我不固定在任何一點，任由它流淌而過。大多數時間，我的思考無法攀附於字句，渾沌如迷霧。它們形成模糊而有趣的形狀，隨即沉沒，被我忘卻了。

這些年輕人令我讚嘆：他們喝著咖啡，敘述著清楚、可信的事情。被問到昨天做了什麼，他們也毫無難色，兩三句話就交代清楚。要是我的話，一定支支吾吾說不出來。沒錯，已經很久沒人關心我的日程了。當你獨自生活，就連敘述都不會：真實性隨著朋友們一起消失了。發生的事件也一樣，任它們流失。突然有人冒出來，說了些話又走掉，這讓你陷入沒頭沒尾的故事中，成了一個很惡劣的見證者。然而，另一方面，作為補償的話，咖啡館裡所發生的一切匪夷所思、難以置信的事，你倒是看了不少。例如星期六吧，差不多下午四點，火車站工地的木板行人過道上，一個穿著一身天藍色衣服的嬌小女人倒退著跑，邊笑邊揮動著手帕。同時間，一個穿著乳白色雨衣、黃色皮鞋、戴著綠帽子的黑人，吹著口哨拐過街角來。女人一路倒退，在懸在柵欄上、晚上會點亮的那盞燈下撞上了他。在那個時間點上，有發出潮濕木頭強烈氣味的柵欄，有那盞燈，有嬌小金髮女人在那個黑人臂彎裡，在火紅的天空下。若我們是四五個人聚在一起，想必會注意到他們撞到一塊兒，注意到所有這些柔和的色彩，像棉被般漂亮的藍色大衣、淺色的雨衣、紅色玻璃的燈，我們可能會因那兩張臉上孩子般驚愕的表情而大笑。

一個獨處的人很少笑。這整個場景對我產生了非常震撼、甚至激烈、卻又純粹的意義。然後它就支離破碎了，只剩下路燈、柵欄和天空，但場景還是相當美。一個鐘頭之後，路燈亮起，風刮起，天空轉黑，什麼都不剩了。

這一切都不是什麼新鮮事，我從不排斥這些無害的情緒，恰恰相反。想要感受這些情緒，只需稍微獨處就行了，只需要一點孤獨就能在必要時候擺脫真實感。但是我還是和人群處得很近，只待在孤獨的表層，下定決心只要時機適當就避到人群之中。說到底，我向來只是玩票。

現在，就像這擺在桌上的啤酒杯，到處充滿這類東西，我看到時就想跟它說：走開，我不玩了。我很清楚自己已經做得太過火，也猜想人在孤獨這件事上是無能為力的。這並不表示我睡前要檢查床下，或是擔心半夜房門突然打開。只不過，我還是感到焦躁不安，半個小時以來，我避免去**看**這啤酒杯。我看上、看下、看左、看右，但是**它**，我無法直視。我很清楚圍繞在四周的單身漢幫不上我的忙，太遲了，我再也不能躲避到他們之中了。他們會過來拍拍我的肩，跟我說：「啥，這啤酒杯怎麼啦？它和所有啤酒杯一樣啊，磨斜邊玻璃，有個杯柄，杯面有個小徽章和一把鐵鍬，徽章上寫著『鐵鍬獅牌啤酒』。」這些我都知道，但我也知道還有其他東西，幾乎不算什麼的東西。但是我無法解釋我所看到的，對誰都無法解釋。就這樣：我緩緩滑往水底，滑往恐懼。

我孤獨地置身在這一堆愉悅、言之成理的話語聲當中。這些人一天到晚都在闡述己見，欣然得知其他人和自己意見相同。天啊，他們多麼在意大家想法一致。只消看他們對那個總無法達成共識、一雙死魚眼睛、狀似內省的人那種不以為然的態度，就一目了然。我八歲的時候，在盧森堡公園裡玩耍，也有一個像這樣的人，坐在緊沿著奧古斯特孔德街柵欄的一個崗亭裡。他不說話，但時不時伸出一條腿，驚恐地看著那隻腳。那隻腳上穿著短靴，另一隻腳上卻穿著拖鞋。守衛跟我叔叔說那人曾是中學的學監，因為穿著法蘭西學院院士服到各班級宣讀學期成績，被迫退休。我們怕死他了，因為感覺他是孤單一人。有一天他對侯貝微笑，遠遠朝他伸出雙臂，侯貝幾乎快昏倒。讓我們害怕的不是他悲慘的神態，也不是他脖子上那個和假領子邊緣相摩擦的腫瘤，而是我們感到他腦子裡裝的是螃蟹或龍蝦的思想。一個人居然會對崗亭、對我們玩的鐵環、對灌木叢懷著龍蝦的思想，這令我們恐懼萬分。

等在我前面的就是這個嗎？這是我頭一次厭倦孤獨。我希望在還來得及的時候，在我還沒令小男孩害怕的時候，把發生在我身上的事和別人說一說。我希望安妮在我身邊。

真奇怪，我剛寫了滿滿十頁，但是沒說出真相，至少沒說出所有的真相。我在日期下面寫下「沒有發生任何新的事」的時候，其實是言不由衷，事實上有件既不可恥也不出奇的小事，就是說不出口。「沒有發生任何新的事。」得以像這樣避重就輕地撒謊，真令人讚嘆。當然啦，真要說的話，的確沒發生任何新的事：今天早上八點一刻，我走出春天旅館，前往圖書館，我想撿起地上一個紙片，但沒做到。這就是全部，甚至算不上一件事。沒錯，但是要說出所有的實情的話，我被這件事深深觸動，因為我想我已不再自由了。在圖書館裡，我徒勞地試著擺脫這個念頭。我躲到馬布利咖啡館去，希望這念頭在光線之下消散。但是它還是停留在我身上，沉重而痛苦。前面這幾頁就是它指使我寫下的。

為什麼我沒談起這件事？應該是出於傲氣，也因為些許笨拙。不習慣向自己敘述發生在我身上的事，所以記不清事情的先後次序，也分不出什麼才重要。但現在，結束了：我重讀在馬布利咖啡館寫下的東西，覺得羞恥，我不要祕密，也不要心境，不要難以表述的事，我既不是處女也不是教士，不必上演內心劇場。

沒什麼可說的：我未能撿起那紙片，如此而已。

我很喜歡在地上撿拾栗子、破舊布頭，尤其是紙張。拾起它們，握在手裡，感覺很舒服，幾乎想和孩子一樣把它們放到嘴邊。當我拾起一角厚重而華麗、但可能沾著糞便的紙片，安妮就會大發雷霆。夏季或初秋時節，公園裡會看見一些報紙碎片，和落葉一樣被太陽曬得乾燥脆裂，像浸過苦味酸一樣發黃。冬季裡地上的紙頁則是被搗碎、碾碎、髒兮兮，回歸到泥土裡。還有一些紙片是嶄新，甚至發著光，純白，光鮮，像隻白天鵝坐落地上，但下面已經沾上泥土。它們捲起來，從汙泥中抽身，但稍遠又跌降在地上，不再動彈。這些我都撿。有時我只是觸摸一下，湊近看看，有時把它們撕開，聽它們發出長長的嘶嘶聲，若很潮濕的話，我就用火燒，燒不太著，之後我把手上沾滿的汙泥擦在牆上或樹幹上。

今天，我看著一名從兵營走出來的騎兵軍官腳上穿的一雙淺黃褐色靴子。我眼光尾隨著靴子，看見落在一個小水窪旁邊的紙片。我本以為軍官的鞋跟會把紙片踩進汙泥裡，但是沒有，他一腳跨過紙片和水窪。我走上去，是一張橫格紙，想必是從小學生練習本撕下的。紙被雨打濕扭捲，布滿水泡又腫脹，像一隻燒傷的手掌。邊緣的紅線被水暈開，墨水染到各處。紙頁下方被乾了的汙泥蓋住。我彎下腰，滿心高興即將觸摸到這柔軟而新鮮的紙漿，在我手指下搓成灰色的小紙團……但是我沒做到。

我彎著腰，停了一秒鐘，看到紙上寫著「聽寫：白貓頭鷹」，然後我直起身，手上是空的。我不再是自由的，不再能做我想做的。

物體沒有生命，不應該**觸動**到人。我們使用它們，之後放回原位。我們生活裡充斥著它們，它們供我們使用，僅僅如此。但是對我，它們觸動我，這難以忍受，我害怕接觸到物體，彷彿它們是活生生的動物。

現在我搞清楚了，稍微能記得那天在海邊握著石頭的感覺。是一股溫吞吞的噁心感。很不舒服！這股感覺來自於石頭，我很確定，從石頭傳達到我手心。對，是這個，就是這個：手上產生一股噁心。

星期四早上，在圖書館

剛才，走下旅館樓梯的時候，我聽見露西一邊打著樓梯的蠟，一邊第一百次跟女老闆訴苦。女老闆吃力地回應，話語簡短，因為她還沒戴上假牙。她幾乎光著身子，只披著粉紅色浴袍，腳上穿著拖鞋。露西如同平日，一身骯髒，不時暫停打蠟，膝蓋跪著直起上身看著女老闆。她滔滔不絕，一副通情達理的樣子。

「我寧可他去追女人，」她說：「只要不對他造成傷害，我都無所謂。」

她說的是她丈夫：這又黑又矮的女人邁入四十歲，花盡積蓄弄到了一個在勒闕工廠當裝配工的年輕花美男。但不幸地家庭生活並不幸福。她丈夫不打她，也不出軌，但是貪杯，每天晚上爛醉而歸。他每況愈下，三個月內，我眼見他皮膚日漸焦黃，人日漸委靡。露西認為是酒，我覺得恐怕是患了肺結核。

「必須克服才行。」露西說。

她為此煩惱，這點無庸置疑，但是慢慢地、耐心地，她會克服，不論是停止痛苦或是放任自己痛苦，她都做不到。她會稍微想想，稍微想想，想想這想想那，跟痛苦虛與委蛇。尤其在她遇到別人的時候，別人會安慰她，她心平氣和地談談，一臉像是給予別人忠告的樣子，心裡也稍獲紓解。她獨自在房裡時，我聽見她哼著歌，為的是不去多想。但是她一整天都情緒低落，很快就倦怠而臭著一張臉。

「是這裡，」她指著喉嚨說：「嚥不下這口氣。」

她因吝於受苦而苦。她應該也同樣吝於享樂吧。我好奇她是否有時也想擺脫這種單調枯燥的痛苦，擺脫她只要一停止哼歌就會再次重起的嘀嘀咕咕，也好奇她難道不想乾脆好好受一下苦，讓自己陷入絕望之中。然而這是不可能的，她太糾結了。

星期四下午

「侯勒邦先生面貌醜陋。瑪麗安東妮皇后喜歡叫他『親愛的長尾猴』。然而他擁有宮中所有女人，他不像瓦斯農[10]那樣扮小丑，而是身上擁有讓女人神魂顛倒的磁性，對他愛得瘋狂。他和米拉波—多諾[11]、聶西亞[12]往來交易密切，一七九〇年，他涉入『項鍊事件[13]』，居中扮演了一個不清不楚的角色，之後失蹤。後來他到了俄國，參與了暗殺保羅一世的事件，又從俄國前往遙遠國度，印度、中國、土耳其。他從事非法買賣、聚眾謀反、充當間諜。一八一三年，他返回巴黎。一八一六年因為成為安古蓮公爵夫人[14]的唯一親信，在朝中大權在握。那個喜怒無常的老女人困於童年恐怖的回憶，看見他便能解憂而露出微笑。他仗著她的勢，在宮廷中呼風喚雨。一八二〇年三月，他娶了芳齡十八歲美麗的侯克羅小姐，而侯勒邦先生自己已經七十歲了，位於至尊地位，生命的巔峰。七個月後，他因反叛罪被捕下獄，囚禁五年後死於獄中，此案根本無人聞問。」

我憂鬱地再次讀著傑曼．貝爾傑[15]的這段注解。當初我就是由這幾行字而認識侯勒邦侯爵的。我覺得他很吸引人，就憑這幾句話，我就喜歡上他！我會來到這裡，就是因為他，為了他這個人。當我遊罷歸國，大可以定居巴黎或馬賽，但是侯勒邦侯爵在法國生活的史料大部分保存在布城的市立圖書館。侯勒邦在馬侯姆擁有一座城堡，直到大戰前，在這個村子還留存他一位後人，是一位名叫侯勒邦—康布黑的建築師，在一九一二年過世時，他把侯爵的信件、一些日記、各種文件統統捐給了布城圖書館。這些資料我還沒全部看完。

我很高興找到這段筆記，已經十年沒讀了。我的字體改變了，感覺以前字寫得比較密。那年我多麼熱愛侯勒邦侯爵啊！我記得有一天晚上——一個星期二晚上，我在瑪薩琳圖書館工作了一整天，讀了他一七八九到一七九〇年的信件，從中猜測到他是如何把聶西亞耍得團團轉。那時天已黑，我走下緬因大道，在快樂路交叉口買了烤栗子。我多麼快樂！我想到聶西亞從德國回來時該是什麼表情，不禁獨自大笑起來。侯爵的影像就像這墨跡，自從我研究他以來，如今已變得蒼白。

---

10 編注：瓦斯農（Voisenon），十八世紀法國的一位作曲家和作家。

11 編注：米拉波—多諾（Mirabeau-Tomeau）是法國大革命期間國民議會的著名成員。

12 編注：聶西亞是指法國小說家Nicolas Edme Rétif，作品關注情欲、愛與階級等面向。

13 編注：項鍊事件是指十八世紀法國發生的一宗重大騙案，涉及原本要送給瑪麗安東妮皇后的鑽石項鍊「心之女神」。

14 編注：安古蓮公爵夫人（duchesse d'Angoulême）是路易十六與瑪麗安東妮皇后的長女，也是他們唯一在法國大革命中生存下來的孩子。

15 原編注：參考傑曼．貝爾傑（Germain Berger），《米拉波—多諾和他的朋友們》（*Mirabeau-Tonneau et ses amis*），p. 406, note 2, Champion, 1906.

首先，我無法搞懂他自一八〇一年之後的行徑。並不是史料不足，信件、片段的回憶錄、機密報告、警方檔案都有。我掌握的資料反而是太多了。但是在這些證據史料裡，缺乏實質內容和可靠性。它們並不相違背，卻又兜不到一起，似乎牽涉的不是同一個人。然而，其他的歷史學家面臨的也是相同的史料，他們是怎麼做的呢？我比他們仔細，或是比他們笨？冒出來這個問題其實毫無意義。我追求的到底是什麼呢？我不知道。很長時間以來，我對侯勒邦這個人的興趣勝於我要寫的那本書。但現在，他這個人……這個人開始令我厭煩。現在我重視的是要寫的書，寫它的欲望愈來愈強烈——可能是隨著年紀愈來愈大的關係吧。

當然，我們可以認定侯勒邦在暗殺保羅一世的事件裡起了不小的作用，隨後為沙皇效命，接受了前往東方一個高層間諜的任務，又傾於拿破崙而一再背叛亞歷山大大帝。與此同時，他又和阿圖瓦伯爵[16]保持密切書信往來，透露一些不重要的訊息來顯示自己的忠誠；這一切並非不可能，但是同一時期的富歇[17]玩弄的手段更複雜更危險。或許侯勒邦侯爵也私下和亞洲一些公國做槍枝買賣。

沒錯，他可能做了這些事，但是沒有證據，而我開始相信或許永遠也找不到證據。這些猜測都很合理，反映事實，但是我深深認為它們是來自於我，只是我把所知的一切集合歸納的結果。沒有一縷光是來自於侯勒邦。這些緩慢、沉滯、陰鬱的事件，充其量只能算順應我強加上的秩序，但始終處於秩序之外。我感覺自己做的是一個純粹想像的工作。純粹杜撰的小說人物應該都比他還真實、還令人喜歡呢。

星期五

三點鐘。三點鐘，不管做什麼，不是太晚就是太早。這是下午一個奇怪的時間。今天更是令人難忍。

冷冷的陽光把滿布灰塵的窗戶照得發白。天空蒼白，一片白茫茫。今天早上小河結了冰。

我坐在暖氣爐旁艱難地消化午餐，已經知道這一天算是完了。夜色降臨前，我什麼都做不了。這是因為陽光，它把懸在工地上方的骯髒白霧照出朦朧金光，它淌入我房間裡，泛黃蒼白，在我桌上鋪開四個黯淡虛假的反射影子。

16 編注：阿圖瓦伯爵，即是查理十世，法王路易十五之孫。
17 編注：富歇（Joseph Fouché），在法國大革命時期是雅各賓派激進分子，曾任拿破崙一世時期的警政部長。

我的菸斗上塗了一層金色的漆，初看很亮眼，但是仔細一看，漆已剝落，只剩下木頭上暗淡的長長一道。一切都是如此，一切，包括我的手。出現像這種陽光的時候，最好上床睡覺。只不過，我昨夜睡得像頭野獸，現在了無睡意。

我非常喜歡昨天的天空，一個狹窄、暗雨的天空，緊貼著窗戶，就像一張滑稽而感人的面孔。今天這種陽光並不滑稽，恰恰相反。它在我所喜歡的一切，工地上的鐵鏽、柵欄腐朽的木板上，都照上一抹寒磣而節制的光線，就像人們經過一夜無眠之後，看著前一夜興匆匆做的決定，就像看著自己一氣呵成一字未改的手稿。維多黑大道上的四家咖啡館在夜色裡肩並肩燈光輝煌，且遠遠不僅是咖啡館，看起來就像是水族箱、大船艦、星星、白色大眼睛，但它們在這陽光下，失去了朦朧的美感。

這種天氣最適合反躬自省。太陽照下的這些清冷光線，就像對人毫不留情的評斷，它從我眼睛射進，我的內在被這股頹喪貧瘠的光線照亮。我相信只需一刻鐘就足夠我徹底對自己噁心。多謝不必了，我不想這麼做。我也不想重讀昨天所寫侯勒邦在聖彼得堡的片段。我就這麼坐著，垂著雙臂，或是胡亂寫幾個字，毫無精神，打打呵欠，等著夜晚降臨。天黑了，所有物體和我才會脫離這渾沌狀態。

侯勒邦到底有沒有參與暗殺保羅一世的陰謀？

這，是我今天要思考的問題。我已經走到這一步，若不能確定這一點，就無法繼續下去。

根據柴爾科夫的說法，侯勒邦受雇於巴蘭伯爵。柴爾科夫說，大多數的謀反者只想推翻沙皇，送他入獄（亞歷山大似乎也同意這個辦法）。但是巴蘭想一舉除掉保羅一世。侯勒邦先生便負起遊說每個謀反者投身暗殺的任務。

「他一一拜訪他們，以無法比擬的說服力，活靈活現模擬可能出現的場面。因此他們心中誕生了或滋長了謀殺的瘋狂念頭。」

我對柴爾科夫的說法存疑。他不是個理性的見證者，而是個陰陽怪氣的江湖術士，是半個瘋子，把一切扭曲成鬼怪。我無法想見侯勒邦先生扮演這個誇張悲劇角色。模擬暗殺的場面？別鬧了吧！他生性冷酷，不會墜入一般手法；他不明說，只做暗示，而他這種冷酷不聲張的手法，只會在和他同類人的身上奏效，也就是那些明事理的陰謀者和政客。

夏妮耶夫人[18]寫道：「侯勒邦說話時從不比手畫腳，不做手勢，也不改變聲調。他眼

---

18 編注：夏妮耶夫人（Mme de Charrières），十八世紀的瑞士作家。本作品中所有歷史人物提到對侯勒邦的描寫為小說家虛構。

睛半閉，幾乎難以看到他瞇在睫毛下的灰色眼珠。我近幾年才敢承認他讓我感覺厭煩得不得了，他說話有點像馬布里神父[19]寫的書一樣沉悶。」

是這個人嗎，藉著模擬的天分……但是他是怎麼吸引女人的呢？何況，還有賽居爾記載的這段奇事，我看著覺得相當真實：

「一七八七年，在穆蘭鎮附近的一家旅店裡，一個老人正奄奄一息，他是狄德羅[20]的朋友，受其哲學思想影響甚深。方圓周遭的神父都憂心忡忡，不管他們怎麼勸說，老人是泛神論者，拒絕接受臨終聖事。侯勒邦先生正好經過這裡，他是什麼神也不信的人，他和穆蘭鎮的本堂神父打賭，說不出兩個鐘頭，便能讓生病老人重拾基督教精神。神父接受打賭，而且輸了：凌晨三點侯勒邦開始與生病老人見面，他於五點告解，七點過世。『您竟如此雄辯？』神父說：『比我們的勸解都有效！』——『我沒有辯論，』侯勒邦先生答說：『我只是讓他害怕地獄。』」

現在要知道的是，他是否積極參與了暗殺之事？那天晚上大約八點，一名軍官朋友把他送回了住所。若是他後來又出門，如何能順利穿越聖彼得堡市區呢？已半瘋狂的保羅一世下令自晚上九點開始，除了產婆和醫生之外，逮捕路上所有行人。該相信那個荒謬的傳言，說侯勒邦裝扮成產婆混進皇宮嗎？他很有可能做這種事。總之，暗殺事件那一夜他不在住所裡，這似乎是被證實的事。亞歷山大想必對他大大起疑，甫登基就以一個在遠東的任務為藉口，把侯勒邦遠遠遣走。

侯勒邦先生令我厭倦。我站起身，在蒼白的陽光下走動，看著這光線在我手上、在我外套袖子上游移，說不出多麼噁心。我打個呵欠。打開桌上的檯燈，或許燈光能驅散這天光，完全沒有，檯燈只在燈腳四周投下一汪可悲的光線。我關掉檯燈，站起來。牆上有一個白色的洞，是鏡子。這是個陷阱。我知道我會掉入這個陷阱。沒錯。鏡子上出現了一個灰色的東西。我靠上前，凝視著它，再也走不開。

這是我的身影。經常，在這種失落的日子裡，我這樣待著，凝視著它。看著這張臉孔，完全無法理解。其他人的臉孔擁有一個意義，但我的沒有，我甚至不知道它是美是醜，我想應該是醜，因為有人跟我這麼說過，但是我對這無感。其實，我甚至驚訝人們可以對它下這種形容詞，就好像評論一塊土或一塊岩石是美或是醜。

19 編注：馬布里神父（l'abbé Mably），十八世紀思想家，在法國大革命時期，以其基進思想引起爭議。

20 編注：德尼・狄德羅（Denis Diderot），法國啟蒙思想家，百科全書派的代表，主編《百科全書》，此書為啟蒙運動的最高成就之一。

不過還是有個東西賞心悅目，在鬆垮的雙頰之上，額頭之上，有一簇紅色火焰光耀著頭頂，那是我紅色的頭髮。這個，賞心悅目。至少是個清晰的顏色，我很高興自己有一頭紅棕色頭髮。在鏡子裡，這顏色看得很清楚，光彩奪目。我還算好運，倘若額頭上的黯淡髮絲不知是棕色還是金黃，那我的臉就一片模糊，會讓我昏倒。

我的眼光緩緩往下移，百般無聊，移到額頭，移到臉頰，沒有任何實體的東西，眼光渙散一片。當然，有一個鼻子，一雙眼睛，一個嘴巴，但它們都沒有意義，甚至不具人性的表情。然而，安妮和薇琳都認為我神情活躍，或許是我太習慣自己這張臉孔了吧。小時候，碧卓姑媽跟我說：「如果你照鏡子太久，就會在裡面看到一隻猴子。」我可能照得又更久了吧，我看到的比猴子還不如，是趨近於植物界、息肉程度的東西。它是有生命的，這我不否認，但不是安妮所想的那種生命：我看到輕微的顫抖，一團黯淡的肉體正在充分成長，盡情抖動。尤其是眼睛，這麼靠近一看，實在很恐怖，呆滯、無神、渙散，圍著紅眼圈，像魚鱗一樣。

我全身重量倚在陶製框沿上，臉湊得碰觸到鏡面。眼睛、鼻子、嘴巴都消失了，沒剩下任何有人性的東西。滾燙腫脹的嘴巴兩邊起著棕色皺紋，龜裂、凹凸，兩片大幅度傾斜的臉頰覆蓋著柔軟的白短毛，兩根長毛竄出鼻孔，這是一張有高低起伏的地質圖，但無論如何，這個荒瘠的世界是我所熟悉的。我不敢說能夠認出細節，但整體讓我有似曾相識的感覺，這讓我變得麻木，我緩緩滑入睡眠中。

我想要振作起來，一股強勁而決斷的感受或許能使我解脫。我用左手貼著臉頰，拉扯皮膚，扮扮鬼臉。整個半邊臉扯歪了，左半邊嘴唇扭曲隆起，露出一顆牙，眼眶裡一片眼白，襯著粉紅色充血的眼瞼。這不是我尋找的，沒有任何強烈、任何新的東西，只有微弱的、模糊的、已經見過的東西！我睜著眼睡著了，鏡子裡的臉孔已經放大，放大，成為一個巨大的蒼白光暈，滑進光線裡……

讓我驟然醒來的，是因為我身體失了平衡。我跨坐在椅子上，還恍恍惚惚。其他人也都這麼難以評斷自己的臉孔嗎？我僅僅是在透過遲滯的器官來感覺到自己的身體的時候，才對自己的臉孔有所覺知。那其他人呢？例如侯勒邦呢？當他看著鏡子裡自己的臉，也會讓他睡著嗎？姜麗夫人[21]形容「他那張充滿皺紋的小臉，乾淨而清晰，滿布痘疤，不管他如何竭力掩飾都能立即看出那特異的狡黠。他對髮型極為注重，從沒見過他不戴假髮。但是他泛青的雙頰透著一股黑，是因為他的鬍子濃密，又要自己刮，往往拉扯發痛。他又習

21 編注：姜麗夫人（Mme de Genlis），十八世紀的法國作家，以小說與兒童教育的理論聞名。

慣像格林那樣在臉上塗著鉛白粉。丹革米勒[22]說他那張臉又是白又是青，活像一塊洛克福藍紋乳酪[23]。」

我感覺他應該相當討人喜歡。但是夏妮耶夫人似乎不這麼認為，覺得他很黯淡無光。或許人不可能了解自己的臉孔，還是因為我是孤獨一人呢？活在社會中的人學會在鏡中看見自己顯示在朋友眼裡的樣子。我沒有朋友，是因為這樣，我的肉體才如此光禿貧瘠嗎？就好像——對，就好像毫無人跡的大自然。

我提不起興致工作了，什麼也做不了，只能等著夜晚到來。

五點半

不好了！大大不妙：我感覺到它了，骯髒、**嘔吐感**。這一次不同以往，是突然在咖啡館裡發生。直到目前為止，咖啡館是我僅剩的避難地，因為裡面人多，照明敞亮，以後連這個也沒有了。當我在房間裡走投無路，再也無處可去。

我來咖啡館是為了做愛，但才推開門，女服務生瑪德蓮就衝著我喊：

「女老闆不在，上街買東西了。」

我感到生殖器強烈的失望，一陣長時間不舒服的發癢。同時間，我感覺襯衫摩擦著乳頭，一股緩慢、五彩的漩渦圍繞著、控制著我，一個迷霧的漩渦，光線在氤氳裡、在鏡子裡，以及鏡子裡照出角落發亮的軟墊長椅，我不知道為什麼是在那裡，也不知道為什麼會這樣。我站在門邊，猶豫著，這時出現了騷動，一個暗影在天花板上掃過，我感覺被推著向前。我飄浮著，光亮的氤氳從四面八方進入我身體，令我昏頭轉向。瑪德蓮飄浮著走過來，幫我脫掉外套，我注意到她把頭髮往後梳，戴了耳環，我認不出她來。我看著她一路往耳朵延伸的寬大臉頰，顴骨下兩頰凹處，有兩個粉紅色孤立的瘢，似乎百般無聊地處在這可憐的臉肉上。雙頰朝著兩邊耳朵飛奔，瑪德蓮在微笑。

「您想喝什麼呢，安端先生？」

這時，**嘔吐**襲擊而來，我跌坐在軟墊長椅上，甚至不知自己身在何處，看見五顏六色繞著我旋轉，想嘔吐。就這樣，**嘔吐**自此不再離開，它抓住我不放。

我付了錢，瑪德蓮拿走收銀的碟子。我的玻璃杯緊壓著大理石桌面上一小攤黃色啤

22 編注：丹革米勒（M. de Dangeville），這裡可能是指一位十八世紀的法國喜劇演員。

23 編注：歐洲直到十八世紀都還有把鉛白粉當成化妝品的習慣，藍綠色顏料則用來描繪頭臉的血管顏色。

酒，浮著泡沫。長椅的軟墊在我坐下的地方塌陷，我只好用力將鞋底貼附著地面，以免身體往下滑。天氣很冷。在我右手邊，有人在毛呢桌布上玩牌，我進來的時候並沒看到他們，只感覺那裡有一團溫熱，一半在軟墊長椅上，一半在最裡面的桌子旁，還有一雙雙抖動的手臂。瑪德蓮幫他們送去了撲克牌、牌桌布，和盛在木缽裡的籌碼。他們不知是三個或五個人，我沒勇氣看他們。我體內一根彈簧斷了，我能轉動眼睛，但是不能轉動腦袋。我的頭軟塌，搖來擺去，好像放在脖子上一樣，要是一轉頭，它就會掉下來。儘管如此，我聽到一陣短促的呼吸聲，眼角不時瞄到一道紅色的閃光，上面布滿白色的毛。是一隻手。

女老闆去採購的時候，便由她表哥來幫忙掌櫃。他叫作阿道爾夫，我坐下時開始看著他，因為頭沒辦法轉動，便繼續看。他只穿著襯衫，淡紫色的褲子吊帶，襯衫的袖口挽到手肘。褲子吊袋在藍色襯衫上幾乎看不出來，被掩蓋掉，融到藍色裡，但這只是虛假的謙卑，其實，它不會不被看到，這種溫馴的固執讓我惱火，就像本來想成為紫色，在半途停住，卻又沒放棄意圖。讓人很想跟它們說：「去吧，**成為**紫色，然後就沒事了。」但它們沒有，只是懸在半途，在未完成的努力中死命支撐。有時四周包圍的藍色滑過來將它們完全蓋住，一時之間看不到，但這只是一陣浪潮，有幾處的藍色很快變白，我又看見隱隱約約的淡紫色小島，小島逐漸擴大，聚集起來，重新組合成吊帶。阿道爾夫表哥沒有眼睛，眼皮腫脹向外翻，只露出一點眼白。他帶著惺忪的神情微笑，不時噴噴鼻息，尖吠幾聲，輕輕抖動，活像一隻正在做夢的狗。

他的藍色棉布襯衫歡欣地凸顯在巧克力色牆壁前。這也令人**作嘔**。或者說這就是**嘔吐**。**嘔吐**並不是在我身上：我感到它在那裡，牆壁上、吊帶上、在我周身四處。它和咖啡館成為一體，是我身陷在它之中。

右手邊，那團溫熱開始喧鬧，許多雙手臂揮動著。

「嘿，這是你的王牌。」「王牌是哪個？」一個大黑脊梁俯向牌局，「哈哈哈！」「什麼？這是王牌，他剛出的那張。」「我不知道，沒看見……」「沒錯，現在，我出王牌了。」「啊，王牌紅心。」他哼著歌：「王牌紅心，王牌紅心。王牌—紅—心。」有人說：「這是什麼，先生？這是什麼，先生？我拿了。」

又恢復寂靜，空氣的甜味在我嘴底。氣味。吊帶。

表哥站起來，走了幾步，兩手背在背上，他微笑，抬起頭往後仰，重心放在鞋跟上。他以這種姿勢睡著了。他在那裡，搖搖晃晃，始終帶著微笑，臉頰顫動著。他朝後倒，朝後倒，朝後倒，臉完全對著天花板，在要倒下去的剎那，靈敏地攀著櫃台邊緣，恢復平衡。之後又重新開始。我看得厭煩了，喚來女服務生。

「瑪德蓮，在留聲機上放首歌曲吧，麻煩您。您知道的，那首我喜歡的〈時光匆匆〉。」

「好的，但是這可能會讓這些先生不高興，這些先生玩牌時不喜歡有音樂。啊！我來問問他們。」

我費力地轉過頭去。他們有四個人。她俯身對著一個臉色紫紅的老頭說話，鼻尖上架著黑框單片眼鏡。他把牌蓋在胸前，抬眼偷瞄了我一下。

「請便，先生。」

微笑。他一口爛牙。那隻紅手不是他的，是他旁邊那個小黑鬍子的。小鬍子長著超大鼻孔，占去他半張臉，吸的空氣足以供一整個家庭使用，儘管如此，他仍然用嘴呼吸，超微喘著氣。和他們在一起的還有一個狗頭狗臉的年輕男人。第四個玩牌的我看不清楚。

紙牌旋轉著落在呢絨桌布上，戴著戒指的幾隻手把它們收走，指甲刮著桌布。手在桌布上刮下白色痕跡，這幾隻手看起來虛胖又灰撲。其他的牌又落下，手來來回回地動。多麼奇怪的消遣，既不像遊戲，不像儀式，也不像習慣。我想他們這麼做只不過是為了填滿時間。但是時間太寬廣，填不滿，我們投進去的所有都鬆軟了、延伸了。譬如那隻紅手哆嗦著撿回紙牌的動作，完全鬆弛無力，必須把它拆解，重新從裡打造。

瑪德蓮搖著留聲機的手柄。但願她沒弄錯，別像那天一樣錯放成歌劇《鄉村騎士》那首宏偉的曲子。沒有弄錯，就是這首，前幾個小節我就認出了。這是一首散拍老歌，副歌是用哼的。一九一七年我曾在拉侯謝爾的街上聽美國士兵用口哨吹奏。應該是戰前的歌曲，但是錄音是晚近許多的事，是用寶石唱針放的百代牌唱片。

待會兒副歌就會出現，我特別喜歡這副歌，下落黃泉般，像海邊的懸崖。現在是爵士音樂，沒有旋律，只是一些音，一大堆的小震動。它們不知休停，一個不可改變的秩序使它們誕生、滅亡，從不容許它們休養生息、為自己而存在。它們往前奔、互相推擠，在經過時猛然敲我一下，然後滅亡。我很想攔住它們，但我知道就算攔住了其中一個，手上抓住的只是一個庸俗而頹喪的音。我必須接受它們的死亡，甚至應該**期望**這死亡，我很少有如此苦澀而強烈的感覺。

我開始覺得溫暖，覺得快樂。這還不是什麼大事，只是**嘔吐**中一點小小的幸福，在黏稠的水窪底部，在**我們當下**的時間——也就是淡紫色吊帶、凹陷的軟墊長椅的時間——深處擴展，這時間是由許多冗長而委靡的瞬間組成，像油漬一樣從邊緣向外延展。它剛誕生就已衰老，我似乎認識它二十年了。

還有另一種外於我的幸福，音樂持續的短暫時間就像一條鋼帶，貫穿我們當下的時間，以無情的小尖刺擺脫、撕裂著我們的時間。那是另一種時間。

「杭度先生出紅心，你出A。」

說話聲滑過去，然後消失。沒有任何東西能攫住那條鋼帶。打開的門、吹過我膝頭的冷風、獸醫和小女孩的到來都不能，這音樂刺穿這些模糊的形體，從中間穿過。小女孩剛坐下就被音樂吸引住，坐得挺直，睜大雙眼，她傾聽著，拳頭摩擦著桌面。

再過幾秒鐘，那位黑女人就要唱了。這似乎是必然的，這音樂的必要性如此強烈，任何東西都無法打斷，任何來自於這個飄搖的世界裡的時間都無法打斷，它會自己結束，按照自己的秩序。我之所以喜歡這優美的嗓音，特別是因為這個：不是因為它的豐富或憂傷，而是因為它是由這麼多音符準備而成就的，音符遠遠而來，在死亡之時誕生了這首歌曲。然而，我很擔心，隨便一點小事就可能讓唱片停下來，彈簧斷了，或是阿道爾夫表哥鬧個脾氣。這真是奇怪又感人，音樂的鋼韌卻是如此脆弱，沒有任何東西能打斷它，卻又能被任何東西摧毀。

最後一個和弦消失，在緊接的短暫寂靜裡，我強烈感覺到：來了，**某件事**發生了。寂靜。

未來的某一天，
你會想念我，親愛的！

剛才所發生的，就是**嘔吐**消失了。歌聲在寂靜中揚起時，我感到身體變堅硬，**嘔吐**消散了。身體突然一下子變堅硬、散發光芒，幾乎有點難受。同時，音樂持續的時間像龍捲風一樣擴展、膨脹，以它金屬般的透明充滿整個咖啡館，把我們可悲的、當下的時間壓扁在牆上。我**置身**在音樂中。四周鏡面中旋轉著火球，火球環繞著一圈旋轉的煙霧，火光乍隱乍現。我的啤酒杯變小了，壓縮在桌面上，看起來厚實，不可或缺。我想拿起它掂掂重量，伸出手去……天啊！尤其是這個改變了：我的動作。我手臂的動作自行發展成一個莊嚴的樂章，隨著黑女人的歌聲滑動，彷彿我在跳舞。

阿道爾夫的臉龐在那兒，靠著巧克力色的牆，感覺很靠近。我手握緊的時候，看見他的臉，那張臉顯示出結論一般的確鑿性、必要性。我手指握緊玻璃杯，看著阿道爾夫，我感到幸福。

「這一張！」

一道聲音從嗡嗡聲中響起，是鄰桌那個紅臉老頭在說話。他的雙頰像是棕色皮墊長椅上的一個汙跡。他大力丟下一張牌，方塊十。

但是狗臉年輕男人露出微笑。紫紅臉老頭彎著背朝向桌面，偷瞄他，隨時要跳起來。

「那我這一張！」

年輕男人的手從暗影中伸出，凌空了一會兒，白皙、懶散，然後突然像鳶一樣俯衝，在桌上按下一張牌。紅臉胖子跳起來。

「媽的！他用王牌壓。」

紅心國王的身影出現在捲縮的手指中，然後臉朝下被翻了過去，牌局繼續。英俊的國王千呼萬喚始出來，這麼多的組合、這麼多消失的手勢為他的出現做準備。而現在他也消失了，以便誕生另外的組合和另外的手勢，進攻、反擊、勝勝負負、一大堆小小的冒險。

我很感動，感覺身體像暫停中的一具精密機器。我，有過真正的冒險，雖然記不起任何細節，但感知所有情境都有著嚴密的連帶性。我曾飄洋過海，離開許多城市，溯河而上，或是深入叢林，總是繼續前往另一個城市。我曾有過一些女人，曾和一些男人打過架，但我再也無法回到過去，就像唱片不能倒轉。這一切要把我帶到**何處**呢？帶到現在這一分鐘，帶到這張長椅上，帶到這音樂嗡嗡的光亮泡泡中。

And when you leave me.

是的，在羅馬，我喜歡坐在台伯河邊。在巴塞隆納，傍晚時分在蘭布拉大道上來來回回。在吳哥窟寶劍寺旁，巴萊湖上的小島，我看見龍蟠寺被一棵榕樹的根環繞。而此刻我在這裡，和這些玩牌的人活著同一秒鐘，聽著黑女人唱歌，窗外游移著薄弱的夜色。

唱片停止了。

夜色進來了，虛情假意，猶豫不決。看不見它，但它在那裡，蒙住了燈。呼吸的空氣裡有些沉重，這就是它。天氣很冷。牌桌上其中一個人把凌亂的牌推向另一個人，後者把牌收攏起來。有一張牌漏下了，他們沒看到嗎？是張紅心九。終於有人把它拾起，拿給狗臉年輕男人。

「啊！是紅心九！」

很好，我要走了。紫臉老頭低頭對著一張紙，嘴裡吸著鉛筆頭。瑪德蓮清澈而無神的眼睛瞧著他。年輕男人把那張紅心九在手指間轉來轉去。我的天！……

我費力地站起身，狗腦袋上方的鏡子裡，我看到一張非人的臉孔滑過。

待會兒，我要去看電影。

新鮮空氣讓我覺得舒服，沒有糖的味道，也沒有苦艾炙酒的酒氣。但老天啊，天氣真冷。

現在七點半，我不餓，電影要到九點才開演，該做什麼好呢？我得快步走，讓身子暖起來。我猶豫著，身後的大道通往市中心、燈火輝煌的市中央街道、派拉蒙宮、帝國酒店、嘉安百貨公司。這一點都不吸引我，現在是喝開胃酒的時刻，生動的物體、狗、人，所有隨著本能移動的軟弱無力群體，目前我受夠了。

我向左轉，我要深入這排煤氣路燈盡頭的洞裡，沿著維多黑大道一直走到卡凡尼大道。洞裡刮著凜冽的風，那裡只有石頭和泥土。石頭堅硬，而且不會移動。

中間有一段路很無趣，右邊人行道上是一團灰色的氣體，拖著火光，發出貝殼類的聲音，那是舊火車站。因為有火車站，維多黑大道最開頭的一百公尺很熱鬧，也就是從賀杜特大道直到天堂路這一段，豎了十幾盞路燈，四家咖啡館比鄰而立：鐵路員工酒吧和其他三家，白天裡都無精打采，到了晚上就燈火通明，在人行道上投照出一方光亮。我又沐浴了三次黃色燈光，看見一個老婦人走出兼賣針線的哈巴許雜貨鋪，把頭巾拉起蓋上頭，開始跑起來。現在走完了，我站在天堂路的人行道邊緣，最後一盞路燈這一邊。柏油路戛然而止，路的另一邊就是黑暗和泥濘。我穿越天堂路，右腳踏進一窪水裡，襪子都濕了，散步開始了。

維多黑大道這一段是**不住人**的，氣候風貌太惡劣，土地太貧瘠，生命無法在這裡落腳和滋長。索雷兄弟的三家鋸木場朝西（索雷兄弟曾承包海洋聖賽希兒教堂大理石護壁的拱頂，造價十萬法郎），所有門窗都朝著安靜的珍貝特古華路，路上充滿鋸木廠傳出的轟轟聲。鋸木場背對著維多黑大道，工廠的牆沿著左邊人行道綿延四百公尺，沒有一扇窗，連個天窗都沒有。

這次我兩隻腳都踏進了小水流之中。我穿過馬路，另一邊的人行道上只有一盞路燈，就像大地盡頭的燈塔，照著一道多處被捅破、損毀的柵欄。

柵欄木板上還貼著一些殘破的海報。綠色背景上一張英俊的臉顯露出恨意的猙獰，被撕成星形，鼻子上被喀擦一下畫了個小鬍子。另一張殘片上，依稀能看到「半純不純」這幾個字，白色的字上滴了幾滴紅點，或許是血滴。或許那張臉和那個字原來在同一張海報上，現在海報撕裂了，原本要表達的簡單連結也消失了，但在扭曲的嘴、血滴、白色的字、半X不X這詞尾之間產生了另一個整體，就好像一種不止息的罪惡激情要藉由這些神祕的符號表達出來。從柵欄木板之間的縫隙，可以看到鐵軌上閃爍的燈光。柵欄過去連著一面長長的牆，牆上沒有缺口、沒有門、沒有窗，一直延伸到兩百公尺外的一棟房屋。我已經超過路燈照耀的範圍，進入了黑洞。我看著腳底下自己的影子融入黑暗中，感覺跳進了一潭冰冷的水。在前方，濃厚的黑暗底端，我辨出一抹蒼白的粉紅色，那是卡凡尼大道。我轉過身，煤氣路燈之後，遠遠的地方，似乎有一絲光亮，是火車站和那四家酒館。在我身後、在我前面，都有許多人在酒館喝著酒玩牌，但這裡只有黑暗。風斷續從遠方吹來微弱而孤單的鈴聲。家家戶戶的聲音、汽車的隆隆聲、叫聲、狗吠聲，都不會遠離燈光照亮的街道，都留在溫暖的地方。但是這鈴聲刺穿黑暗直來到這裡，它比其他聲音強勁，但缺少人性。

我停下來聽這鈴聲。好冷，耳朵都疼了，兩耳應該都凍紅了。但是我感覺自己純淨，被四周包圍的純淨感染了。沒有任何生命氣息，風呼嘯著，冰冷筆直的線條逃遁到黑夜裡。維多黑大道不像資產階級商業街那種討好行人的獻媚模樣，沒有人想到要裝飾它，剛好是其他街道的相反，恰恰不同於珍貝特古華路和卡凡尼大道。火車站附近，因為有旅客往來，布城居民還稍微注意，不時打掃一下。但是再遠一些他們就不管了，於是這條大道便盲目地筆直奔向卡凡尼大道。這個城市遺忘了它。有時一輛棕色卡車呼嘯駛過，發出雷鳴聲。這條大道上甚至不曾發生凶殺案，因為既沒有殺人犯也沒有被害者會出現在這裡。維多黑大道不具人性，像一塊礦石，像一個幾何三角形。布城有幸擁有像這樣一條大道，通常只能在首都大城市才看得到，例如柏林辛克爾斯或菲特列斯海因那一區，或者倫敦格林威治區後面。這些筆直的骯髒狹長小路，刮著一溜風，寬大的人行道上沒有一棵樹。它們幾乎都在市中心之外，位於那些奇怪的街區，人們在那裡締造城市，靠近貨運火車站、電車總站、屠宰場、煤氣儲氣槽。下過暴雨的兩天後，整個潮濕的城市在陽光下蒸騰著泛濕的熱氣，但那些街道還冰冷，還留著汙泥和水窪。有些水窪甚至除了八月之外，一年到頭都不會乾。

嘔吐留在那邊，待在黃色燈光下。我很快樂：這寒冷如此純淨，這夜晚如此純淨，我自己何嘗不是一團冰冷的空氣呢？沒有血液，沒有淋巴液，沒有肉體，沿著這道長長運河流淌到那蒼白之內。只有寒冷。

有人出現了。兩個人影。他們怎麼會來這裡呢？

一個矮小的女人拉著一個男人的袖子。她快速而低聲地說話，因為風大，我聽不到她說什麼。

「妳閉嘴，行嗎？」男人說。

她繼續說著。他突然猛力推開她，他們互看著，不知如何是好，然後男人把兩手插進口袋，頭也不回地走了。

男人已不見身影。現在我和那女人之間相隔不到三公尺，突然間一股嘶啞低沉的聲音撕裂了她，從她身上迸發出來，充斥整條街，帶著無比的激烈。

「查理，我求求你，你知道我對你說過什麼嗎？查理，回來吧，我受夠了，我太痛苦了！」

我靠得這麼近經過她旁邊，甚至可以摸到她。她是……但怎能相信這個激動的身體，這張散發痛苦的臉竟會是……？但是我認出那頭巾、大衣，以及她右手上暗紅色的大胎記；是她，露西，打掃太太。若她不求助的話，我不敢上前幫忙，我眼睛瞧著她，慢慢走過她身前，她眼睛盯著我，但就像視而不見，她似乎痛苦得失了神。我走了幾步，轉過身……

沒錯，是她，是露西。但她整個變了樣，氣瘋了，盡情承受著痛苦。我羨慕她。她在那裡站得直挺挺，張開雙臂，就像等待從天而降的聖傷。她張開嘴，激動地說不出話。我感覺路兩邊的牆壁都增高了、貼近了，她置身於一口井底。我等了一下，怕她直挺挺倒下，她太虛弱，無法承受這異常的痛苦。但是她沒動，似乎和周遭一切同樣變成了化石。一時之間，我自問是否錯估了她，是否這瞬間揭露的才是她真正的性格……

露西發出一小聲呻吟。她手捂著脖子，驚訝地睜大雙眼。不，這足以承受如此劇烈的痛苦的力量，並不是出自她本身，而是來自外部……來自於這條大道。必須扶著她的肩，把她帶到光亮下，帶到人潮之間，到那些恬靜美好的街道上，在那裡，人們不會承受這麼巨大的痛苦，那她就能軟化下去，就能重拾積極的模樣，回到普通的受苦程度。

我轉過身。無論如何，她運氣挺好。而我呢，三年來都太過平靜，從這種悲慘的孤獨中，只能得到些許空虛的純淨。我走開了。

星期四十一點半

我在閱讀室裡工作了兩個鐘頭，然後下樓到席波帝克廣場抽菸斗。廣場地面鋪著紅磚，因為它建於十八世紀，布城居民引以自豪。在夏瑪路和蘇士別塔路的路口，陳舊的鐵鍊阻擋車輛進入。穿著黑衣的女士們來這裡遛狗，遊走在沿著牆的拱廊下。她們很少走到大天光下，只是像少女般以滿意的眼神偷眼瞧著古斯塔夫・安培塔茲的雕像。她們大概不知道這巨大的青銅雕像是誰，但從他的禮服和高禮帽看來，一定是上流社會的人。他左手拿著高禮帽，右手放在一疊對開本的書籍上面，站在雕像石座上，有點像是她們的祖父被青銅澆灌定住了。她們不必多看，就知道他對所有事物的見解都和她們一樣，看法完全一致。他從沉重的手壓住的那一疊對開書本上汲取的淵博知識和權威，用來扶持她們狹隘而堅信不疑的思想。黑衣女士們覺得鬆了一口氣，可以安心忙於家事，遛著狗，她們覺得可以卸下捍衛父執輩傳承下來那些神聖、良善思想的責任，交由那個銅鑄的男人來守衛。

《大百科全書》[24]上有幾行關於這個人物的記載，我去年讀到過。我把那冊百科全書放在窗沿上，透過玻璃窗看到安培塔茲的綠色頭頂。我讀到他活躍於一八九〇年間，是位督學，畫些細緻精美的小玩意，寫了三本書：《古羅馬政治家如何獲得民心》（一八八七）、《羅林的教育學》（一八九一），以及一八九九年一本對詩的最後心得。他歿於一九〇二年，引起大眾及風雅人士深深的惋惜。

我背靠在圖書館正面的牆上，吸一口快要熄掉的菸斗。一個年老女士膽怯地走出拱廊，以敏銳而固執的神情注視著安培塔茲。她突然壯起膽子，快步穿過廣場，嘴裡喃喃自語地在雕像前停了一會兒，之後又快速走掉，粉紅色地磚上溜過一抹黑色身影，消失在一條牆縫裡。

或許在一八〇〇年那時，這個砌著粉紅地磚圍著房屋的廣場是歡樂的，現在卻透著荒涼和不祥，甚至還帶著一絲恐怖。這是因為那個高高站在石座上的男人。將這位大學教授鑄上青銅，就是把他變成了巫師。

我正面看著安培塔茲，他沒有眼睛，也幾乎沒有鼻子，一把鬍子布滿斑駁的怪異斑點，像個傳染病似的，時而侵襲本區所有的雕像。他在致敬，背心胸口處有一個淺綠色的大印跡。他看起來體弱多病，氣色不佳。他沒有生命，沒有，卻又不是死氣沉沉，而是散發出一股暗藏的威力，像一股風把我往後推。安培塔茲想把我驅離席波帝克廣場。在抽完這支菸斗前，我不會離開。

一個高大瘦長的影子突然在我身後冒出。我驚跳起來。

「對不起，先生，我不想打擾您。我看到您嘴唇在動，想必是在重複您書中所寫的句子吧。」他笑了笑，「您是想找出十二音節詩體吧。」

我錯愕地看著自學者，但他對我的錯愕感到驚訝。

「先生，現在人們寫散文不是都得小心避開十二音節詩體嗎？」

他對我的尊敬稍稍降低了一些。我問他這個時間在這裡做什麼，他說老闆讓他放假，他就直接到圖書館來，他不吃午餐，要在這裡讀書直到閉館。我不再聽他說話，但他大概偏離了最初的話題，因為我突然聽到：

---

24 編注：《大百科全書》（*Grande Encyclopédie*），全書共分三十一冊，於法國出版，成書在十九世紀末至二十世紀初。

「……像您一樣擁有寫作一本書的快樂。」

我不得不說點什麼。

「快樂……」我帶著疑惑的神情說。

他誤解了我的回答，立刻糾正說：

「先生，我應該說：才華。」

我們走上樓。我無心工作。有人把《歐也尼．葛朗台》[25]留在桌上，翻開在第二十七頁，我機械性地拿起書，開始看第二十七頁，然後第二十八頁，我沒勇氣從頭開始看。自學者快步走到靠牆書架，拿來兩本書放在桌上，樣子就像狗找到了骨頭。

「您在讀什麼書呢？」

他似乎不想告訴我，猶豫了一下，轉動著迷惘的大眼睛，不情願地把書遞給我看。一本是拉巴列提耶所著的《泥炭與泥炭層》[26]，另一本是拉斯帖所著的《佳言集，或有益的訓言》[27]。怎麼了呢？我不知道他為何尷尬，我覺得這些書很正派啊。為了安全起見，我翻了一下《佳言集》，內容相當高尚。

三點

我放下《歐也尼·葛朗台》，開始工作，但沒什麼勁。自學者看到我在寫東西，用尊敬歆羨的眼光觀察著我。我不時稍微抬起頭，看到他巨大挺直的假領子中伸出一個雞脖子，他衣服都磨損了，但襯衫白得耀眼。他去同一個書架上拿了另一本書，我顛倒著辨識出書名，是茱莉·拉韋涅小姐著的諾曼地傳聞軼事《柯德別克教堂尖塔》[28]。自學者的閱讀書目總是令我困惑。

突然間，我記起他最近念的書籍的作者名字：朗別、朗格瓦、拉巴列提耶、拉斯帖、拉韋涅。靈光乍現，我知道自學者的方法了：他按照作者字母順序來閱讀。

---

25 編注：《歐也尼·葛朗台》（*Eugénie Grandet*）是法國作家巴爾札克所作，是巨著《人間喜劇》小說集中的一部代表作品。

26 編注：《泥炭與泥炭層》（*La tourbe et les tourbières*），一九〇〇年法國學者拉巴列提耶（Larbalétrier）所著。

27 編注：《佳言集，或有益的訓言》（*Hitopadèsa ou l'Instruction utile*），古印度著名韻文寓言集，原以梵文和巴利文寫成。據考證最早版本的五卷書當出現於西元前三世紀，但久已佚失。

28 編注：《柯德別克教堂尖塔》（*La Flèche de Caudebec*），一九〇八年茱莉·拉韋涅（Mlle Julie Lavergne）所著的短篇小說集。

我帶著某種崇敬看著他。要慢慢地、固執地實現如此龐大的計畫，需要多大的動力啊！七年前的某一天（他告訴我從七年前開始研讀），他大張旗鼓走進這間閱讀室，眼光尋了一圈這一面面牆上數不清的書籍，內心想的大概和哈斯提涅[29]差不多：「我倆來較量較量吧，人文科學。」他走到最右邊書架第一排拿了第一本書，翻開第一頁，帶著尊敬、驚恐的感覺，卻又有無可撼動的決心。他今天讀到字母L。J之後是K，K之後是L。他從鞘翅目昆蟲突然跳到量子論，從評論帖木兒的書籍跳到抨擊達爾文主義的天主教小冊子，絲毫不感困惑。他什麼都讀，腦子一知半解裝了對單性生殖、反對活體解剖的論調。在他之後，在他之前，自成一個宇宙。當他闔上最左邊書架最後一排的最後一本書的那一天，會對自己說：「現在呢？」

吃點心的時候到了，他老實地吃著麵包和一板卡拉彼得牌巧克力。眼皮垂著，我盡情看著他漂亮的彎彎睫毛——像女人的睫毛。他身上發出一股陳舊菸草味，吐氣時混合著淡淡的巧克力香味。

星期五，三點

我剛才差點掉入鏡子的陷阱。我避開它，接著卻又掉入玻璃窗的陷阱——我閒閒無事，晃著雙臂靠到窗前。工地、柵欄、舊火車站，舊火車站、柵欄、工地。我打了個大呵欠，連眼淚都冒上來了。我右手握著菸斗，左手握著一包菸絲，得把菸絲裝到菸斗裡，但我提不起勁。我垂著雙臂，額頭抵在玻璃窗上。那個老婦人真惱人，兩眼失神固執地碎步疾走，時而神情畏懼地停下，就像一個無形的危險從旁擦肩而過。她現在到了我窗戶下，風把裙子吹得貼在膝蓋上。她停下來，整理一下頭巾，手顫抖著，又往前走，現在我看著她的背影。老鼬鼠！我猜她會右轉走上維多黑大道，那還有百來多公尺要走，以她的速度，得走上十分鐘，這十分鐘裡，我會像這樣額頭抵著玻璃窗看著她。她會停下二十次，再走，再停……

我**看到**未來，它在那裡，杵在街上，和現在差不多同樣蒼白。為什麼它非要實現不可呢？這會給它增加什麼？老婦蹣跚往前，停下，理一理露出頭巾的一綹灰髮。她往前走，剛才在那兒，現在在這兒……我已經糊塗了：我**看見**她的動作了嗎，還是我**預見**的呢？我

29 譯注：哈斯提涅（Rastignac）是巴爾札克小說《高老頭》（*Père Goriot*）書中主角，書最後一句是他站在拉榭茲神父墓園，對著腳下他一心想征服的巴黎，說：「我倆來較量較量吧，現在。」本段最後一句「現在呢？」也是在呼應哈斯提涅的那句話。

已分不清現在與未來，然而它持續著，慢慢實現著。老婦人走在荒涼的路上，移動著腳上的厚重男鞋。這就是時間，赤裸裸的時間，慢慢朝著存在走來，它讓人期待，而當它到來又讓人噁心，因為人們才發現它早就在那裡了。老婦人快走到路口了，現在只是一小坨黑色衣服。對，沒錯，這是新發生的事，剛才她並不在那裡。但這新發生的事已經褪了色，失去新鮮感，再也不會令人欣喜。她要在路口拐彎了，她拐彎——延續了無止境的時間。

我奮力離開窗戶旁，在房間裡踉蹌，我貼著鏡子，看著自己，覺得自己很噁心：又是無止境的時間。我終於逃開自己的影像，倒在床上，看著天花板，希望睡去。

靜下來。靜下來。我不再感受時間的滑移和掠過。我看著天花板上的影像，先是圓的光圈，然後是十字型，閃爍跳躍。而今在我眼睛底部又形成了另一個影像，一隻大型動物跪著，我看到牠的前腳和駝鞍，其他地方模糊一片。然而我認出來了，那是我在馬拉喀什看到的一隻駱駝，牠被拴在一塊岩石上，一連六次跪下又站起，孩童們笑著，喊叫著逗弄牠。

那是兩年前的事，真是奇妙，我只消閉上眼睛，腦袋裡便像蜂巢一樣嗡嗡不停，重新看到那些臉孔、樹木、房屋，日本釜石市一個在大木桶裡光著身子泡澡的女人，一個身上有一道大傷口、流了一大攤血而死的俄國人。我又聞到北非小米飯的味道，中午時分西班牙布爾戈斯街上充斥的油炸氣味，德士安街道上飄浮的茴香氣味，希臘牧人的口哨聲，那時我為這些感動。這個喜悅很久以來已經麻木，今天會重新出現嗎？

一個炙熱的太陽在我腦袋中猛然滑過，就像一張光影畫片，接著出現一角藍天，太陽晃動了幾下便停住不動，我的內部一片金光閃耀。這片金光是突然來自摩洛哥（或阿爾及利亞？或敘利亞？）的某一天嗎？我沉入過往之中。

梅克內斯。那個山民是什麼模樣？在介於貝丹清真寺和一個桑樹濃蔭的可愛廣場之間一條小巷裡，他直朝著我們走過來，讓我們害怕。當時安妮是在我右邊，還是在我左邊？

這太陽和這藍天都只是假象，我已經被騙上百次了。我的記憶就像魔鬼錢包裡的錢，打開這錢包，只會看到一些枯葉。

至於那個山民，我只記得一隻瞎了的乳白混濁大眼。這眼睛的確是他的嗎？在巴庫跟我解釋墮胎理論的那個醫生也瞎了一隻眼，當我回想起那張臉，出現的也是那個發白的眼球。這兩個人，就跟諾恩三女神一樣，只有一隻眼，三人輪流使用[30]。

30 譯注：北歐傳說中的諾恩三女神並沒有瞎眼，也沒有輪流使用一隻眼睛。研究學者們猜測沙特想的其實是古希臘傳說中的三怪老女巫（Grées），三人只有一隻眼睛一顆牙齒，輪流使用。

至於梅克內斯那個廣場就更簡單了，雖然那時我每天都去，但一點印象都不存，只留著它很可愛的模糊感覺，這幾個字連在一起不可分：梅克內斯一個可愛的廣場。當然，如果我閉上雙眼，或是茫然地盯著天花板，便可以重組那個影像：遠處有一棵樹，一個暗黑矮壯的形體朝我奔來。但這一切是我先設定結果而編造出來的。那個摩洛哥人其實又高又瘦，況且我只在他碰觸到我的時候才看見他，因此我**知道**他又高又瘦，某些簡略的認知還留存在記憶裡，但是我已什麼都**看不見**，儘管在過往中仔細找，也只找到一些片段的影像，不太清楚它們代表什麼，也不清楚它們是記憶或是編造出來的。

還有很多時候，連片段都消失了，只剩下字句：我還可以敘述，非常詳盡地敘述（軼聞趣事我不必擔心有人抗議，只除了海軍軍官和人員），但這些都只剩殘骸。某個傢伙做了這個或那個，但那不是我，我和他毫無共通之處，他周遊的那些國家我既沒去過也毫無所知。在我的敘述中，有時會提到在地圖集上看到的美麗名稱：阿蘭胡埃斯或坎特伯雷。這些名稱對我產生全新的意象，就像從未旅行過的人靠著一些遊記就能產生意象。我藉由字句來夢想，只是這樣。

在一百個死氣沉沉的故事中，總還是有一、兩個是活生生的。我提起這幾個活生生的故事時，總是小心翼翼。偶爾提起，但不經常，生怕耗損了它們。我選上了一個，重新看見場景、人物、姿態。我突然打住：感覺自己在耗損它，我看見在感官的脈絡之下冒出一個字詞，猜到這個字很快會取代我喜愛的幾個影像。我立刻打住，趕快改想別的事，我不願意使記憶疲乏。卻是徒然，下一次再提起這些往事時，一大部分又會僵化生硬了。

我稍微移動著想站起來，去找出我在梅克內斯照的相片，它們收在一個被推到桌下的紙箱裡。又何必呢？這些刺激振奮的東西對我的記憶已起不了效果。前些天我在吸墨紙下發現一張泛白的小照片，照片上是個在水池邊微笑的女人。我端詳這個人好一會兒，沒認出是誰。照片背後記著：「安妮，樸茨茅斯[31]，二七年四月七日。」

我從未像今天如此強烈感覺到自己毫無隱藏的維度，受到肉體和它發出像氣泡一樣的淺薄思想所禁錮。我用現在來建構記憶。我被拋擲、遺棄在現在之中。我徒勞地嘗試與過去相連，但無法逃脫。

有人敲門，是自學者，我把他給忘了，我答應給他看我旅行的相片。真希望他滾遠一點。

他在一張椅子上坐下，屁股僵直地挨著椅背，挺直的上身往前傾。我跳下床，打開

---

31 樸茨茅斯（Portsmouth），位於英國英格蘭東南部漢普郡，南臨索倫特海峽的港口城市。

燈。

「怎麼了，先生？剛才那樣很好啊。」

「看相片太暗了……」

他拿著帽子不知該放哪裡，我接了過來。

「是真的嗎，先生？您願意給我看相片？」

「那當然。」

這是個算計，我希望他看相片，就會閉上嘴。我鑽到桌下，把紙箱推到他的漆皮鞋旁，把一堆明信片和照片放在他膝上：西班牙和西屬摩洛哥。

從他笑咪咪而開朗的神情可以看出，我以為他會閉嘴不說話，是大大搞錯了。他看了那張從伊格魯山上拍攝聖賽巴斯提安的相片，小心翼翼地放在桌上，沉默了一會兒，然後嘆息。

「啊！先生，您運氣真好。若大家說的沒錯的話，旅行是最好的學校。您也這麼認為嗎，先生？」

我做了個空泛的手勢。幸好，他話還沒說完。

「該是多大的改變啊。若我要去旅行的話，出發前我會把自己性格最細微的特徵都寫下來，旅行回來比較看看之前和之後的差別。我在書裡讀到，有的旅者遊罷歸來，外表和心理產生了如此大的變化，連最親近的家人都認不出來了呢。」

他心不在焉地把玩著一大疊相片，拿出一張放在桌上，看都沒看，接著緊盯下一張，相片上是布爾戈斯大教堂講道台上雕刻的聖傑侯母像。

「您見到了布爾戈斯那個披著動物皮的耶穌像嗎？有一本很稀奇的書，先生，在講那些披著動物皮甚至人皮的雕像。那黑面聖母呢？它不在布爾戈斯，是在薩拉戈薩吧？或許在布爾戈斯也有一座？朝聖者會親吻她的雕像，對吧？我是說在薩拉戈薩那一座。一塊地磚上還有她的腳印？是在一個洞裡？母親們會把孩子推進洞裡？」

他渾身挺直，兩手推著一個想像中的孩子，就像在拒絕阿爾塔薛西斯的贈禮[32]。

「啊！許多風俗習慣啊，先生，真是……真是奇特。」

他有點氣喘吁吁，驢子般的大下巴朝著我伸來。他身上散發著菸草和腐水的氣味。他迷惘的漂亮眼睛像火球一樣閃著光芒，稀疏的髮絲像在腦袋上蒸氳了一輪光環。在這腦袋

---

32 譯注：阿爾塔薛西斯（Artaxerxès），波斯帝國阿契美尼德王朝的國王，據傳古希臘醫學家希波克拉底拒絕他賜的禮物，不肯為敵人波斯軍隊治病。

裡，薩摩耶人、尼亞姆—尼亞姆部族、馬達加斯加人、火地島人慶祝著最怪異的隆重儀式，吞食他們的老父親和孩子，隨著鼓聲旋轉直到昏厥，突然瘋狂殺人，焚燒亡者，把亡者曝曬在屋頂上、放在燃著一支火炬的舢舨上放水流，隨意交媾——母親和兒子、父親和女兒、哥哥和妹妹，自殘，自宮，在嘴唇上吊個盤子把嘴唇拉長，在腰間刻上怪物形象。

「根據巴斯卡[33]所言，我們可以說，風俗習慣是第二天性嗎？」

他一雙黑眼緊盯著我的眼睛，乞求一個回答。

「這要看情況。」我說。

他呼了一口氣。

「我也是這麼想，先生。但是我不相信自己，必須讀盡天下書才行啊。」

他看到下一張照片，興奮異常，發出一聲歡呼。

「塞哥維亞！塞哥維亞！我讀過一本關於塞哥維亞的書呢。」

他帶著一絲莊重說：

「先生，我不記得作者的名字了。有時候記憶有缺口。是N……諾……諾德……。」

「不可能，」我激動地說：「您才讀到拉韋涅……」

話一出口我便後悔了：他從未跟我提過這閱讀的方法，這種狂熱應該是他的祕密。果然，他不知所措，噘著厚嘴唇像要哭了。接著他低下頭，一語不發看了十幾張風景明信片。

但是三十秒後，顯而易見一股強烈的興奮鼓脹，他再不說話就要爆炸了。

「一旦我完成自學（還要花上六年），若可能的話，就去參加每年舉辦的大學師生去近東的旅行。我想確認一些讀到的知識，」他興奮地說：「我也想碰到無法預期的、新鮮的，也就是奇遇般的事。」

他降低聲音，帶著頑皮的神情。

「什麼樣的奇遇呢？」我訝異地問。

「各種各樣的，先生。搭錯火車，在一個陌生的城市下車，丟了錢包，被莫名其妙逮捕，在監獄裡過夜。先生，我想可以這麼定義奇遇：不一定多麼令人驚異，但一件超乎尋常的事件。人們談到奇遇的魔力，您覺得這個說法正確嗎？我想問您一個問題。」

「什麼問題？」

他臉紅，微笑。

---

33 譯注：巴斯卡（Pascal），法國思想家、數學家、物理學家。

「或許有點冒昧……」

「說說無妨。」

他傾過身來，眼睛半閉，問：

「您有過很多奇遇嗎，先生？」

我機械性的回答：「有過幾次」，一邊猛然朝後縮，避開他的口臭。是的，我機械性地這麼說，未經思考。通常，我其實挺自豪有過這麼多奇遇。但今天，話才剛說出口，就對自己非常憤怒：我覺得自己在撒謊，我的一生沒有過任何奇遇，或者說，我甚至不知道什麼是奇遇。與此同時，我感受到和四年前，在河內，相同的無奈壓在我肩膀上，那時梅西耶催促著我與他同行，而我一語不發，注視著那尊高棉雕像。意象已經出現：這尊白色的巨大形體令我噁心，四年來我再也不曾見到它了。

「我可以問您嗎……」自學者說。

天啊！跟他敘述我遇到的一個所謂的奇遇。但是我一點都不想談這個主題。

「喏，」我俯身在他窄窄的肩頭，指著一張照片，「喏，那是桑蒂亞納，西班牙最美的城鎮。」

「吉爾．布拉斯的那個桑蒂亞納[34]？我還以為它不存在呢。啊！先生，與您談話讓我增廣知識。一看就知道您曾遊歷四方。」

我在自學者口袋裡塞滿明信片、版畫和照片，把他送出房門。他滿懷欣喜地離開，我關上燈。現在，我獨自一個人了。不完全獨自，那個思想還在那兒，在我面前，等待著。它蜷縮成一團，像隻大貓待在那兒，它不做任何解釋，動也不動，只說著不。不，我沒有過奇遇。

我把菸斗塞滿菸草，點燃，躺在床上，用大衣蓋著腿。我訝異的是，我竟如此悲傷、如此頹喪。就算我真的從未有過奇遇，那又怎麼樣？首先，我認為這純粹是字眼的問題。譬如我剛才想到的梅克內斯那件事：一個摩洛哥人衝向我，想拿一把大摺刀刺我，但我揍了他一拳，打到他太陽穴下方……他開始用阿拉伯話大聲喊叫，然後來了一堆小混混，尾隨著我們直到阿塔汗市集。這件事呢，隨便怎麼稱呼它都行，總之是**發生在我身上**的一件事。

34 譯注：《桑蒂亞納的吉爾．布拉斯》（*Gil Blas de Santillane*）是十八世紀作家勒薩日（Alain-René Lesage）的連載冒險小說。

四下一片漆黑，我不確定菸斗點燃了沒。一輛電車駛過，天花板上閃過紅色亮光。一輛大車駛過，整棟房子都震動。現在大概六點了吧。

我沒有過奇遇。我曾遇過一些事，一些事件，一些意外，隨便怎麼稱呼都行，但不是奇遇。我開始明白，這不是字眼的問題。有某個東西是我比所有其他都在意的——雖然自己並未真正意識到，那不是愛情，不是上帝，不是榮耀，不是財富，是……總之，我曾想像在某些時刻，我的生命會顯現罕見而珍貴的特質。這並不需要多麼特殊的時空背景，僅僅需要一點嚴峻的考驗就行。我目前的生命相當平庸，但時不時，例如在咖啡館裡聽到音樂時，我回想過去，跟自己說：以前，在倫敦、在梅克內斯、在東京，我曾有過很棒的時刻，曾有過奇遇。但現在，連這個都被剝奪了，我驟然間，毫無理由地，明瞭到十年來我都在騙自己。奇遇只會出現在書裡。當然，書裡敘述的所有事情都可能發生在現實中，但不是以同樣的方式，然而，我最在意的正是發生的方式。

首先，開始就必須是真正的開始。可惜！我現在才看清我要的是什麼。真正的開始像一聲喇叭，就像爵士樂響起的第一個音符，一下子切斷煩悶，讓時間變得清晰，像這樣的傍晚，你之後會說：「那是一個五月的傍晚，我出去散步。」人們出去散步，月亮剛剛升起，人們閒散，閒來無事，有點空虛。突然之間，你想道：「有點什麼事情發生了。」隨便什麼事情：黑影裡輕微一記爆裂聲，或是一個輕盈的身影穿過街道。但是這微不足道的事與其他事不同，立刻可以看見隨之而來的會是一個巨大的形體，這形體的輪廓迷失在霧中，於是你心想：「有什麼事開始了。」

這某件事開始，是為了結束：奇遇不容許延長，只有結束時才出現它的意義。我被拖著朝向這結束，無法回頭——它也或許是我的死亡。每一時刻的出現只是為了接引下一個時刻，我全心全意珍惜每個時刻，我知道它是獨一無二，無可替代的，但我絕不會阻礙它的滅亡。我在柏林、倫敦度過的最後一刻，在那個前一晚才相遇的女人懷中，是我熱愛的一刻，也幾乎愛上那個女人——這一刻將會結束，我知道。待會兒我就要啟程去另一個國家，不會再見到這個女人、再找到這一夜。我傾盡每一秒鐘，試著全部體會，我不漏掉任何東西，捕捉所有細節，不論是那美麗眼眸中一閃而逝的柔情，或是街上的嘈雜，或是清晨時分隱約的光亮，我永遠印記在心裡。然而，一分一秒過去，我不會攔阻，我喜歡它流逝。

但突然間，某個東西斷裂了。奇遇結束了，時光重拾它日常的無精打采。我轉過身，在我身後，那個充滿旋律的美麗形體完全隱沒在過往之中。這形體慢慢變小，邊減少邊收縮，現在，結束和開始合二為一。我眼光尾隨著這金色的小點，我自認願意在同樣的情境下，從頭到尾重新來過一次——就算必須死亡、失去財富或是朋友。但是，奇遇不會重來，也不會延續。

是的，這是我曾想要的——不幸的是，這仍然是我想要的。當黑女人歌聲揚起，我感到多麼幸福啊，如果我**自己的生命**成為她那首歌曲的旋律，有什麼幸福的頂峰達不到呢？

那想法一直在那兒，無以名狀。它耐心等待著。目前，它似乎在說：

「是嗎？你以前要的是**這個**嗎？唉，這正是你從來未曾有過的（別忘了：你一直在玩弄字句，把浮華的旅行、跟女子的情愛、打鬥、一堆光怪陸離的小事都稱之為奇遇），也是你永遠不會擁有的——任何人都無法擁有。」

但是為什麼呢？**為什麼？**

星期六中午

自學者沒看見我走進閱讀室。他坐在最裡面那張桌子最旁邊的位置，前面擺了一本書，但他並沒在看書。他笑吟吟地看著他右邊鄰座，是一個經常來圖書館的邋遢中學生。學生先是任由他看了一會兒，突然對著他吐舌頭，做了個難看的鬼臉。自學者臉紅了，趕快把頭埋進書裡，專心看起書來。

我又重拾昨天的思考。昨天我有些冷漠，一點都不在乎沒有奇遇，只是好奇想知道奇遇**是否可能**存在。

我想的是這樣：要讓最普通的一件事成為奇遇，必須、也只須**敘述**它。這就是騙人的地方：一個人永遠都是故事敘述者，他周身圍繞著自己的故事、別人的故事，他通過這些故事來看發生在他自己身上的事，試著像敘述人生一樣活這一生。

但是必須選擇：生活，或是敘述。例如我在漢堡和那個愛娜在一起，我對她有戒心，她害怕我，我過著一種怪異的生活。但是我處在生活之中，自然不會去想它。有一天晚上，在聖保利的一家小咖啡館裡，愛娜離開我身邊去廁所，我獨自一個人，留聲機放著*Blue Sky*。我開始對自己敘述我到達這個城市以來所發生的事，我對自己說：「第三天晚上，我踏進一家叫作『藍色洞穴』的舞廳，我注意到一個半醉的高大女人，這女人就是我現在坐在這裡聽著*Blue Sky*等的人，她會走回來坐在我右邊，雙臂摟著我脖子。」那麼，我會強烈感覺自己有一樁奇遇。但是當愛娜回來，坐在我旁邊，雙臂摟著我脖子，我不知怎地厭惡起她。我現在明白了：是因為得重回現實，奇遇的感覺便消散了。

我們過日子的時候，什麼都不會發生。背景會換，人進進出出，只此而已。從來不會有開始。一天接著又一天，莫名其妙，是一種無止境且單調的加法。時不時，我們做個部分總結，心想：我旅行三年了，我到布城三年了。也沒有結束：我們從不會一次就離開一個女人、一個朋友、一個城市。而且一切都很相似：上海、莫斯科、阿爾及爾，十五天過後，一切都一樣。偶爾——很罕見地——我們會做個檢視，發現自己和一個女人打得火熱，陷入一個難堪的處境，但也只是一瞬之間。之後，一切又從頭來過，又開始加添時日，星期一，星期二，星期三。四月，五月，六月。一九二四，一九二五，一九二六。

這，就是生命。但是當我們敘述生命，一切改觀，只不過沒有人注意到這個改變，因此我們會說這是個**真實**的故事，彷彿在這個真實的故事中，事件是朝著單一次序發生，敘述它的時候卻是倒反著這個次序。我們狀似從頭開始敘述：「一九二二年秋季一個美好的夜晚，我那時在馬侯姆當代書助理。」事實上，我們是由結尾開始敘述。結尾在那兒，看不見，卻在那兒，是它讓這兩句話成為亮眼的開頭。「我散著步，不知不覺走出了村子，我滿心想著缺錢的問題。」這個句子單純看起來，說的是這個人心事重重，悶悶不樂，跟奇遇一點關係都沒有，恰恰是在對發生的事件視而不見的心情之中。但是結尾就在那兒，改變了一切。對我們來說，那個人已然是故事的主人翁。他的鬱悶、他缺錢的事比我們自己的事珍貴多了，被即將發生的精采後續照得金黃。敘述的順序是反過來的，每一時刻不再是不經意地一個接續下一個，而是被故事結尾攢住，每一個時刻又拉住前面那個時刻：

「天色已暗，路上空空蕩蕩。」這個句子隨意被拋出，狀似多餘，但是我們不會上當，把它先擺在一邊，這個訊息我們之後才會知道它的意義。我們感覺主人翁這個夜晚遇到的所有細節都像是昭示，都像是許諾，甚至，他遇到的事全部都是許諾，不是在預告奇遇的一切他都看不見聽不到。我們忘記未來還沒到，那個人在一個毫無預兆的夜裡散步，未來將帶給他雜七雜八各種各樣的單調，他並不選擇。

我想要我生命的每個時刻，像人們回憶起一生時那樣按次序接續而下。這就像想抓住時間的尾巴那樣癡心妄想。

星期天

我忘記今天是星期天了，早上像平日一樣出門，循著慣常路線，隨身帶著《歐也尼．葛朗台》。我推開公園的柵欄門時，感覺某個東西在跟我打招呼。公園裡空蕩蕩，一片光禿，但是……怎麼說呢？它不似平常的樣貌，它對著我微笑。我倚著柵欄待了一會兒，突然間明白今天是星期天，它在樹上、草地上，像一抹隱約的微笑。這無法細細描繪，只能簡單地說：「這是公園，冬天裡一個星期天早晨。」

我走離柵欄，轉身對著市民們的房屋和街道，低聲說：「今天是星期天。」

今天是星期天。它在碼頭後面，它沿著海岸，在貨車站附近，在圍著城市那些擺著在陰暗中靜止不動的機器的空蕩蕩倉庫裡。它在所有的房屋裡，男人們在窗戶裡刮著鬍子，他們仰著頭，時而看看鏡子，時而看看冷冽的天空，瞧瞧天氣會不會變好。妓院迎來第一批客人，是些鄉下人和士兵。在教堂裡，燭光下，一個男人在跪著的女眾前喝葡萄酒。在所有市郊，在工廠綿延不盡的圍牆之間，許多黑色的隊伍開始前進，緩緩朝市中心走來。街道擺出它們在騷動日子時的樣貌迎接他們：除了督勒匹德路之外，所有的商店都拉下了鐵門。黑色人龍很快就會默默占領這些裝死的街道，先到的是圖爾維的鐵路工人和他們在聖桑福蘭肥皂工廠工作的妻子，接著是儒德布維來的小市民，之後是皮諾紡織廠的工人，然後是聖瑪森區的所有幹零活的工人，最後是堤耶哈什來的人，他們搭十一點的電車到了。很快地，星期天的人潮就會出現在鎖著門的商店和關閉的房屋之間。

時鐘敲響十點半，我開始上路。星期天的這個時間，在布城可以見到精采的一幕，但不能到得太晚，要在大彌撒結束之前才行。

裘瑟潘—蘇拉里小街一片死寂，散發一股地窖的氣味。但就如同每個星期天，這裡充滿了喧鬧，像潮水聲一般。我轉上夏瑪首長路，兩邊是三層樓房屋，拉下長長的白色百葉窗。這條仕紳住的街完全被星期天的大量喧囂充斥。在吉列小巷中，喧囂還更大，我聽出來了，是人聲。突然間，左邊迸出光亮和聲音，我到了，這就是督勒匹德路，只需走入人群行列，就能看見體面的先生們彼此脫帽致意。

僅僅六十年前，誰會預料到督勒匹德路奇蹟般的命運呢，今日布城居民把它叫作小布拉多大道。我看過一張一八四七年的布城地圖，這條路還根本不存在呢。那時它應該只是一條又黑又臭的小巷子，一條臭水溝在路磚中間，亂漂著魚頭和內臟。但到了一八七三年底，國民議會宣布，站在公眾利益的立場，將在巴黎蒙馬特丘上建一座教堂。過沒幾個月，布城市長夫人收到了顯靈聖蹟，布城的主保聖人聖賽希兒[35]對她提出指責：讓本城菁英分子每星期天腳踏泥濘去聖河內或聖克羅帝安教堂和小店老闆們一起做禮拜，何能忍受？國民議會不是做了榜樣嗎？靠著上天保佑，布城現在經濟排行已數一數二，難道不該建造一座教堂謝恩嗎？

這顯靈被大家認可了，市議會召開了一次歷史性的會議，主教同意接受募捐。剩下的是選址問題。批發商和船東世傳家族主張把教堂建在他們居住的綠丘最高處，讓「聖賽希

35 編注：聖賽希兒（Sainte Cécile），羅馬貞女殉道者，受到天主教、東正教、聖公會和一些路德宗教會（例如瑞典教會）的尊崇。

兒守護布城，就像聖心堂的耶穌守護著巴黎」。然而住在海濱大道上為數雖不多但財力雄厚的新貴們可不會輕易同意，他們不在意出多少錢，但是教堂要蓋在馬尼安廣場上；如果他們出錢蓋座教堂，當然是為了要使用它啊；他們挺高興對這些視他們為暴發戶的高傲仕紳施展一下威風。主教想到一個折衷辦法：把教堂蓋在綠丘和海濱大道之間的鱈魚市場上，命名「海洋聖賽希兒教堂」。這座龐大的教堂一八八七年竣工，耗資超過一千四百萬法郎。

那時候的督勒匹德路，雖然寬但是髒亂又龍蛇雜處，必須整個重新翻修，住在那裡的居民硬生生地被移到聖賽希兒廣場後面，於是小布拉多大道——尤其在星期天上午——就成了光鮮體面的人士碰面的地方。在這些菁英人士往來的地點，開了一家又一家精緻的店面。這些商店在復活節的星期一、耶誕夜、星期天直到中午都開門營業。朱利安熟食店的熱肉糜大有名氣，旁邊的福隆糕餅店陳列著他們家出名特產，令人讚嘆的圓錐形淡紫色奶油小蛋糕，上面點綴著一朵糖製的紫羅蘭。莒巴堤書店櫥窗裡擺著布隆出版社的新書、幾本例如船舶理論或船帆論著的技術性書籍、一大本介紹布城歷史的圖文書、一些豪華精裝本：藍色皮製封面的精裝《柯尼格馬克》[36]、印著紫紅色花朵的米色皮製封面精裝本保羅．杜美著的《我兒子們的書》[37]。吉思蘭「高級時裝，巴黎樣式」服飾店的左右兩邊各是皮耶卓花店和帕甘骨董店。古斯達夫美髮店裡雇用了四名美甲師，坐落在一棟漆成黃色的簇新建築的二樓。

兩年前，在雙磨坊死巷子和督勒匹德路交叉口，一家不識時務的小店還賣著臭臭殺蟲劑。在聖賽希兒廣場上還叫賣著鱈魚的那個時代，它的生意好得不得了，百年老店。店門口櫥窗很少清洗，透過塵垢和水氣，費勁才能看見裡面擺的穿著紅火緊身短上衣的蠟製小玩意，代表老鼠和小家鼠。這些蠟製老鼠拄著拐杖從一艘多層甲板的船隻上下來，才剛下地，就被一個穿著俏麗、但臉色蒼白、渾身黑汙垢的農家婦女噴灑的臭臭殺蟲劑驅趕而逃。我很喜歡這家小店，它有一種僷懶而頑強的模樣，距離那座法國造價最昂貴的教堂只有咫尺之遙，卻放肆地提醒大家害蟲和汙垢的存在。

殺蟲草藥店的老店主去年死了，姪子把店賣了。只須把幾堵牆拆一拆，現在成了一個

---

36 譯注：《柯尼格馬克》（*Kœnigsmark*）是法國作家皮耶．貝努瓦（Pierre Benoît）於一九一八年出版的第一本小說，極受歡迎。

37 編注：《我兒子們的書》（*Le Livre de mes fils*），法蘭西第三共和國總統保羅．杜美（Paul Doumer）於一九一八年所出版的回憶錄。

小會議廳，叫作「雅室」，去年亨利·波爾多[38]在這裡舉辦了一場有關攀越高山的座談會。

走在督勒匹德路上，不能心急，一家一家人都慢慢緩步而行。有時候一整家人走進福隆糕餅店或皮耶卓花店，那你就可以往前晉升一排，但有時候順著人龍一個往上一個往下走的兩家人遇見了，彼此緊抓著手，你就只能停下來原地踏步。我小步往前，比往上、往下的兩排人龍高出整整一個頭，我看到許多帽子，像海一樣一整片帽子，大部分是黑色的硬禮帽。不時看見一頂帽子被一隻手臂揚起，露出微微發亮的光禿頭頂，揮舞一陣子之後，又沉沉地回歸頭頂。督勒匹德路十六號是都市帽店，專賣法國軍帽，門口掛著一頂碩大無比的紅色主教帽當作招牌，金色流蘇從兩米高處垂掛下來。

大家都會在這裡停下，流蘇下剛聚集了一群人。我旁邊的那個人晃著雙臂耐心等著，是個瓷人般蒼白瘦弱的小老頭，我想他就是商會會長柯菲爾。聽說他令人生畏，因為他從不說話。他住在綠丘頂上一棟磚砌的大房屋裡，窗戶總是大開著。好了，那群人散開了，大家再往前走。又聚集了另一群人，但比較不占空間，他們才剛聚攏就被擠到吉思蘭服飾店門口。人龍甚至沒停下，那群人一被稍微擠到一邊，我們就從旁邊繞過，那六個人互相握著手說：「您好，先生，您好，親愛的先生，您好嗎？戴上帽子吧，先生，您會著涼的；謝謝您，女士，天氣挺冷呢。親愛的，我跟你介紹這是勒弗朗索醫生；醫生，很高興認識您，我先生老是跟我說起幫他治好病的勒弗朗索醫生，但是快戴上帽子吧，醫生，天氣這麼冷您會生病的。不過醫生痊癒得很快；唉啊！女士，醫生才是最缺乏治療的呢；醫生是位出色的音樂家。天啊，醫生，我都還不知道您拉小提琴？醫生真多才多藝呢。」

我旁邊的小老頭肯定是柯菲爾，那群人之中有個棕髮女人一邊對著醫生微笑，一邊牢牢盯著他看。她的神情似乎表示：「這可不是柯菲爾，商會會長嗎？他的樣子真令人害怕，聽說他非常冷漠。」但是柯菲爾先生對四周不屑一顧，那些是住在海濱大道上的人，不屬於上流社會。自從我到這條路上觀賞星期天的舉帽之禮以來，我學會了分辨住在海濱大道和住在綠丘的人。一個男人穿著嶄新大衣、軟氈帽、雪白耀眼的襯衫，走起路來虎虎生風，絕對錯不了：是住在海濱大道的人。至於住在綠丘的人有一副莫名可憐、頹喪的樣子，他們的肩膀窄窄的，疲憊的臉上帶著傲慢的神情。那個手牽著孩子的胖先生，我打賭他一定是綠丘的人，因為他臉色鐵灰，領帶打得像根細繩。

胖先生朝我們走來，眼睛直盯著柯菲爾先生，但在快要擦肩而過時，他轉過頭去，慈愛地和小男孩開玩笑。他又走了幾步，彎身凝視著兒子，充滿父愛。突然間，他迅速地轉

38 譯注：亨利．波爾多（Henry Bordeaux）是二十世紀活躍的法國作家。

過頭來，眼神銳利地看了一眼小老頭，手臂做了一圈大幅度而生硬的致意手勢。小男孩不知所措，並沒有摘帽致意：那是大人間的事。

在老低街拐角口，我們這條人龍碰上做完彌撒的信徒組成的另一條人龍，十幾個人遇上了，繞著漩渦互相致意，但是帽起帽落的速度太快，我來不及看清楚。在這個蒼白的大批人群上方，矗立著龐然的白色聖賽希兒教堂，白堊石的白色襯著黯沉的天空。在這些白得發亮的高牆裡面，教堂內部保留著些許暗夜的漆黑。我們又往前，但次序有點改變，柯菲爾先生被擠到我後面。一個身穿海藍色服裝的女士緊貼在我左邊，她剛做完彌撒，眨著眼睛，被早晨的天光刺著眼。走在她前面後頸細瘦的那位先生，是她的丈夫。

對面人行道上，一位挽著太太手臂的先生，湊到她耳邊說了幾句話，然後微笑起來。很快地，她乳白色的臉上仔細消除了所有表情，盲目地往前走了幾步。這跡象錯不了：他們要打招呼了。的確，過了不一會兒，這位先生便舉起了手。他的手指接近毛氈帽時，猶豫了一秒鐘，然後輕巧地落在帽子上。他輕輕掀起帽子，稍微低下頭好摘下帽子，他太太則輕跳一下，臉上掛起一抹年輕的微笑。一個人影點著頭從他們身邊經過，但他們一模一樣的微笑並沒有立刻消失，還留存在唇邊，像一種暫留現象。當他們和我擦肩而過，又回復漠然的神情，但嘴角還存著一絲愉快的氣息。

結束了：人群漸稀，舉帽致意也變少了，商店櫥窗似乎也沒那麼吸引人了，我走到督勒匹德路尾端了。我要穿過馬路，從對面人行道往回走嗎？我想我看夠了，看夠那些粉紅色禿腦袋，那些瘦削、高貴、模糊的臉孔。我打算穿過馬尼安廣場。我小心翼翼從人龍中抽出身，一位戴著黑帽的真正紳士的腦袋出現在我身旁，是海藍色女士的丈夫。啊！長頭型的漂亮長腦袋，長著濃密的短髮，帥氣的美國式小鬍鬚夾雜著幾根銀絲。尤其是他那微笑，令人讚嘆的高雅微笑。鼻子上好像還戴了個單片眼鏡。

他轉頭對他太太說：

「是工廠新來的繪圖員。不知他到這裡幹什麼。是個好孩子，很靦腆，我覺得他很有意思。」

年輕繪圖員正對著朱利安熟食店的櫥窗重新整理帽子，臉色粉嫩，眼睛低垂，一副固執的神態，顯露出內心的強烈渴望。不必懷疑，這是頭一個星期天他敢到督勒匹德路上來，模樣就像初領聖體似的。他雙手背在背後，臉朝著櫥窗，帶著害羞的興奮模樣；眼前的櫥窗裡有四根油亮的香腸喜洋洋地躺在香芹肉凍裡，但他視而不見。

一個女人走出熟食店，挽起他的手臂，那是他太太，年紀很輕，但皮膚皸裂。她大可在督勒匹德路附近轉來轉去，沒人會把她當貴婦。她那狡獪的眼神、理智警惕的神情洩漏了她的身分。真正的仕女根本不知物價，喜歡好好揮霍，她們的眼睛是天真美麗的花朵，溫室裡的花朵。

一點的鐘聲敲響時，我來到維茲里斯餐館。按照慣例，老人家們都在這兒，其中兩個已經開始用餐，另外四個邊喝開胃酒邊玩牌。其他人站著看他們玩，一邊等著餐桌擺好。最高那個，蓄著一大把長鬍子，是證券經紀人。另一個是海軍軍籍局的退休專員。他們像二十歲小夥子一般大吃大喝，星期天他們總是點酸菜醃肉香腸鍋。最後到的人和已經開始用餐的人打招呼。

「怎麼，又是星期天的酸菜醃肉香腸鍋？」

他們坐下，輕鬆地吁口氣。

「我的小瑪莉葉，來一杯泡沫別太多的生啤酒和一份酸菜醃肉香腸鍋。」

這位瑪莉葉是個結實勤快的女子。我坐在最裡頭的一張桌子。她幫一個老頭倒苦艾酒時，老頭一陣狂咳。

「多倒點啊。」他邊咳邊說。

這可惹怒了她，她還沒倒完呢。

「讓我倒完再說吧，您這是怎麼啦？跟那些別人都還沒張口就先惱火的人一樣。」

其他人笑起來。

「說得好！」

證券經紀人走到座位時，摟著瑪莉葉的肩。

「今天星期天，瑪莉葉，下午要和男朋友去看電影嗎？」

「是啊！今天是狂歡的日子啊。至於男朋友啊，是我負責安排一切呢。」

證券經紀人坐下，對面是一個鬍子刮得乾乾淨淨的老頭，一臉衰相。老頭立刻激昂地說起話來，證券經紀人並不聽，做做鬼臉捋捋鬍鬚。他們從不聽對方說話。

我認出鄰座客人，他們是附近的小商人。星期天女傭休假，他們就來這裡用餐，總是坐同一張桌子。丈夫吃一塊半熟牛排，不時湊近看、聞一聞，妻子小口吃著盤子裡的食物，她是個四十歲的金髮女人，身材肥胖，鬆垮的兩頰紅紅的，緞子襯衫下胸部豐滿緊實。她像個男人一樣，每頓飯都一口氣喝下一瓶波爾多葡萄酒。

我讀著《歐也尼．葛朗台》，並非我從中得到多大樂趣，而是總得找點事做。我隨手翻開一頁，是歐也尼女兒和母親談論著她剛萌生的愛情：

歐也尼親吻著她的手說：

「妳真好，我親愛的媽媽！」

這句話讓母親長期飽受折磨的憔悴臉上發出光芒。

「妳覺得他好嗎？」歐也尼問。

葛朗台太太僅以微笑回答，沉默片刻後，低聲說：

「妳已經愛上他了嗎？那可糟糕了。」

「糟糕，」歐也尼說：「為什麼呢？妳喜歡他，娜儂也喜歡他，我怎麼就不能喜歡他呢？好了，媽媽，我們來擺桌子準備邀他來吃午飯吧。」

她扔下手中的針線活，她母親也扔下，對她說：

「妳瘋了！」

但是她很開心自己也跟著瘋，這證明女兒瘋得有理。

歐也尼喚來娜儂。

「什麼事，您又要什麼，小姐？」

「娜儂，午飯有鮮奶油吧？」

「啊，午飯嗎，有的。」老女僕回答。

「那麼，給他泡的咖啡要很濃，我聽德卡桑先生說巴黎人喝很濃的咖啡。要放多點咖啡粉。」

「您要我去哪裡拿咖啡粉？」

「去買啊。」

「被先生撞見該怎麼辦？」

「他去鄉下了……」

鄰座夫妻從我來之後就沉默不語，突然間，那丈夫的聲音讓我從閱讀中分心。

他帶著戲謔而神祕的神情說：

「嘿，妳看見了嗎？」

妻子從白日夢中驚跳起來，看著他。他邊吃邊喝，帶著同樣嘲弄的神情又說：

「哈，哈！」

沉默。妻子又陷入白日夢中。

突然，她打了個顫，問道：

「你說什麼？」

「蘇珊，昨天。」

「啊！對，」妻子說：「她去找維克多了。」

「我說的沒錯吧？」

妻子不耐煩地把盤子推開。

「不好吃。」

盤緣上點綴著她吐出來的灰色小坨肉渣。丈夫繼續他的話題。

「那個小女人……」

他停住，若有似無地微笑。在我們對面，老證券經紀人微微喘氣撫摸著瑪莉葉的手臂。過了一會兒，丈夫說：

「我那天可不就跟妳說了嗎。」

「跟我說了什麼？」

「維克多，她會去找他。怎麼了？」他突然驚惶失措地問：「妳不喜歡吃這個？」

「不好吃。」

「這裡手藝不比從前了，」他嚴肅地說：「比不上以前埃卡在這裡的時候。妳知道埃卡去了哪裡？」

「去東黑米了，不是嗎？」

「對，對，誰告訴妳的？」

「你啊，你上星期天告訴我的。」

她拿起擺在紙桌巾上的一塊麵包吃，用手撫平桌沿上的紙，猶豫地說：

「你知道，你錯了，蘇珊比你想得更……」

「或許吧，我的小姑娘，或許是這樣。」他漫不經心地回答。他目光尋找瑪莉葉，對她做了個手勢。

「真熱。」

瑪莉葉舉止隨便地倚在桌沿上。

「是啊，是啊，真熱，」妻子抱怨說：「這裡好悶，牛肉又不好吃，我要跟老闆說，手藝不如從前了，稍微打開氣窗吧，我的小瑪莉葉。」

丈夫又擺出戲謔的神情。

「嘿，妳沒看見她的眼睛？」

「什麼時候，我的寶貝？」

他不耐煩地模仿她。

「什麼時候，我的寶貝？妳就是這樣無厘頭，是在夏天，下雪的季節。」

「你是說昨天？啊！是吧。」

他笑起來，看著遠處，相當專心地快速背誦。

「貓一般炯炯發亮的眼睛。」

他如此得意，似乎忘了要說的事。她沒有心機地也開心起來。

「哈，哈，你這個壞傢伙。」

她一下一下輕輕拍著他肩頭。

「壞傢伙，壞傢伙。」

他更自信地重複。

「貓一般炯炯發亮的眼睛。」

但她不再笑了。

「不，說真的，她不是隨便的人。」

他傾身向前，在她耳邊說了長長一段。她好一陣子張著嘴，臉色緊張又開心，好像快噗嗤笑出來，接著她突然往後仰，摳著他的手。

「這不是真的，這不是真的。」

他理智鎮靜的聲音說：

「聽我說，親愛的，既然他都這樣說了，如果不是真的，他幹麼這樣說？」

「不，不。」

「既然他都這樣說了，妳聽好，假設……」

她笑了起來。

「我笑是因為想到賀內。」

「是啊。」

他也笑起來。她鄭重地低聲說：

「那麼，他是星期二發現的。」

「星期四。」

「不，是星期二，你知道是因為……」

她在空中畫著像省略符號的手勢。

長長一陣沉默。丈夫把麵包浸在醬汁裡。瑪莉葉換了餐盤，端上水果塔。我待會也要吃一塊水果塔。輕輕陷入遐想的妻子，嘴角帶著一抹自命清高又有點被觸犯的微笑，突然拖長語音說：

「喔不，你是知道的！」

她的聲音如此帶著情欲，他被撩撥起來，用肥手撫摸著她的頸子。

「查理，別再說了，你讓我興奮起來，親愛的，」她微笑地低語，塞了一嘴的塔。

我試著重拾書本：

妳要我去哪裡拿咖啡粉？

去買啊。

被先生撞見該怎麼辦？

但我又聽到妻子說：

「嘿，我要把這事講給瑪爾特聽，讓她笑笑……」

鄰座夫妻不再說話。吃完塔，瑪莉葉為他們端上李子乾，妻子專心用湯匙優雅接住吐出的李子核，丈夫眼睛看著天花板，手指在桌上輕敲著進行曲。沉默似乎是他們正常的狀態，偶爾興起小小狂熱才說說話。

妳要我去哪裡拿咖啡粉？

去買啊。

我闔上書，想去散步。

我走出維茲里斯餐館，已經快三點了，我整個沉重的身體感受到下午。不是我的下午，是他們的下午，是十萬個布城居民即將共同度過的下午。在這個時間，他們吃完分量大而漫長的星期天午餐，從餐桌上站起，對他們來說，有什麼東西逝去了。星期天已消耗完年輕的輕盈。現在得消化雞肉和塔，換上衣服出門。

埃羅拉多電影院的鈴聲在清澈的空氣中響起，這在大白天裡響起的，是星期天熟悉的鈴聲。沿著綠色的牆，百來多個人排著隊，飢渴地等待進入溫柔的暗室，等待放鬆時刻，忘懷一切，像水中白石一樣發亮的銀幕將為他們說出心中的夢想。但這期待是枉然，他們還是很緊張，很害怕美好的星期天會被破壞。待會兒，他們會如同每個星期天一樣失望：影片蠢透了，鄰座抽著菸斗把痰吐在兩腿之間；或是呂西安真討人厭，沒說一句好話；又或者，他就在今天好不容易一起看場電影，肋間神經痛又犯了，簡直像故意似的。待會兒，就像每個星期天一樣，種種隱壓的小怒氣將在黑暗的電影院裡滋長。

我走在平靜的培桑路。太陽驅走了雲層，天氣晴朗。有一家人正走出「浪花」別墅，女兒站在人行道上扣著手套鈕扣，她大概三十歲吧。母親杵在門沿第一個階梯上，篤定地直視前方，深深吸著氣。我只看到父親寬大的背，正彎著腰鎖門。在他們回來之前，房子沒人且漆黑。兩旁的房子已經鎖上大門，空無一人，屋裡的家具和木地板輕輕劈啪作響。他們出門前熄滅了飯廳壁爐裡的火。父親跟上兩個女人，一家人一語不發往前走。他們去哪裡呢？星期天，大家去那座巨大的墓園，或去拜訪親戚，要是都沒事，就去海堤上散步。我什麼事都沒有，所以順著培桑路一直走到海堤散步道。

天空是淡淡的藍色，幾縷煙霧，幾隻白鷺，遊蕩的雲朵時而遮住太陽。我遠遠看見沿著海堤散步道一排白色水泥欄杆柱，海水在堤防孔洞中閃耀。那一家人往右轉，走上席勒牧師街，往上攀到綠丘。我看見他們緩步往上走，在閃耀的柏油路上，他們像三個黑點。我向左轉，走進沿著海灘絡繹的人潮裡。

人潮比早上混雜，這些人似乎再無力承擔午飯前他們還如此引以為豪的這個美好的社會分級。商人和公務員肩並肩，任憑一臉窮酸的小雇員和他們擦肩而過，甚至碰撞、推擠。貴族階級、菁英分子、聚集的各行業都混在這溫熱的人群裡。他們只是獨立的個體，不再代表任何社會階層。

遠處一汪亮光，那是退潮的大海。幾處濺起水花的礁石鑽出光亮的海面，幾艘小漁船橫陳在海灘上，不遠處是隨意堆在海堤下保護浪擊的黏糊立方石塊，浪花推擠在石塊之間的空隙。在外港入口處，一艘挖砂船矗立在被陽光照白的天際，它每天晚上轟隆大吼，嘈雜喧囂直到午夜，但星期天，船上的工人下船散步，只留下一名守衛，它終於閉嘴。

陽光清朗透明，像杯白葡萄酒，它的光芒微微輕拂過身體，照不出影子，也照不出凹凸，臉和手映出淡金色的斑點。所有這些穿著風衣的男人都彷彿離地幾公分輕輕飄浮著。風不時把顫動如水的陰影吹來，臉龐暗了片刻，變成白灰色。

今天是星期天，人潮在欄杆和海濱小屋的鐵柵欄之間緩緩流淌，到了大西洋公司大旅館之後分流為上千條小溪。放眼盡是孩童！汽車裡、抱在手上、手牽著，或是三三兩兩一本正經走在父母親前面。這些臉孔幾個小時前我都看過了，在朝氣勃勃的星期天早上，它們一副得意的模樣，現在呢，沉浸在陽光下，它們顯露的只是一派平靜、放鬆和一絲固執。

沒那麼多手勢了，還有幾頂帽子揚起致意，但沒了勁頭，沒了早上那種興奮愉快。人們任憑自己稍微朝後仰，抬著頭望著遠方，任憑風推著往前走，大衣被風吹得鼓脹。不時響起一聲乾澀的笑聲，很快就止住。一位母親喊著：亞諾、亞諾，你聽我說，之後一陣沉寂。我聞到一股淡淡黃菸草的氣味，是店員夥計們在抽菸，薩藍波牌、埃依夏牌，是那些星期天才抽的昂貴香菸。在幾張比較放鬆的臉上，我似乎看到一絲悲傷，才不是呢，這些人既不悲傷也不開心，他們只是在休息。他們睜大凝視的眼睛裡被動地反射出大海和天空，待會兒他們會回家，全家人圍著飯桌喝茶。現在，他們不想費力，節省手勢、話語和思想，漂在水面上。他們只有一天可以抹去皺紋、魚尾紋，以及一個星期工作帶來的苦澀深紋，僅僅一天。他們感到一分一秒在指縫中流逝，他們有足夠時間重拾青春，好在星期一早上重新嶄新出發嗎？他們深深呼吸，因為海邊空氣能使人振奮，只有他們那如睡著般規律而深沉的呼吸證明他們還活著。我踮著腳尖走在這群休息的悲傷人潮中，不知該拿我這健壯而精力充沛的身體怎麼辦。

海現在是深灰色，慢慢漲潮，晚上就該滿潮了。今晚海堤散步道會比維多黑大道更荒涼。左前方，航道裡亮著一盞紅燈。

太陽緩緩落到海中，將一座諾曼地風格小屋的窗戶映得發紅。一個女人被刺著眼，無奈地伸手擋著眼睛，一邊搖著頭。

「卡斯東，太陽好刺眼。」她半笑著說。

「嘿！這陽光真不錯，」她丈夫說：「雖然不暖和，還是令人開心。」

她轉身面對大海，說：

「我還以為看得見它呢。」

「不可能，它被太陽遮住了。」

他們說的是凱依伯特小島，在挖砂船和外港碼頭中間本來可以看到小島最南端。

光線變溫和，在這迷離的時刻，某個東西宣告夜晚來臨。這個星期天已成為過去。別墅和灰色欄杆似乎已成新近的記憶。一張張臉孔失去了閒散，有幾張臉幾乎變得溫柔。

一個懷孕的女人倚著一個神情暴躁的年輕金髮男人。

「那裡，那裡，那裡，你看。」她說。

「什麼？」

「那裡，那裡，是海鷗。」

他聳聳肩，哪有海鷗啊，天空變得幾乎純淨，天際一抹粉紅。

「我聽到了。你聽，牠們在叫。」

他回答：

「那是什麼東西在唧喳響。」

煤氣路燈閃著光。我以為是負責點路燈的人經過了，孩子們張望著他，因為這是該回家的信號，但其實只是最後一縷太陽光反射。天空還亮著，地面卻已籠罩在陰暗中。人潮漸稀，可以清楚聽見海水的喘氣聲。一個年輕女人雙手握著欄杆，抬頭望著天，她的臉呈藍色，橫著一抹黑色唇膏。這瞬間，我想自己或許會愛這些人。但是，總之，這是他們的星期天，不是我的。

第一道亮起的光是凱依伯特燈塔。一個小男孩在我身旁停下，神情迷醉低聲地說：

「啊！燈塔！」

此時我感到心中鼓脹著一股奇遇的強烈感覺。

*

我向左轉，經過瓦利耶街走到小布拉多大道。櫥窗的鐵門都已拉下。督勒匹德路明亮但空蕩，失去了早晨短暫的榮光，在此時刻，它和附近的幾條路已無差別。一陣強風刮起，我聽見鐵皮製的主教帽嘎嘎作響。

我獨自一人，大部分人都回家了，看著晚報聽著收音機。星期天結束了，給他們留下一股灰燼的氣味，他們的心思已經轉向了星期一。但對我來說，既沒有星期一也沒有星期天，日子一天推著一天，毫無次序。然而剎那間，出現像這種電光石火。

什麼都沒改變，一切卻以另一種方式存在。我無法形容，就像**嘔吐**，卻又是它的相反：奇遇發生在我身上，我捫心自問，發覺**我是我，我在這裡，是我**劈開黑夜。我開心得像小說裡的英雄人物。

有什麼事情即將發生：在陰暗的老低街上，有什麼東西在等著我，在那邊，就在這條安靜小街的路口，我的生命即將開始。我往前走，帶著宿命的感覺。路口有一個白色的路樁，遠看很黑，但每往前走一步，它就變得愈來愈白。這個顏色漸漸變淺的暗黑物體給我一種奇幻的感覺：當它完全變淺、變白，我會恰恰在它旁邊停下，那時奇遇便將開始。突出於陰暗中的白色燈塔現在如此靠近了，我幾乎害怕起來，一時之間想轉身而去。但是不可能打破這魔力，我往前走，伸出手，觸摸路樁。

這是老低街和龐然的聖賽希兒教堂，教堂隱藏在陰暗中，彩繪玻璃閃著光。鐵皮製的主教帽嘎嘎作響。我不知道是世界突然緊縮了，還是我把聲音和形體完全融成一致，我甚至無法意識到周遭一切其實不是它外在顯現的樣子。

我停下片刻，等待著，感受到自己的心跳。我眼睛在空蕩的廣場上搜尋，什麼都沒看到。一股強風吹起。我搞錯了，老低街只不過是個驛站，那個東西在棉花廣場另一頭等著我。

我不急著繼續往前。我感覺抵達了幸福的頂端。我曾在馬賽、上海、梅克內斯踏破鐵鞋找的不就是這種圓滿的感覺嗎？今日我本已不再期待，在這空虛的星期天傍晚回家，它卻在那兒。

我又往前走。風吹來船的汽笛響聲。我獨自一人，但走路有風像一隊人馬走下城街。此時，海面上的輪船傳出音樂聲，歐洲所有城市都亮起燈光，共產黨和納粹在柏林街道上交鋒，失業者流落在紐約街頭，女士們在溫暖的房間裡坐在梳妝台前塗著睫毛膏。而我，我在這裡，在這條空蕩的路上，從辛克爾斯的窗戶射出去的每一槍，被抬走的傷者每一聲血淋淋的嘶啞，上妝的女士每一個精細輕巧的手勢都呼應著我踏出的每一步，我的每一聲心跳。

我走到吉列小巷口，不知該怎麼辦。小巷尾端有人在等我嗎？但是在督勒匹德路盡頭的棉花廣場上，也有某個東西需要我才能滋生。我充滿焦慮，最微小的動作我都必須負責。我無法猜測該做什麼，但必須做出抉擇：我捨棄吉列小巷，小巷裡會發生什麼，我永遠無法得知了。

棉花廣場上空蕩無人。是我弄錯了嗎？我覺得自己無法忍受這個想法，真的什麼都沒有嗎？我走近馬布利咖啡館的燈光，茫然無措，不知要不要走進去，我朝充滿水氣的大玻璃窗裡看了一眼。

咖啡館裡擠滿了人，裊裊的香菸和濕衣服散發的蒸氣把空氣染成藍色。女收銀員在櫃台後，我跟她很熟，她和我一樣長著紅棕頭髮。她腸胃不好，已在裙子下慢慢腐爛，帶著憂鬱的微笑，就像一朵偶爾發出腐屍氣味的紫羅蘭。我從頭到腳打了個冷顫，是……等著我的就是她。她在那兒，上半身在櫃台上方一動也不動的直挺著，她在微笑。在這咖啡館裡，有某個東西倒轉到這星期天散亂的幾個時刻，將它們一個個串聯起來，賦予它們一個意義。我經過了這一整天，只為了來到這裡，前額抵著這扇窗，凝視著這張在紅色窗簾前綻放的清秀臉孔。一切都停止了，我的生命停止了。這扇大玻璃窗，這像水一樣藍的沉重空氣，水下這株白色的多肉植物，還有我自己，我們形成一個靜止而飽滿的整體：我很快樂。

我走上賀杜特大道時，只剩下一絲苦澀的惋惜。我對自己說：「世上再沒有比奇遇的感覺令我更渴望的了，但是它神出鬼沒，如此快速就消散，而它消散之後我是如此貧瘠！難道它短暫而諷刺的來訪，只是昭示我錯過了生命？」

在我身後，在市區裡，在路燈冷光下筆直的大街上，一樁精采的社交大事已結束，這是星期天的尾聲。

星期一

我昨天怎麼會寫出這個荒謬又浮誇的句子呢：

「我獨自一人，但走路有風像一隊人馬走下城街。」

我不需要華麗的文句。我書寫是為了弄清楚某些情況，要避免舞文弄墨，應該信手寫下，不要管遣詞用字。

其實，讓我噁心的，是昨天晚上我昇華到一個高點。我二十歲的時候，會喝醉，然後解釋自己其實是笛卡兒式嚴肅莊重的人，我深知自己自我膨脹著英雄色彩，但是我不管，這讓我開心。到了第二天，我就像在沾滿嘔吐物的床上醒來一樣覺得噁心。我喝醉不會嘔吐，但比嘔吐還糟糕。而昨天，我甚至沒有喝醉當藉口，只是像個傻瓜一樣心情激昂。現在我需要以如水般透明的抽象思想來洗滌自己。

這奇遇的感覺，顯然並不是來自發生了什麼事，昨天的例子就是個證明。它比較是時刻串聯的方式。我想是這樣發生的：我們突然感受到時間的流逝，每個時刻導致下一時刻，這一個相連到下一個，以此類推。每個時刻都會自己消亡，無須試著挽留，之類云云。人們把奇遇歸因於**在那**一**刻**發生的事件，其實是把形式上的事物投射到內容中。總之，時光流逝這件大事，人們談了很多，卻很少看見它。我們看到一個女人，心想她會變老，但是我們**看不見**她變老。然而在某些時候，我們似乎**看見**她變老，並且感覺和她一起變老：這就是奇遇的感覺。

如果我沒記錯，這叫作時間的不可逆轉性。那麼，奇遇的感覺正是這時間的不可逆轉性。但是為什麼我們不會時時感受到奇遇呢？難道時間不是時時刻刻不可逆轉的嗎？有些時刻我們感覺自己可以隨心所欲，可以在時間裡往前走或向後退，並不重要；但是在另一些時刻，網似乎收緊了，在這個時刻，絕不能失誤，因為機會再也不會重來。

安妮有本事讓時間發揮它最大的威力。當年她在吉布地，我在亞丁，每次我只有二十四小時可以去看她，她想方設法鬧出一堆烏龍，到最後離我回返只剩下不多不少六十分鐘。六十分鐘，剛好是能夠讓人感受每一秒鐘流逝的長度。我記得其中一個緊張的夜晚，我得在午夜動身離開，我們去看露天電影，她和我兩個人都心情難過，只不過她撐住場面。晚上十一點，大銀幕正開始，她握著我的手，一語不發握緊。我心中充滿酸楚的歡喜，不必看錶，我知道是十一點。從這一刻起，我們開始感受每一分鐘的流逝。那一次，我們要分開三個月。銀幕上有一瞬間出現了全白，黑暗稍減，我看見安妮在流淚。後來，到了午夜，她猛力握握我的手然後鬆開，我站起來，沒說一句話就離開。幹得不錯。

晚上七點

工作了一整天，成效不錯，頗有興致地寫了六頁，何況這是關於保羅一世統治的抽象論述。經過昨天的放肆，今天我一整天都規規矩矩。昨天真不該放任自己的心！不過今天我在揭露俄國專制政權的手段時，感到很自在。

只不過這個侯勒邦讓我氣惱，他連最微小的事情都要故弄玄虛，一八〇四年八月他到底去烏克蘭做了什麼呢？他談起這段旅行用詞隱晦。

「後世將評斷我所做的努力，雖未竟功，是否該受到這樣粗暴的否定和羞辱。我埋藏心中的內幕足以讓那些嘲諷者閉嘴，讓他們膽寒，然而我只得默默忍辱。」

我已經上過他一次當了：一七九〇年他短暫來過布城旅行，文字裡一派冠冕堂皇的託辭。我浪費了一個月的時間查證他的事蹟和言行，搞了老半天，他只是把一個佃農的女兒搞大了肚子。他會不會只是個譁眾取寵的人呢？

我對這個自命不凡、滿口謊言的傢伙一肚子火，也許是怨懟吧。我很高興他對別人說謊，但他應該對我例外才對。我以為我們能串通一氣，越過這麼多死人頭上，最後他會對我說：我只對你說真相！但是他什麼都沒說，根本沒有，他對我就像他欺騙亞歷山大或路易十八一樣。侯勒邦必須是個好人，這點對我很重要。他想必十分狡獪，但是誰不狡獪呢？但是是大陰謀還是小伎倆呢？我對歷史研究沒那麼重視，如果那傢伙還活著時，我連他的手都不想碰到的話，更不想為一個死人浪費時間。我對他所知為何？我們無法夢想有比他的生活更美好的，但是真的美好嗎？若他的信件不是那麼浮誇就好了……啊！應該看到他的目光才對，或許他有充滿魅力的姿勢，頭歪在肩上，帶著調皮的神情，修長的食指摩挲鼻邊；或是，在兩個禮貌性的謊言之間，突然升起一陣很快壓抑住的怒氣。但是他已經死了，只留下《戰略論》和《對美德的思考》兩本著作。

如果我放任自己的想像，很輕易能想像他的樣子：在他那傷人無數的高超諷刺揶揄外表之下，其實是個單純、近乎天真的人。他很少思考，但因內在深藏的天賦，在所有情境下都能做出最適當的處理。他的狡詐都是天真的、出於本能的、泱泱大度的，和他對美德的崇愛同樣真誠。當他背叛恩人和朋友，會嚴肅地面對事件，從中汲取教訓。他從不認為他對其他人有任何權利，其他人對他也一樣，生命賦予他的天資是毫無道理、無緣無故的。他熱愛一切，卻又能輕易擺脫。他的信件、著作都不是出於他的手，而是由公共代筆者所寫。

只不過，如果最後只是這樣，我還不如寫一本關於侯勒邦侯爵的小說呢。

晚上十一點

我到鐵路員工酒吧吃晚餐。女老闆在，我只好和她做愛，但只是出於禮貌。她令我有點生厭，皮膚太白，散發著嬰兒氣味。她一陣熱情如火，把我的頭緊抱在胸口，她認為自己做得很對。我呢，我在被子下漫不經心摸著她的陰部，手臂麻了。我想到侯勒邦先生，老實說，有什麼妨礙我寫本有關他生平的小說呢？我的手臂直直貼著女老闆的側身，突然看見一個小花園，長著低矮寬粗的樹，垂著覆滿絨毛的巨大葉片，螞蟻、蜈蚣、鼓蛾到處爬。還有更恐怖的動物，牠們的身體是一片像墊在燒乳鴿之下的烤麵包片，長著螃蟹腳橫著走。寬大的葉片上全擠滿了蟲子。在仙人掌和無花果樹後面，公園裡的維萊妲石雕像[39]用手指著陰部。我大喊：「這公園充滿嘔吐物的氣味。」

「我不想叫醒你，」女老闆說：「但是床單皺褶硌著我屁股，而且我該下樓了，從巴黎來的火車客人到了。」

封齋前的星期二

我揍了莫里斯．巴雷斯[40]的屁股。我們是三個士兵，其中一個頭上有個彈孔。莫里斯．巴雷斯走過來，對我們說：「很好！」然後給了我們一人一束紫羅蘭。頭上有個彈孔的那個說：「我不知該把花放哪兒。」莫里斯．巴雷斯說：「該插在您頭上的彈孔裡。」士兵回答：「我要把花插在你屁眼裡。」我們把莫里斯．巴雷斯翻過來，扒下他的褲子，褲子下面有一件主教的紅袍，我們掀起紅袍，莫里斯．巴雷斯喊了起來，「當心，我穿的是連鞋套的褲子。」但是我們把他的屁股揍出了血，在他屁股上用紫羅蘭花瓣畫了一個德羅萊德[41]的頭像。

這段時間以來，我太常記得自己做的夢。此外，我睡覺時大概動來動去，因為每天早上都發現毛毯掉在地上。今天是封齋前的星期二，但是在布城，這不算什麼大事，全城只有不到百來個人變妝遊行。

我走下樓，女老闆叫住我，「有一封您的信。」一封信。我上一封收到的信是去年五月盧昂圖書館館長寄來的。女老闆把我帶到她辦公室裡，交給我一個鼓鼓的黃色長形信封，是安妮寫來的。我已經五年沒她的消息了。信

39 譯注：維萊姐（Velléda）是西元一世紀的日耳曼女祭司，被視為女神。
40 譯注：莫里斯．巴雷斯（Maurice Barrès），法國政治人物、作家、民族主義者。
41 譯注：德羅萊德（Déroulède），法國政治人物、作家、民族主義創始人之一。

是寄到我巴黎的舊住址，郵戳是二月一日。

我走出門，手裡握著信封，不敢拆開。安妮用的信紙沒變，我心想她或許依舊會去皮卡迪利街那家小文具店買信紙。我想她大概還維持原來的髮型，一頭濃密的金色頭髮不肯剪短。她一定耐心地在鏡子前為了拯救自己的臉孔而搏鬥，這不是賣弄風騷也不是害怕變老，只是想維持自己原來的樣子，不偏不倚原來的樣子。這或許是我最欣賞她的一點，這種對自己形象高度的忠實，對容貌最小的細節也嚴格以對。

住址是用紫色墨水寫的（她也沒有換墨水），強勁的筆跡還微微閃著光澤。

安端．羅岡丹先生

我多麼高興在信封上看見我的名字。朦朧中我又看見她的一抹微笑，我猜測她的眼睛，她低俯的頭。當我坐著，她走過來微笑地杵著，整個上身矗立在我面前，她伸直雙臂抓著我肩膀搖晃我。

信封沉甸甸的，應該至少有六張信紙。我以前門房的蠅頭小字重疊在這娟秀的字跡上：

春天旅館——布城

這幾個字沒有光澤。

我拆開信，幻滅讓我年輕了六歲：

「我不知道安妮是怎麼把信封弄成這麼鼓鼓的，裡面什麼也沒有。」

這句話，我在一九二四年的春天已說過一百次，那時我也像今天一樣使勁從信封內襯裡抽出一小片方格紙。信封內襯美輪美奐，暗綠色印著星星，就像一襲上了漿的厚重布料，光它就占了信封重量的四分之三。

安妮用鉛筆寫著：

我過幾天行經巴黎。二月二十日來西班牙旅館找我。求你了（「求你了」被加在這行字上方，然後以一個怪異的螺旋連接到「找我」）。我**必須**見你。安妮。

在梅克內斯、在丹吉爾，有時我晚上回家，會在床上發現一張紙條寫著：「我要立刻見你。」我跑著前去，安妮打開門，眉毛一抬，神情訝異：她再沒什麼話對我說了，有點埋怨我去找她。這次我會去的，也許她拒絕見我，也許旅館的人會說：「這裡沒這個姓名的人入住。」我想她不會這麼做，只不過她或許在八天後又寫信來說改變主意了，下次再見吧。

大家都在工作，這封齋前的星期二將平平淡淡。就像每次下雨之前一樣，穆迪雷街上飄散著一股濃濃的濕木頭味。我不喜歡這種怪異的日子：電影院推出早場，小學生放假，街道上似乎有一股節慶的氛圍，不停地吸引人注意，一旦你真正注意，它又消散了。

我勢必會再見到安妮，但不能說這個念頭讓我打心底覺得開心。自從收到她的信，我就覺得無所事事。幸好中午了，我雖然不餓但要去吃飯，打發時間。我走進鐘錶匠街上的卡密爾小館。

這是一家封閉的小館子，一整夜提供酸菜醃肉香腸鍋或白豆砂鍋。人們出了劇場就來這裡吃消夜，那些在夜裡抵達、飢腸轆轆的旅客也會在警察指引之下來到這裡。八張大理石桌，沿著牆一排皮製長椅，兩面牆上是紅棕鏽斑的鏡子，兩扇窗和門上安的都是毛玻璃。櫃台在一處凹進去的地方，旁邊還有一個廳，但我從沒進去過，是專門留給成雙成對的客人。

「請給我一份火腿煎蛋。」

雙頰紅紅的胖女服務生一跟男人說話就忍不住笑。

「我沒那個權利。您要不要點馬鈴薯煎蛋？火腿鎖起來了，只有老闆能切。」

我換點白豆砂鍋。老闆叫作卡密爾，一個難以通融的人。

女服務生走開了，這陰暗的老店廳裡只有我一個人。我皮夾裡有安妮的一封信，一股虛偽的羞愧讓我不敢再次讀它。我試著記起信中每一句：

我親愛的安端

我微笑：當然不是，安妮當然沒有寫「我親愛的安端」。六年前，我們剛同意分手後沒多久，我決定去東京。臨行前寫了幾個字給她，既然我已不能叫她「我心愛的愛人」，就滿心天真地寫下「我親愛的安妮」。「我實在欽佩你的厚臉皮，」她回我說：「我過去不是、現在也不會是你親愛的安妮。也希望你知道，你不是我親愛的安端。如果你不知道怎麼稱呼我，倒不如別稱呼，這樣還比較好。」

我從皮夾裡抽出她的信。她沒有寫「我親愛的安端」，信尾也沒有客套話，只一句：「我必須見你。安妮。」沒有任何東西能讓我確定她的感情。我不能怪她，在其中我窺見她對完美的堅持。她總想實現「完美的一刻」，如果這一刻不能成為完美，她便不屑一顧，生命在她眼前消失，她懶洋洋地什麼也不做，像個青春期的大姑娘。再不然，她就挑釁跟我吵架：

「你擤個鼻涕都像個中產階級，裝模作樣，捂著手帕輕咳，志得意滿。」

遇到這種時候，不能回答，只能等它過去。突然，不知是得到什麼訊號，她一陣顫抖，慵懶的美麗容貌轉為嚴峻，開始她螞蟻般的工作。她有一種蠻橫而吸引人的魔力，齒間哼著歌，左顧右盼，然後微笑著站起身，走過來搖晃我的肩膀，幾秒鐘之際，似乎對周遭所有物體下達命令。她用低沉快速的聲音對我解釋她對我的期望。

「聽我說，你願意努力，不是嗎？想想你上次多麼愚蠢。你感受到此刻有多麼美嗎？看看天空，看看地毯上陽光的顏色。我正好穿了綠色洋裝，也沒搽脂粉，一臉蒼白。往後退，坐到暗處去，你知道你該做什麼嗎？哎呀，瞧瞧你！你真傻！說點什麼呀。」

我感覺事情成敗掌握在我手中。這個瞬間含有一種隱晦的意義，必須昇華它，使它完美；必須做出某些動作，說出某些話語。但是我被該做、該說的責任壓垮，我睜大眼睛什麼也看不見，在安妮當下編造出的花樣之間掙扎，揮著粗大的手臂把它們像撕毀蜘蛛網一樣撕毀。在那些時刻，她怨恨我。

當然，我會去見她。我尊重她，也還全心愛著她。我希望在她那完美瞬間的把戲之中，會有另一個男人比我更機靈、更好運。

「你這該死的頭髮毀了一切，」她說：「能拿一個紅棕頭髮的男人怎麼辦？」她微笑。我最先失去的，是對她的眼睛的記憶，然後是她修長的身體，記憶維持最久的是她的微笑，再之後，三年前，連微笑也不記得了。剛才，我從女老闆手中接過信時，這記憶突然回來了，我似乎看見安妮在微笑。我試著再記起她的微笑，我需要感受到我對安妮所有的柔情，這柔情就在這裡，近在咫尺，等著誕生。但是微笑不再回來，結束了。我依舊枯竭、冷硬。

一個男人冷得窸窸窣窣地走了進來。

「先生女士們好。」

他坐了下來，沒有脫下破舊的大衣，兩隻大手相互搓著，交叉著手指。

「我為您上點什麼呢？」

他驚跳起來，眼神憂慮地說：

「啊？來一杯兌水的比爾甜酒。」

女服務生一動也不動，鏡子裡她的臉像是睡著了，其實她是睜著眼睛，但只睜了一條縫。她向來如此，不急著上酒上菜，客人點了東西她就神遊一會兒。她應該是想著那瓶她將在櫃台上方拿下的酒，白色標籤印著紅字，她將傾倒出的黑色濃醇漿液，有點像她自己喝到了似的。

我把安妮的信塞回皮夾裡，它已經給了我它所能給的，我無法追溯到那個把它拿在手裡、摺疊、裝進信封的女人。想到過去的某個人難道是可能的嗎？我們當初相愛的時候，不容許我們共度的最親密時刻、最微小的痛苦留在身後。聲音、氣味、天色的細微變化、甚至沒說出口的想法，我們一切都帶走，一切都鮮明，不斷地在當下享受它們，或受它們折磨。沒有任何回憶，而是一份無法逃避的熾烈愛情，沒有陰影，沒有退路，沒有休憩處。三年之間的一切都在眼前，正因為這樣我們才分手的，我們沒有足夠的力量承受這個重擔。安妮離開我時，那麼突然，那麼決斷，三年的時間塌陷在過去之中。我甚至沒感到痛苦，只覺得空虛。之後，時間又開始流逝，空虛愈來愈大。再之後，當我在西貢決定返回法國，所有還留存的一切——陌生的臉孔、廣場、長河沿岸的碼頭——一切都磨滅了。所以呢，我的過去只剩下一個巨大的空洞。而我的現在，是這在櫃台邊神遊的黑上衣女服務生，和這個小個子男客人。我所知道關於我生命的一切，似乎都是從書本上學來的。印度的貝拿勒斯宮殿、吳哥窟的古代法院、印尼爪哇島的神廟和那些盤繞的階梯都只不過是一瞬間映在我眼裡而已，它們留在那裡，留在原處。在晚上駛過春天旅館前的電車不會帶走映照在窗戶上的霓虹招牌，車子火紅片刻，然後帶著黑黑的車窗遠去。

那個男客人不停看著我，他令我厭煩。他個頭不大，但裝出一副了不起的樣子。女服務生終於決定幫他倒酒，懶散地抬起黑色長臂，搆到酒瓶，端來酒瓶和一個杯子。

「來了，先生。」

「是阿契爾先生。」他文雅地說。

她沒回答，動手倒酒。突然間，他迅速把放在鼻子旁的手指縮回，兩手平放在桌上，頭往後仰，兩眼晶亮，冷冷地說：

「可憐的姑娘。」

女服務生嚇了一跳，我也嚇了一跳，他擺出一副難以捉摸，或許是驚訝的表情，彷彿那句話並不是他說的。我們三個人都很尷尬。

胖胖的女服務生最先恢復鎮靜，她沒有什麼想像力。她莊重地打量著阿契爾先生，知道她單手就可以把他從椅子上抓起來，扔到外頭去。

「為什麼我是個可憐的姑娘呢？」

他遲疑著，狼狽地看著她，然後笑了，臉上擠滿了皺紋，用手腕輕輕做了個手勢。

「這惹她生氣了。只不過這麼說說罷了，可憐的姑娘，沒有什麼特別意思。」她轉過身，走回櫃台後面，真的生氣了。他還在笑。

「哈！哈！隨口說說，不會吧，生氣了？」他朝我這個方向說：「她生氣了。」

我撇過頭。他稍稍舉起酒杯，但沒想到要喝。他眨著眼睛，驚訝又膽怯的神情，似乎試圖回想起什麼事。女服務生坐到收銀台，拿起針線活。一切恢復寂靜，但已不是相同的寂靜。下雨了，雨點輕敲著毛玻璃窗，街上若還有化妝遊行的孩子，他們的硬紙面具會被雨淋得軟塌骯髒。

女服務生打開燈，還不到兩點，但天色已全黑，她看不清楚針線活。燈光柔和，人們在家裡應該也開了燈，他們看著書，看著窗外的天空。對他們來說……是另一回事。他們以另一種方式變老，他們活在遺贈品、禮物之間，每件家具都是個回憶。小擺鐘、勳章、肖像、貝殼、紙鎮、屏風、披肩。櫃子裡塞滿了酒瓶、布料、舊衣服、報紙，他們什麼都保留起來。過往，是擁有房子的人的奢侈。

我的過往要保留在哪裡呢？過往不能攢在口袋裡，必須有棟房子收擺。我只有孑然一身，孤獨一人，擁有的只是這個身軀，留不下回憶，回憶從我這樣的人身上穿過。我不該抱怨，我要的只是自由。

矮小男人動來動去嘆著氣，他縮在大衣裡，但不時挺直身子，擺出一副傲慢的神態。他也沒有，沒有過往。仔細找找，大概能在他已不往來的表親那裡找到一張他參加婚禮的相片吧，穿著小摺領、胸前褶紋襯衫，蓄著年輕人的粗硬小鬍子。而我呢，我相信甚至連張照片都沒有。

他還在看著我。這回他要跟我說話了，我覺得渾身僵硬。我們之間並不存好感，只不過我們很相似，如此而已。他和我一樣孤單，但比我還深陷在孤獨之中。可能在等待他的**嘔吐**或之類的東西。現在有人**認出**我來了，認真看了我之後，認為「這傢伙和我們是一國的」。那又怎樣呢？他要什麼？他應該清楚我們不能為彼此做什麼。有家庭的人活在他們的房子裡，圍繞著他們的回憶。而我們呢，兩個沒有回憶的落魄人。他若突然站起來，若和我說話，我會驚跳起來。

門嘩啦一聲打開，是羅傑醫生。

「各位好。」

他走進來，粗暴又多疑的模樣，一雙長腿微微發抖，幾乎撐不起身體。星期天我常在維茲里斯餐館看到他，但他不認識我。他身材像以前南法茹安維爾訓練運動員的教官，手臂和大腿一樣粗，胸圍一百一十公分，腳撐不住。

「珍娜，我的小珍娜。」

他碎步疾走到掛衣架旁，把寬邊氈帽掛上去。女服務生放下針線活，半醒著不疾不徐走過來，幫醫生脫下雨衣。

「您要點什麼呢，醫生？」

他嚴肅地看著她。這是個我所謂的英俊臉孔，一張經歷過風霜、被生活和熱情磨損的臉孔，但是醫生了解了生命，控制了熱情。

「我完全不知道要點什麼。」他用深沉的聲音說。

他跌坐在我對面的長椅上，擦著額頭，只要不需用腳撐著身體，他就感到舒服。他的眼睛令人生畏，一雙大眼又黑又蠻橫。

「那就……那就，那就，那就——來杯陳年蘋果燒酒吧，孩子。」

女服務生並不行動，端詳著這張皺紋交錯的大臉。她在神遊。矮小男人抬起頭，帶著解脫的微笑。沒錯，這個大傢伙解脫了我們。剛才有某個恐怖的東西要逮住我們。我深深吸了一口氣，現在，我們又回到人們之中。

「怎麼，我的蘋果燒酒來還是不來啊？」

女服務生驚跳一下走開了。醫生張開兩隻大手臂，握住桌子兩側。阿契爾先生滿心歡喜，想要吸引醫生注意，儘管他搖著兩腿，在長椅上跳動，但是他個子太小，難以引起注意。

女服務生端來陳年蘋果燒酒，歪歪頭跟醫生提醒鄰座的動靜。羅傑醫生緩緩轉過上身，因為他不能轉動脖子。

「啊，是你啊，髒老傢伙，」他喊道：「你還沒死？」

他對女服務生說：

「你們讓這種東西進到店裡？」

他凶猛的雙眼盯著矮小男人。一個直接的眼光，讓所有事情歸位。他解釋說：

「他是個老瘋子，就是這麼回事。」

他甚至懶得表明自己是在說玩笑話，他知道那個老瘋子不會生氣，反而會微笑。沒錯，老瘋子卑微地微笑。一個老瘋子，他放鬆下來，對自己感到放心了，今天不會發生任何事。更奇怪的是，我也感到安心。一個老瘋子，就是這樣，如此而已。

醫生笑起來，對我投來一個善意與同謀的眼光——無疑是因為我的身材，以及我乾淨的襯衫——他想把我拉入他玩笑的同一陣線。

我沒笑，不回應他的主動表示。他一邊繼續笑，一邊用瞳孔的恐怖火光試探我。我們沉默對峙了幾秒鐘，他瞇著眼打量著我，想把我歸類：腦袋有問題的瘋子？還是流氓？

終究還是他先轉過頭去。在一個孤單的、沒有社交重要性的人面前小小漏氣，根本不值得一提，轉頭就忘了。他捲了一根菸，點燃，一動也不動，眼睛像個老頭一樣固定且嚴峻。

漂亮的皺紋，他各種都有：額頭上的橫紋、魚尾紋、嘴角邊歲月痕跡的法令紋，以及下巴下的黃色皺褶。這是個好運的男人，遠遠一看就知道他一定受過苦，是個有生命歷練的男人。他值得這張臉孔，因為他好好利用了這張臉，保留了、運用了過往。他把過往直接在臉上製成標本，面對女人和年輕人都無往不利。

阿契爾先生很開心，大概很久沒那麼開心過了。他崇拜地張著嘴，鼓著腮，小口小口啜著比爾甜酒。是啊！醫生知道怎麼收治他！醫師才不會被一個快抓狂的老瘋子嚇住呢，好好刺他一下，幾句粗暴的話刺激一下，他就是這麼收拾他們的。醫生有經驗，是個靠經驗的行業：醫生、神甫、法官、官員，他們了解人，彷彿人是他們手中造出來的一樣。

我替阿契爾先生感到羞恥。我們是同一國的，應該聯合起來對抗他們，但他拋棄了我，投到他們那邊去了：他啊，他老實地相信**經驗**。不是他的經驗，也不是我的經驗，而是相信羅傑醫生的經驗。剛才阿契爾先生覺得自己有點怪，感覺孤孤單單，現在他知道也有人跟他一樣，很多人跟他一樣。羅傑醫生遇見過這些人，可以跟阿契爾先生敘述他們每個人的故事以及故事如何結尾。阿契爾先生只是其中一例，輕易就能被歸併到某個普遍的概念裡。

我真想告訴他，他被騙了，被那些裝模作樣的人唬了。靠經驗的行業？他們一輩子渾渾噩噩、半睡半醒，匆匆忙忙等不及結了婚，隨隨便便生了孩子。他們在咖啡廳、婚禮上、葬禮上與人相遇。有時候會突然情緒騷動不安，不知道發生了什麼事就糊里糊塗地掙扎著。周遭發生的一切，如何開始怎麼結束他們都不明不白。一些長長的模糊形體、一些事件遠遠而來，快速擦觸到他們，在他們想看清楚時，一切都已結束。然後，到了將近四十歲，他們把自己那些小小的偏執加上幾句格言，命名為經驗，開始變成自動販賣機：你在左邊投幣孔投兩個銅板，就會掉出銀紙包裝的小故事，在右邊投幣孔投兩個銅板，就會掉出像黏牙焦糖般的寶貴忠告。按照這樣，我也能受邀到人家家裡，他們會口耳相傳說我是舉世少有的大旅行家。是的，回教男人蹲著撒尿；印度產婆用牛糞裡的碎玻璃代替麥角新鹼；在婆羅洲，少女月經來時，要在家裡屋頂上待三天三夜。我在威尼斯看過用貢多拉載棺材的葬禮，在賽維亞見過聖周慶典，也見過德國上阿瑪高的耶穌慶典。當然，這些只是我的見識的小小例子，我大可以仰坐在椅子上，輕鬆戲謔地開講：

「您知道伊西拉瓦嗎，親愛的女士？那是在摩拉維亞地區一個很好玩的小城，我一九二四年曾在那兒住過一陣子……」

聽我說完故事，見過各種案件的法院院長開口說：

「多麼真實，親愛的先生，真是人性啊。我事業初期也遇過相似的事件，那是在一九〇二年，我在利摩日任職代理法官……」

只不過呢，我年輕時已經受夠這個了。我雖然不是來自一個從事這些職業的家庭，不過也有許多這方面的業餘愛好者，像是祕書、雇員、商人，他們在咖啡館聽人高談闊論，將近四十歲時，覺得自己滿滿的經驗無處宣泄。幸好他們有孩子，強迫孩子就地照單全收。他們想讓我們相信他們的過往沒有喪失，他們的回憶濃縮了，柔緩地變成了智慧。方便好用的過往！攢在口袋裡的過往，像一本寫滿優美格言的留言簿。「相信我，我這些都是經驗談，我所知道的一切都是從生命裡得來的。」難道**生命**負責幫他們思考嗎？他們用舊的解釋新的，至於舊的事物，他們就以更陳舊的來解釋，就像那些歷史學家把列寧比作俄國的羅伯斯比，把羅伯斯比視為法國的克倫威爾一樣，他們從頭到尾什麼都沒弄懂……在他們那自以為是的外表之下，隱隱看出其實是一種沉悶的懶惰：他們看到眼前走馬燈似的許多表象，打著呵欠，認為太陽底下沒有什麼新鮮事。「一個老瘋子」——羅傑醫生便又隱約想到其他的老瘋子，卻記不起其中任何一個。眼下，阿契爾先生無論做什麼都不會令我們驚訝了，**既然**他是個老瘋子！

他不是個老瘋子，他只是害怕。怕什麼呢？當我們想理解一件事，就會面對它，獨自一人，毫無援手。世界的一切過往都幫不上忙。然後呢，這件事會消失，我們的理解也隨之一起消失。

籠統的概念比較討人喜歡。那些專業者、甚至業餘愛好者最後總是有理的，他們的智慧教導人們盡量不要出聲，盡量不要活著，讓自己被遺忘。他們最喜歡說的故事就是那些不謹慎、獨特的人最後受到懲罰。沒錯，事情就是這樣，而且沒人會反駁。阿契爾先生或許心中有愧，或許思忖著當初若聽父親、姊姊的忠告，今天就不會落到這個地步。醫生有權大聲說話，他一生不曾失敗，成為了有用的人，他平靜且威嚴地矗立在這個窮途潦倒的落魄鬼上方，像一塊岩石。

羅傑醫生喝光了陳年蘋果燒酒。他那高大的身軀塌下，眼皮沉重地垂下。我第一次看見他那沒有眼睛的臉孔，真像一張紙面具，就是今天商店裡賣的那種面具。他雙頰帶著可怕的粉紅色……突然間我知道真相了：這個男人很快就要死了。他自己必定知道，只要照照鏡子就明白，他似乎一天比一天更像他將成為的屍體。這就是他們的經驗，這就是為什麼我經常覺得他們的經驗散發著死亡的氣息：這是他們最後的抵禦。醫生想要相信經驗，想掩飾難以承受的事實：他是孤獨的，一無所有，沒有過往，腦袋逐漸迷糊，肉體逐漸衰敗。於是他好好地建構、好好地鋪設、好好地裝填小小的癡想作為補償，告訴自己正在進步。他的思維出現破洞，腦子有時空轉嗎？那是因為他的判斷不像年輕時那麼急躁。書裡的東西他看不懂？那是因為現在他遠離書本了。他不能再做愛了？但是他曾經做過。曾經做過愛，比還在做愛更上一層樓，有了距離方能評斷、比較、思考。而為了忍受自己在鏡子裡那張像屍體的恐怖臉孔，他努力相信上面刻著經驗的結晶。

醫生稍稍轉過頭來，眼皮半睜，惺忪的紅眼睛看著我。我對他微笑，我想用這微笑對他揭示他試圖掩蓋的一切。如果他能夠對自己說：「有個人**知道**我要死了！」便會清醒過來，但是他的眼皮又垂下，睡著了。我要走了，就讓阿契爾先生守候他的睡眠吧。

雨停了，空氣溫潤，天空緩緩流動著美麗的黑色影像。對「完美的一刻」來說，這實在是再好不過的場景了。為了反映這些影像，安妮會讓我們心裡滋生出小小的暗潮。我啊，我不知把握時機，隨步亂走，在這片我不知善加利用的天空下，平靜而空虛。

星期三

不應該感到害怕。

星期四

寫了四頁紙。接著是一長時刻的歡喜。不必太過思考歷史的價值，否則可能會厭惡起歷史。不要忘記侯勒邦先生是我目前生存的唯一理由。

再過一星期，我要去見安妮。

星期五

霧好濃，我走在賀杜特大道上，小心翼翼沿著軍營牆壁走，右手邊，車子大燈向前方拋出濕漉漉的光線，完全看不到人行道的邊緣。周圍有人，我聽見他們的腳步聲，時而聽見說話的嗡嗡聲，但我看不見任何人。有一次某個女人的面孔出現在我肩膀旁，但立刻被濃霧吞沒。另外一次有個人大聲喘氣從我身邊擦過。我不知走向哪裡，專心往前走，要小心，用腳尖探探地面，甚至兩手往前伸。我一點都不喜歡這種操練，但是我不想回家，已經掉入陷阱了。半個鐘頭後，我終於遠遠看見一股泛藍的氤氳。我朝著它走去，很快來到一大片光線的邊緣，在中央，明亮如火的光線穿破濃霧，我認出是馬布利咖啡館。

馬布利咖啡館有十二盞電燈，但只開了兩盞，一盞在收銀台上方，另一盞吊在天花板上。店裡唯一的服務生把我推往一個陰暗的角落。

「別往這兒，先生，我在打掃。」

他套著短上衣和紫色條紋白襯衫，沒穿背心和假領子。他打著呵欠，神情陰鬱地看著我，一邊用手指爬梳頭髮。

「一杯黑咖啡和可頌。」

他沒應聲，揉著眼睛走開。我眼前一片陰暗，一片可惡冰冷的陰暗，暖氣一定沒開。

我不是獨自一人。我對面坐著一個臉色蠟黃的女人，她的手不停地動，一會兒摸摸襯衫，一會兒理理黑帽子。她和一個高個子金髮男人同桌，他一聲不吭吃著奶油麵包。我感覺這寂靜很沉重。想點燃菸斗，但是想到擦火柴的聲音會引起他們注意，這讓我不快。

電話鈴響了。她的手停住，貼在襯衫上。服務生不慌不忙，慢慢掃完地，才去接電話，「喂，喬治先生？日安，喬治先生……是，喬治先生……老闆不在……。是啊，他該下樓來了……啊！這種大霧天……他通常八點下樓……是，喬治先生，我會轉告他。再見，喬治先生。」

濃霧壓在窗玻璃上，像一襲灰色絨布簾幕。一張臉湊在玻璃上一會兒，之後又消失。

那女人抱怨地說：

「幫我把鞋帶綁好。」

「鞋帶沒鬆。」男人看也沒看地說。

她火大起來，兩手沿著襯衫和脖子上上下下，像兩隻大蜘蛛。

「鬆了，鬆了，幫我把鞋帶綁好。」

他一臉厭煩地彎下腰去，輕觸了一下她桌下的腳。

「綁好了。」

她滿意地微笑。男人招來服務生。

「多少錢？」

「幾個奶油麵包？」服務生問。

我垂下眼，以免顯出盯著他們看的樣子。過了一會兒，我聽見咯咯聲，視線裡出現裙襬和兩隻沾著乾汙泥的短筒靴，緊接著是男人亮漆尖頭的短筒靴。靴子朝我走來，停住不動，向後轉：他們正在穿大衣。這時，一隻手沿著裙子往下，手臂伸得直直的，猶豫了一下，然後搔著裙子。

「妳穿好了?」男人問。

那隻手打開，前去撣撣右靴上一個星形大汙泥，之後又消失。

「總算好了!」男人說。

他在掛衣架旁拿了行李。他們走了出去，我看著他們陷入濃霧之中。

「他們是藝術家，」服務生端來咖啡時說：「他們在宮殿電影院中場休息時表演節目。女的蒙住雙眼，卻能說出觀眾的名字和年紀。他們今天離開，因為每星期五更換節目。」

他從剛離開的兩位藝術家桌上端來一盤可頌。

「不用了。」

我一點都不想吃那些可頌。

「我得把燈關了，早上九點，光為一個客人開兩盞燈，我會被老闆罵。」

咖啡館裡一片昏暗，高大的玻璃窗現在透進髒髒的灰棕色微光。

「我找法斯蓋先生。」

我沒注意老太太走進來，一股寒氣吹得我打寒顫。

「法斯蓋先生還沒下樓。」

「是芙蘿虹太太叫我來的，」她說：「她情況不好，今天不能來了。」

芙蘿虹太太就是棕紅頭髮那個收銀員。

「這種天氣，」老太太說：「對她的腸胃可不好。」

服務生擺出一副了不起的樣子回答說：

「是濃霧的關係，就和法斯蓋先生一樣，我很驚訝他還沒下樓。剛才有人打電話找他。他通常八點就會下樓。」

老太太機械性地看著天花板。

「他在樓上？」

「是啊，是他的臥室。」

老太太拉長聲音，像自言自語。

「會不會是死了……」

「啊怎麼！」服務生的臉極度氣憤，「啊！怎麼！真多謝啊。」

會不會是死了……這個念頭閃過我腦際。在濃霧的日子裡很容易會產生這種念頭。

老太太走了。我真該和她一樣走人，天氣又冷天又暗，濃霧從門下鑽進來，將要緩緩上升，淹沒一切。我本來可以去市立圖書館，那裡光亮又開著暖氣。

又一張臉孔湊在玻璃窗上，做著鬼臉。

「等一下。」服務生惱火地說，跑著出去了。

玻璃窗上的臉孔消失，只剩下我一人。我苦澀地埋怨自己不該出門。現在，霧一定占據了整個房間，我不敢回家。

收銀台後面陰暗處發出劈啪聲，聲音來自私用樓梯，是經理終於下樓了嗎？不是，沒人出現，樓梯自己發出劈啪聲。法斯蓋先生還在睡，或是他在我頭頂的樓上死了。一個濃霧瀰漫的早上，被發現死在床上——副標題：在樓下的咖啡館裡，客人還毫不知情地吃喝著……

但他還在床上嗎？沒有拉著床單一起翻跌，頭撞到地板嗎？我跟法斯蓋先生很熟，他偶爾問問我身體可好。他是個快活的胖子，鬍子修得整整齊齊。他若死了，一定是中風，臉變成紫色，舌頭吊出嘴外，鬍子亂蓬，鬍鬚起伏的下巴下的脖子也呈紫色。

私用樓梯隱沒在黑暗中，連扶手底端的球形裝飾都難以分辨。必須穿越這層陰暗，樓梯會劈啪響，上了樓，我會看見臥房的門……

屍體在那裡，就在我頭頂上。我會旋開電燈開關，試看看摸摸這溫熱的皮膚。我坐不住了，站起身。如果服務生逮到我正走上樓梯，我就說聽到了聲音。

服務生突然回來了，氣喘吁吁。

「來了，先生！」他喊著。

這笨蛋！他走過來。

「兩法郎。」

「我聽到上面有聲音。」我說。

「也該是時候了！」

「但是我看情況不太妙，好像有喘氣聲，還有沉重的砰一聲。」

在這陰暗的廳堂裡，玻璃窗外一片濃霧，一切似乎都很自然，我不會忘記服務生那驚恐的眼神。

「您可能該上樓看看。」我陰險地加了一句。

「啊不！」他說：「而且，我怕他會責怪我。現在幾點了？」

「十點。」

「要是十點半他還不下來，我再去。」

我朝門口走了一步。

「您要走了？不留下來嗎？」

「不。」

「是真的喘氣聲？」

「我不知道，」我邊走出門邊說：「或許是我想像的吧。」

濃霧稍微散了些。我趕忙走向督勒匹德路，我需要光亮。但我大失所望，的確有光亮，在櫥窗上閃耀，但那不是歡欣的光亮，濃霧中顯得一片慘白，像淋浴一樣灑到肩上。路上很多人，尤其是女人，女僕、打掃太太，也有老闆娘，認為「我親自來買比較可靠」的那些女人，她們瀏覽一下櫥窗，然後走進店裡。

我停在朱利安熟食店前，隔著櫥窗不時看見一隻手指著松露豬腳和腸肚包，然後一個金髮胖姑娘彎著身坦出胸部，伸手拿起那塊死肉。在離這裡五分鐘路程的地方，法斯蓋先生死在房間裡。

我在四周尋找堅強的支柱，以便抵禦我這個念頭，卻找不到。霧慢慢被撕碎，但是街上還是流淌某種令人不安的氛圍，或許不算真正的威脅，而是隱蔽的、透明的，偏偏正是這樣，最終讓人害怕起來。我前額抵著櫥窗，在俄式魔鬼蛋上，我看到一滴暗紅色，是血。這一攤黃色上的這滴紅色令我想作嘔。

突然間，我產生了一個幻覺：一個人倒下，臉朝下，血流在盤子裡。魔鬼蛋在血裡滾動，頂上的番茄片掉落到盤子裡，紅上加紅，蛋黃醬有點坍塌，一攤黃色醬汁把血隔成兩側。

「這太蠢了，我得打起精神。我要去圖書館工作。」

工作？我很清楚知道自己寫不出一行字。又是一天報廢了。我穿過公園時，看到一個披著藍色披風的人一動不動坐在平常我坐的長椅上。真是個不怕冷的傢伙。

我走進閱讀室，自學者正走出來。他撲過來。

「我要謝謝您，先生，您那些相片讓我度過難以忘懷的時光。」

我看到他，一時燃起希望，兩個人一起，或許比較容易度過這一天吧。但是，和自學者僅是表面上的夥伴而已。

他手拍著一本四開本，是一本**宗教史**的書。

「先生，沒有人比努撒皮耶更有資格做這種廣泛的綜合分析，這說法是真的嗎？」

他神情疲憊，雙手顫抖。

「您臉色很差。」我說。

「啊！先生，我想是的，因為我遇到一件糟透了的事情。」

管理員朝我們走過來，是個壞脾氣的小個子科西嘉島人，蓄著軍樂隊隊長那種小鬍子。他每天好幾個小時蹬著鞋跟在閱讀室桌子間走來走去。冬天，他把痰吐在手帕裡，然後放在暖氣爐上烘乾。

自學者靠過來，湊到我臉前說：

「在他面前我什麼都不說，」他用推心置腹的語氣說：「如果您願意，先生……？」

「什麼事呢？」

他臉紅了，腰部優美地擺動。

「先生，啊！先生，我豁出去了。您願意賞光星期三和我一起吃午餐嗎？」

「非常樂意。」

我樂意和他吃午餐，如同樂意上吊一樣。

「我多麼榮幸。」自學者說。

他很快加上一句，「如果您同意，我去您家接您」，說完人就走了，一定是怕我改變心意。

那時是十一點半，我一直工作到兩點差一刻，但沒什麼成效，我眼睛看著書，心思卻不停回到馬布利咖啡館。法蓋斯先生現在下樓了嗎？其實，我不太相信他死了，這正是令我惱火的地方！這個念頭飄浮不定，我既不相信，又揮之不去。科西嘉島人的皮鞋在地板上橐橐響，好幾次他過來站在我前面，一副要跟我說話的樣子，但又改變主意走開了。

將近一點時，最後幾個閱讀者都走了。我不餓，一點都不想離開。又工作了一陣子，然後驚跳起來，我察覺自己淹沒在寂靜裡。

我抬起頭，只剩下我一個人。科西嘉島人應該下樓去他太太那裡了，她是圖書館的門房。我想聽他的腳步聲，但聽到的只是暖爐裡煤炭輕塌的聲音。濃霧占據了閱讀室，也不算真正濃霧——霧早已散去——而是另一種霧，還充斥在街上，從牆上、從地磚裡冒出的霧氣。物體顯得飄渺的氣氛。當然，書籍都還在那兒，按字母排列在書架上，書脊或是黑色或是棕色，貼著UP lf.7996（大眾書籍——法國文學）或是UP sn（大眾書籍——自然科學）。但是……該怎麼說呢？平常，這些書強大又厚重，連同閱讀室裡的暖爐、綠色檯燈、大窗戶、梯子，擋住了未來。只要待在這四面牆裡，該來的不是從暖爐右邊就是從暖爐左邊進來。就算是聖德尼[42]手捧著自己的頭來了，也必定是從暖爐右邊進來，穿過法國文學那邊的書架和專留給閱讀女士那一區，就算他腳不著地，飄浮在離地二十公分處，他那血淋淋的頸子也就是書架第三排的高度。就這樣，這些物體至少能夠界定可能性的框架。

42 譯注：聖德尼（Saint Denis），基督教聖者與殉難者，約西元二五〇年殉難，據說被斬首後仍捧著頭走了十公里，邊走邊講道。

但今天呢，它們不再界定任何框架，甚至它們本身的存在似乎都成了問題，就連從這一刻延續到下一刻都大有困難。我兩手緊緊握住正在看的書，但原本強烈的感覺已經遲鈍。一切都顯得不真實，我感覺四周是厚紙板做的背景，隨時可能會被拆掉。整個世界都做小伏低屏息等待著，等待它的發作、它的**嘔吐**到來，就像阿契爾先生那天一樣。

我站起來，再也無法在這些衰敗的東西之間待下去了。我走到窗戶旁看一眼安培塔茲的頭頂，我低聲說：一**切**都可能發生，一**切**都可能到來。我說的當然不是人們編造出來的那些恐怖，安培塔茲不會在雕像座上跳起舞來，這恐怖將是另外的東西。

我驚恐地望著這些變化無常的存在物。是的，一個鐘頭、一分鐘之後，它們很可能會瓦解，那麼，我呢，我身在其間，活在這些充滿知識的書本當中，它們有的描繪動物種類永不改變的外形，有的解釋宇宙的能量不滅定理。而我在這裡，站在窗前，窗玻璃有一定的折射率，但這是多麼微弱的屏障啊！我想，世界日復一日一成不變，必定是出於懶惰吧。今日，它似乎想要改變。那麼，一**切**，一**切**都可能發生。

我沒有時間可浪費。這不舒服的感覺源自於馬布利咖啡館發生的事，我必須回到這個源頭，看到法斯蓋先生還活著，必要的話還得摸摸他的鬍子摸摸他的手，那麼，我或許能夠解脫。

我匆忙拿上外套，來不及穿上，把它往肩上一披就逃遁。穿過公園時，又看到那個披斗篷的男人坐在原來的位置，他有張寬大蒼白的臉孔，夾在兩個凍得紅通通的耳朵中間。

馬布利咖啡館遠遠閃爍著燈光，現在十二盞燈應該都打開了。我加快腳步：必須了結此事。我先隔著大扇玻璃窗瞧了一眼，咖啡館裡一個人都沒有，收銀員不在，服務生不在——法斯蓋先生也不在。

我鼓起勇氣進了咖啡館，沒坐下，大聲喊：「服務生！」沒人應聲。一張桌子上留了一個空的咖啡杯，咖啡碟上有一塊方糖。

「有人嗎？」

掛衣架上吊著一件大衣，獨腳小圓桌上堆著一些夾在黑紙夾裡的雜誌。我屏住呼吸，側耳傾聽最微小的聲音。私用樓梯發出輕輕喀拉聲，外頭響起船隻汽笛聲。我倒退著走出，眼睛盯著樓梯。

我知道，下午兩點咖啡館本來就顧客稀少。法斯蓋先生感冒了，一定是派服務生出去辦事——可能去請醫生過來。對，只不過呢，我**需要**看到法斯蓋先生。我走到督勒匹德路口，轉過身，嫌惡地看著燈光閃爍而空無一人的咖啡館。樓上，百葉窗關著。

一陣真實的恐慌攫住了我，不知往何處去。我沿著碼頭跑，拐進博瓦西那一區空蕩的街上，四周房子瞪著木然的眼睛看著我四處奔逃。我焦慮地反覆問自己：往哪兒去？往哪兒去？**一切**都可能發生。我心臟時不時劇烈跳動，我猛然轉身：背後發生了什麼？或許就是在我背後開始，但我轉身時，突然間，已然太遲。我只要能盯住物體，就不會發生任何事；所以我盡可能盯住一切，地磚、房屋、煤氣路燈，我的視線快速從這個移到那個，逮住它們，打斷它們正在進行的蛻變。它們的樣子不太自然，但我拚命告訴自己：這是盞煤氣路燈，這是個界石形的水龍頭，我試著用眼神的威力讓它們回復到日常的樣貌。我在路上遇到好幾間酒吧，布列塔尼人咖啡館、海員酒吧。我停下腳步，在粉紅色朱羅紗窗簾前猶豫不決，或許這些門窗堵得嚴實的地方能夠幸免，或許它們還能關住昨日世界的一角，孤立的、遺忘的一方世界。但是必須要推門走進去，我不敢，只好離開。讓我特別害怕的是房屋的大門，怕它們會自己打開，所以我都走在路中央。

我突然走到了北船塢的碼頭上，這裡有幾艘小漁船、小遊艇。我腳踏在一個固定在水泥地的繩索環上。這裡離房屋、離門都遠遠的，我可以稍稍喘口氣。平靜而布滿小黑點的水面上，浮著一個酒瓶塞。

「那麼水**下面**呢？你沒想過水**下面**會有什麼嗎？」

一隻動物？一隻半陷在汙泥裡的甲殼類大動物？十二對腳緩緩滑著爛泥，不時在水底挺起身軀。我靠上前，窺伺著一個漩渦，一個小小的漣漪。酒瓶塞在黑點之間動都沒動。

這時候我聽見說話聲。是時候了，我向後轉，繼續走。

在卡斯迪格利庸路上，我趕上了說著話的那兩個人，他們聽見我的腳步聲，嚇得大打寒顫，一起回過頭來。他們用不安的眼神看著我，又看看我的身後，唯恐還有其他東西。所以他們跟我一樣，也在害怕？超過他們時，我們彼此對視，差一點就要和對方說話了，但是彼此眼光都忽然顯露了戒心，在這種天氣的日子裡，不能隨便和人說話。

我氣喘吁吁走回布利貝街，沒錯，命中注定：我會回到圖書館去，拿本小說試著讀。我沿著公園柵欄走，又看見披斗篷的男人，他還在那兒，在無人的公園裡，他的鼻子現在變得像耳朵一樣紅了。

我正要推開柵欄門，但他臉上的表情讓我僵住了，他瞇著眼睛半傻笑著，樣子愚蠢而肉麻。但同時間，他眼睛直視著前方我看不見的某個東西，眼神如此冷酷又如此強烈，我立刻轉過身去。

在他面前，是一個十幾歲的女孩，抬起一隻腳，半張著嘴，一臉迷惑地看著他，緊張地扯著頭巾，長而尖的臉朝前向著他。

男人對自己微笑，好像要好好來個惡作劇。他猛地站起來，兩手插在直垂到腳邊的斗篷口袋裡，往前走兩步，眼神渙散，我還以為他要倒下了，但他繼續微笑，半睡半醒的神情。

我突然明白了：那件斗篷！我明明可以阻止這事，只消咳一聲或是推開柵欄門，但是現在換我被小女孩的表情迷惑了。她滿臉恐懼，心臟一定怦怦跳，但是我在她像老鼠的臉上也看到某個強烈而邪惡的東西，那不是好奇，比較像一種胸有成竹的等待。我生出一股無力感，我在外面，在公園外圍，在他們小小悲劇的邊緣；但他們呢，他們被強烈暗黑的欲望緊緊扣在一起，形成了一對。我屏住呼吸，想看看我背後那個男人掀開斗篷時，小女孩那張老氣橫秋的臉上會是什麼表情。

突然間，小女孩清醒了，搖著頭跑開。披斗篷的傢伙看見我，就停了下來，在小徑中央一動不動停了一秒鐘，之後弓著背走開，斗篷下襬碰著小腿肚。

我推開柵欄門，一個箭步蹦到他身邊。

「喂，瞧瞧是怎麼回事！」我大喊。

他戰慄起來。

「一個嚴重的威脅籠罩著本市。」我走過他身邊時禮貌地說。

我走進閱讀室，從一張桌上拿起《帕爾瑪修道院》[43]，試著聚精會神地讀，想在斯湯達爾筆下明亮的義大利找到一個庇護地。我斷斷續續、短暫地找到休憩，隨之又墜入這可怕的一天，我對面坐著一個清著喉嚨的老頭，和一個仰在椅子上神遊的年輕男人。

好幾個鐘頭過去，玻璃窗變黑了。閱讀室裡有四個人，再加上在辦公桌前給新到書籍蓋戳印的科西嘉島人。有那個小老頭、金髮年輕男人、一個攻讀學士學位的年輕女人，和我。我們其中一個偶爾抬起頭，帶著戒心快速看一眼其他三個人，好像在害怕什麼。小老頭有一度笑了起來，我看見年輕女人渾身發抖，但從反面看到她正在看的書名，是一本輕鬆逗趣的小說。

差十分七點，我突然想到圖書館七點閉館，我又會再次被丟回城市裡。我能去哪兒？能做什麼？

老頭看完了書，但還不走，他手指敲著桌面，短促而規律。

「各位，」科西嘉島人說：「我們馬上要閉館了。」

年輕男人驚跳一下，迅速瞄了我一眼。年輕女人轉身看看科西嘉島人，然後又拿起

43 譯注：《帕爾瑪修道院》（*La Chartreuse de Parme*）是法國作家斯湯達爾（Stendhal）一八三九年撰寫的小說。

書，似乎專心一致。

科西嘉島人五分鐘之後又說：「閉館了。」

老頭茫然地點點頭。年輕女人推開書，但並不站起身。

科西嘉島人難以置信，他遲疑地走了幾步，旋轉一個開關，閱讀桌上的檯燈都熄滅，只有室中央的燈泡還亮著。

「得走了？」老頭低聲問。

年輕男人心不甘情不願地慢慢站起，花了比所有人都長的時間才把外套套上。我走出閱讀室時，年輕女人還坐著，一隻手放在書上。

樓下，入口大門在夜色中大開。走在最前面的年輕男人轉過身，緩緩走下樓梯，穿過前廳，在門邊停了一會兒，然後縱身投入夜色中消失了。

我走到樓梯下方，抬起頭。過了一會兒，小老頭邊扣著大衣扣子走出閱讀室，他走下三階樓梯時，我也一鼓作氣閉上眼投入黑夜中。

我感到臉上一股清涼的輕撫。遠處有人吹口哨。我睜開眼皮：下雨了。溫柔靜謐的雨。廣場被四盞路燈照得還算亮，一個雨中的省城廣場。年輕男人大步遠離，是他在吹口哨。我很想對那兩個還不知道的人大喊，跟他們說可以不必擔心地出來了，威脅已經過去了。

小老頭出現在門邊，侷促不安地搔搔臉頰，然後露出開朗的微笑，撐開雨傘。

星期六早上

明媚的陽光，加上一抹輕盈的薄霧，昭示了晴朗的一天。我去馬布利咖啡館吃早餐。收銀員芙蘿虹太太衝著我親切地微笑。我坐在桌旁，大聲喊：

「法斯蓋先生生病了？」

「是啊，先生，一場重感冒，好幾天下不了床。他女兒今早從敦克爾克來了，待在這裡照顧他。」

自從接到安妮的信以來，我這是第一次真正開心要再次見到她。六年來她做了什麼？再次相見我們會尷尬嗎？安妮的字典裡沒有尷尬這個詞，她會像我昨天才離開一樣地接待我。首先，但願我不會做出傻事，不惹她討厭，切記見面時不要對她伸出手，她最討厭握手。

我們會待在一起多少天呢？或許把她帶回布城？只消她在布城待上幾個鐘頭，在春天旅館住上一夜，之後，一切都會不一樣，我也將不再害怕。

下午

去年，我第一次參觀布城美術館時，奧利維·布列維尼的畫像讓我吃了一驚。是比例錯誤嗎？還是景深的關係？我不確定是什麼，但覺得怪怪的，這位議員在畫上似乎狀態不太好。

之後我又看了好幾次這幅畫像，一直都覺得怪。我不願相信曾得過羅馬繪畫獎、並且六次得到獎章的博居翰居然會犯下繪畫上的錯誤。

然而，今天下午，我翻閱以前《布城諷刺報》合訂本——這是一份發布小道新聞，藉以敲詐斂財的地方報，老闆在戰爭期間被控告叛國——隱隱看見了真相。我立刻離開圖書館，到美術館看看。

我快速穿過幽暗的前廳，在黑白相間的石板地上，我的腳步沒發出任何聲音。四周是一群扭著手臂的石膏像。我從兩個大入口經過時，看見裡面有裂紋的花瓶、盤子、一個立在底座上藍色黃色的森林之神雕像。那是貝納—巴立希廳，專門陳列陶瓷藝品和小件工藝品。我對陶瓷藝品沒感覺。一位先生和一位帶孝的女士正崇敬地凝視那些燒製的物品。

大廳——稱為博居翰—賀諾達廳——入口上方，掛了一幅大畫作，一定是不久前才掛上的，我之前沒見過。畫的名稱是《獨身者之死》，畫家是理查·賽弗朗，是一幅國家贈品。

獨身者上半身赤裸，如同死人般微微泛綠，躺在凌亂的床上，亂糟糟的床單和毛毯說明了一段漫長的瀕死過程。我微笑地想到法斯蓋先生，他啊，他不是獨自一人，有女兒照料著。那幅畫上，一個滿臉奸邪的管家女僕已經打開了櫃子的抽屜，數著裡面的錢。從一扇開著的門，可以看到暗處一個戴鴨舌帽的男人等著，下唇叼了一根菸。牆邊一隻貓漠然地舔著牛奶。

那個男人一生只為自己活，他受到嚴厲的應得懲罰，臨終時沒人來替他闔上眼睛。這幅畫給了我最後一個警告：還來得及，我還能往回走。但是若我穿過了這裡，就必須知道這一點：我即將走進的大廳裡，牆上掛了超過一百五十幅人像畫，除了幾個過早死去的年輕人以及一位孤兒院女院長之外，沒有一幅畫像主人翁是獨身，沒有一位死的時候沒有兒女、沒有立遺囑、沒有臨終聖事。這一天如同所有的日子，不管面對上帝或面對世人，那些人一切按照規矩，緩緩滑入死亡，去要求他們應得的永生。

他們曾對一切都有權享受：生命、工作、財富、支配、尊敬，最後則是永生。

我沉思冥想了一會兒，然後走進這間展覽廳。一名守衛在窗邊睡著了。金黃色的光線從窗玻璃瀉出，在畫上映上了斑痕。這四方大廳裡沒有任何活的東西，只有一隻被我嚇得逃跑的貓，但我感覺有一百五十雙眼睛正注視著我。

介於一八七五和一九一〇年間布城所有的菁英，男的女的，都聚集在這裡，被賀諾達和博居翰仔細描繪下來。

這些人建造了海洋聖賽希兒教堂，一八八二年成立了布城船東與商賈協會，「旨在眾志成城，共同合作重振國家，阻絕動亂的黨派……」他們把布城建設成法國設備最好的煤炭和木材卸貨商港。碼頭延伸與拓寬也是他們的功績，他們盡力擴大泊船站，藉由勤奮不懈的疏濬清汙，使低潮水位時拋錨水深達到十點七公尺，由於他們的努力，二十年時間裡，漁船噸位由一八六九年的五千噸上升到一萬八千噸。他們為了培養優秀的勞工階級代表，不惜任何犧牲，自動自發創辦各式各樣的技術與專業培訓中心，這些中心在他們大力支持下辦得有聲有色。他們瓦解了一八九八年著名的碼頭工人罷工，一九一四年則為祖國獻出了兒子。

這些鬥士令人尊敬的伴侶們，創立了大多數的教養院、育嬰中心、縫紉教室。但她們首先是賢妻良母，教養出優秀的孩子，教導他們懂得責任、權利、宗教，與遵從法蘭西一向以來的傳統。

這些畫像的色調基本上偏於深棕色，考量到莊重，排除了鮮豔的顏色。賀諾達偏好畫老人，在他的筆下，雪白頭髮和腮邊鬍凸顯在黑底之上；他畫手畫得尤其好。博居翰的畫風比較沒那麼細膩，手有點被犧牲掉了，但是他畫的假領子像白色大理石閃閃發亮。

天氣很熱，守衛輕聲打著鼾。我眼睛巡了一回牆上的畫，看見了許多手和許多眼睛，到處有被光影蓋住的臉龐。我走向奧利維．布列維尼的畫像時，有個東西牽絆住了我：高掛在牆壁上的商人巴貢清澈的眼神居高臨下落在我身上。

他站著，頭微微朝後仰，一隻手臂貼著珠灰色長褲，手裡拿著高帽子和手套。我不由自主生起一股仰慕，他身上沒有一絲平庸，完全無懈可擊：小巧的腳，細緻的手，摔角士的寬闊肩膀，低調的優雅，還帶一絲若有似無的變化莫測。他彬彬有禮地呈獻給參觀者他那毫無皺紋的清晰臉龐，嘴角甚至隱約帶著一抹微笑，但他灰色的眼珠並無笑意。他約莫五十歲吧，但年輕清新如三十歲。真是個美男子。

我不想挑他的缺陷，但他不放過我，我在他眼裡看到一種平靜而無情的評斷。此時我明瞭我們之間的不同點：我對他的看法並不會觸及他，只不過是我心裡的想法，就像小說裡的心理描繪；他對我的評斷卻像一把利劍刺穿我，甚至質疑我存在的權利。這是真的，我一直都意識到這一點：我沒權利存在。我的出現純屬偶然，就像一塊石頭、一棵植物、一個細菌這樣存在。我的生命毫無章法毫無方向地亂長，有的時候對我發出模糊的信號，有的時候只感覺到毫無意義的嗡嗡作響。

但是對這個毫無缺陷的美男子，今日已作古的尚・巴貢——國防部巴貢先生的兒子——來說，情況完全不同。他的心跳，他器官運作的沉悶低聲都傳達給他即時的、純粹的小小權利，六十年間毫不出錯，他好好運用了這生存的權利。那漂亮的灰色眼珠！它們從未閃過一絲疑慮。巴貢從來沒出過錯。

他一向善盡義務，一切義務，身為兒子、丈夫、父親、長官的義務。他也堅決要求他的權利：孩童時期，要求在和樂家庭裡被好好教養、繼承一個清白名聲和興旺家業；身為丈夫，要求受到照料、環繞溫柔的愛；作為父親，要求受到尊敬；身為長官，要求毫無怨言的服從。因為，權利向來是義務的另一個面向。他應該從不驚訝自己卓越的成就（巴貢家族今日是布城最富有的家族）。他也從未對自己說過「我很快樂」，他感到愉快的時候，也必定會謹守節制，並說：「我在放鬆。」因而，愉悅本身也編製到權利的行列裡，不再是令人反感的輕浮。畫像左邊，在他微藍的灰髮上方，我注意到書架上的書，是一些精裝本，必定是古典著作。無疑地，巴貢晚上睡覺前會讀幾頁「他的老蒙田[44]」，或是一首賀拉斯[45]拉丁文的頌歌。他有時為了了解現況，也得看看當代著作，因此他知道巴雷斯和布爾傑[46]。看了一會兒，他放下書，微笑，他的眼神失去了令人讚嘆的警覺性，變得幾乎做夢般朦朧。他說：「盡義務多麼簡單又多麼困難啊！」

他從來沒做過其他自省，因為他是個領袖人物。

牆上還掛了其他領袖人物的畫像，甚至只有這類人。那坐在扶手椅上臉色灰綠的高大老頭，白色背心和銀白頭髮相得益彰，也是個領袖人物。（這些畫像主要的作用在於啟迪人心，因此準確性推至最精細的程度，當然也考慮到藝術表現。）他修長的手放在一個小男孩頭上，蓋著毛毯的膝上攤開一本書，但他的眼光游移在遠方，他看到年輕人看不到的一切。畫像下方金色木頭菱形紋章上寫著他的姓名，可能是巴貢、巴侯坦，或是謝尼歐，我並不想靠近看清；對他的親人、對那個孩子、對他自己來說，他僅僅是個祖父。待會兒，當他認為時候到了，該讓孫子知曉將來必須承擔的巨大責任，就會以第三人稱口吻說：

「答應祖父你會乖乖的，我的小寶貝，明年會好好用功，祖父說不定明年就不在了。」

---

44 譯注：蒙田（Montaigne），法國文藝復興時期重要的人文主義哲學家、作家。

45 譯注：賀拉斯（Horace），古羅馬詩人。

46 譯注：布爾傑（Bourget），法國作家、評論家，法蘭西學院成員。

在生命日薄西山之時，他對所有人都寬大慈愛。就連我，如果他看見我——但在他眼光中，我是透明的——或許也會對我有好感，想到我也曾有過祖父祖母。他毫無所求，到了他這年紀已無所欲。毫無所求，除了在他進來時，大家要降低聲量，除了在他走過時，大家要在微笑中加入一絲溫柔與尊敬；毫無所求，除了他媳婦必須不時說「爸爸真老當益壯，比我們都還年輕」，除了只有他把手放在孫子頭上才能安撫他，接著說「這麼大的悲傷，只有祖父能安慰」；毫無所求，除了他兒子針對棘手議題一年好幾次來諮詢他的意見；毫無所求，除了求自己感覺安詳、平靜、擁有大智慧。老先生放在孫子鬈髮上的手幾乎沒重量，幾乎算是個恩寵。他在想什麼呢？想他輝煌的過去，讓他有權置喙一切、對一切議題下定論的過去。我前幾天想得還不夠深入，經驗不僅僅是對抗死亡的利器，也是一個權利，老人家的權利。

掛在一旁的奧皮將軍畫像，佩著一把長刀，是個領袖。埃佩爾院長也是領袖，一介高尚的文人，是安培塔茲的朋友。他臉長長的，和長得沒完沒了的下巴正好對稱，嘴唇正下方冒出一小綹鬍鬚，他的下頷微微突出，像是戲謔地做出某個分別，反對某個原則，像正在打個輕輕的嗝。他手執一根鵝毛，遐想著，當然囉，他也在放鬆，藉著寫詩來放鬆。但他有領袖人物獵鷹般的眼睛。

那麼，士兵們呢？我站在展覽廳中央，成為所有那些嚴肅眼光瞄準的目標。我不是祖父，不是父親，甚至不是丈夫。我不投票，交不了幾毛錢稅，連自稱納稅人、選民、甚至連稱自己是順從了二十年的忠心職員的卑微權利都沒有。我開始對自己的存在真正感到驚訝，我會不會只是個單純的表象呢？

「嘿，」我突然對自己說：「是我，士兵就是我！」這令我毫無憤慨地笑起來。

一個五十多歲胖呼呼的男人禮貌地回我一個大大的微笑，賀諾達帶著感情畫這幅他的畫像，溫柔的筆觸畫出精雕的厚厚小耳朵，尤其是那雙手，修長、靈敏，手指纖細，一雙學者或藝術家的手。我不認識這張臉孔，我想必經常路過這幅畫像之前，但從未注意。我靠近一看：「雷米．巴侯坦，一八四九年出生於布城，巴黎醫學院教授。」

巴侯坦——韋克菲爾德醫生曾跟我提起這個人，「我一生中只遇到過一個偉大的人，那就是雷米．巴侯坦。一九〇四年冬天我上過他的課（您知道我在巴黎待了兩年修習產科），他讓我了解到一個首領的風範。他很有魅力，我是說真的。他激勵我們，我們可以跟隨他到天涯海角。除此之外，他是個紳士，家財萬貫，其中一大部分都拿來資助清寒學生。」

這位科學界王子，在我第一次聽到他的事蹟時，激起了某些強烈的感動。現在，我站在他面前，他對著我微笑，如此充滿智慧與誠懇的微笑！他胖胖的身軀懶洋洋坐在皮製扶手椅裡。這位不裝腔作勢的學者讓所有人如沐春風，若不是他那充滿靈性的目光，還以為只是個老好人呢。

你很輕易能夠猜想他何以獲得如此威望：他受人愛戴是因為他理解一切，你可以向他傾訴所有事情。總而言之他有點像勒南[47]，但更卓越。他屬於會說這種話的人：「社會主義者？我啊，我比他們走得更遠！」當你跟隨他走上這條艱辛的路，很快必須戰慄地放棄家庭、政黨、財產權這些最神聖的價值，甚至一瞬間產生對資產階級菁英領導權的質疑。但再往前走一步，一切秩序又重建了，又按舊有方式建構於許多穩固的理由之上。轉過身去，看見遠遠拋在後面、身形渺小的社會主義者揮著手絹喊：「等等我們。」

從韋克菲爾德那裡，我也得知大師經常微笑說自己喜歡「孕育靈魂」。他心境年輕，身邊圍繞著年輕人，經常在家裡招待家境豐裕、以醫學為志的他們。韋克菲爾德去他家吃過好幾次飯。飯後，大家到吸菸室去，大師對待這些才剛開始抽菸的學生如成人，拿雪茄招待他們。他躺在沙發上，半閉著眼滔滔不絕，旁邊圍繞著求知若渴的弟子。他說起回憶，講述一些小故事，從中擷取深刻而意味深長的寓意。在那些出身良好的年輕人之中，若是有誰持反對意見，巴侯坦就會特別感興趣，讓他發言，注意傾聽，提供意見和值得深思的議題。一定會有那麼一天，那個腦袋塞滿恢弘思想的年輕人被其他人的排擠惹怒了，高處不勝寒覺得疲倦了，就會要求與大師單獨會面，靦腆地結結巴巴說出他最隱祕的思想、他的憤慨、他的希望。巴侯坦把他抱在懷裡，說：「我了解您，我從一開始就了解您。」他們交談，巴侯坦談得很深，愈來愈深，乃至於年輕人都快趕不上，但是經過幾次這種交談，可以看到這反抗的年輕人身上有了明顯的改善。他看清楚了自己，學著了解自己和家庭、和他所處的階層之間緊密相連的關係，也終於明白菁英階級無與倫比的角色。最後，像魔法一樣，迷失的羔羊亦步亦趨追隨巴侯坦，又回到了羊圈裡，整個人受到啟發、悔悟了。韋克菲爾德結論說：「他治癒的靈魂，比我治癒的肉體還多。」

雷米．巴侯坦慈祥地對著我微笑，他在猶豫，試著搞清楚我的態度，以便慢慢將之改變，好把我帶回羊圈裡。但是我不怕他，我不是羔羊。我看著他那沒有皺紋、飽滿平靜的額頭，他的小肚子，他平放在膝頭的手，我回他一個微笑然後就離開。

他的弟弟尚．巴侯坦，是S.A.B.的主席，兩手撐在一張擺滿文件的桌沿，這姿勢向來客清楚表示會面已經結束。他的眼神很奇特，既抽象又閃耀著純粹的權利，這雙令人著迷

47 譯注：勒南（Renan），法國哲學家、作家、歷史學家。

的眼睛占據了整張臉。火焰般的眼睛下方，我看見薄薄的嘴唇，神祕地緊閉著。我心想：「真奇怪，他和雷米．巴侯坦真像。」我轉過頭看那位大師，把他們的相似點攤在光線下審視，突然發現他溫柔的臉上浮現某種枯竭荒蕪，是屬於這個家族的神情。我再回到尚．巴侯坦身上。

這個男人只剩下一個簡化的思想，整個人只剩下骨頭、死肉，和**純粹的律法**。我心想他真是被附魔了，當一個人被律法占據，任何巫術都驅不走。尚．巴侯坦一生都奉獻給**律法**，再沒有其他了。與我每次到美術館會產生的輕微頭痛不同，他感受到的應該是有朝一日必須接受醫治的痛苦權利。別讓他多想，別讓他注意到討厭的現實，不要提及他自己可能的死亡，或是他人的痛苦。當然，在臨終的臥榻上，在從蘇格拉底以來人人都該說幾句崇高話語的最後時刻，他也會和我一個叔叔一樣，對那在旁守了十二天的妻子說：「妳啊，蝶瑞絲，我不感謝妳，妳只是盡到妳的義務罷了。」當一個人到此地步，必須向他脫帽致敬。

我目瞪口呆凝視著他的眼睛，這雙眼睛對我表示我可以走了，但是我不走，徹徹底底冒失無禮。我曾在埃斯古里亞爾圖書館久久盯著菲利浦二世的畫像，因此我明白，面對面看著一張閃爍著捍衛權利的光芒臉孔，不用多久，這光芒便會變黯淡，籠罩一層灰燼殘渣，我感興趣的就是這殘渣。

巴侯坦支撐了很久，但是，一瞬間，他的目光黯淡了，畫像變得灰暗。剩下了什麼呢？剩下空洞的眼睛，像死蛇一般的細薄嘴唇，還有兩頰，蒼白而如孩童般圓圓的臉頰鋪展在畫布上。S.A.B. 的職員可曾想像到這臉頰嗎，他們待在巴侯坦辦公室裡的時間不夠長，當他們走進辦公室，碰上的是這恐怖的目光，像一堵牆，蒼白鬆弛的臉頰躲藏在目光之後。他妻子是多少年之後才發現的呢？兩年？五年？我想像有一天，先生睡在身旁，一縷月光照在他鼻子上，或是天氣太熱他消化不良，仰躺在扶手椅上，眼睛半閉，下巴照著一圈陽光，此時她敢直視他，看到一團毫無防備的肉體，浮腫，流著涎，還有點噁心。無疑的，從這天開始，巴侯坦太太就掌握了指揮權。

我往後退了幾步，一眼覽盡這些大人物：巴貢、艾伯主席、巴侯坦兄弟、奧皮將軍。他們戴著高禮帽，星期天在督勒匹德路上遇見夢到聖賽希兒的市長太太卡西安女士，鄭重其事地用已經失傳的大禮向她致敬。

他們的畫像非常傳神，然而，他們的臉孔在畫筆下喪失了人臉的神祕弱點。他們的臉，就算意志最薄弱的，也像陶器那麼堅實，我徒勞地在這些臉上找尋和樹木或動物的相似點，或者能讓人想到土地或水的東西。我想他們在世時並不需要肖像，但在傳承後代之時，他們委託知名畫家在自己的臉上悄悄畫下那些他們在布城周圍改變海洋和田野所做的疏濬、鑽探、灌溉工程。因此，藉由賀諾達和博居翰的幫助，他們征服了整個自然：外在的以及他們本身的自然。這些陰鬱的畫像呈現在我眼裡的，是人對人的重新想像，僅用人類最美好的戰利品加以點綴：人權與公民權。我毫無保留地讚嘆這人類的世界。

一位先生和一位女士走進來，都穿著一身黑，盡量不引人注意。他們在門口停下，一臉驚訝，先生不自主地摘下帽子。

「啊！唉啊！」女士相當激動地說。

先生首先鎮定下來，用崇敬的口吻說：

「這是一整個時代！」

「是啊，」女士說：「是我祖母的那個時代。」

他們往前走了幾步，遇見尚．巴侯坦的目光。女士張口結舌，先生低頭順耳，顯得卑微，他想必熟悉這種令人生畏的目光和簡短的接見。他輕輕拉著妻子的手臂。

「看看這一位。」他說。

雷米．巴侯坦的微笑一向讓卑微的人感到自在。女人靠上前，專心地念著：

「雷米．巴侯坦的畫像，一八四九年出生於布城，巴黎醫學院教授。賀諾達畫。」

「巴侯坦，出身科學院，」她先生說：「賀諾達，出身美術學院。這是歷史啊！」

女士點點頭，看著大名醫。

「他看起來多體面啊，」她說：「多麼睿智的模樣！」

她先生敞開雙臂做個大手勢。

「是他們這些人造就了布城。」他簡單的結論。

「把他們在這裡全部放在一起，這樣很好。」女士感動地說。

我們這三個士兵在這廣大的廳裡操練。丈夫恭敬而沉默地笑，不安地看看我，突然止住了笑。我轉過身，走到奧利維．布列維尼畫像前站著。一股溫和的愉悅充斥我心，沒錯，我是對的，這幅畫像真太好笑了。

那女人朝我走近。

「卡斯東，」她忽然壯起膽子說：「過來看！」

丈夫朝我們走過來。

「瞧，」她說：「有條街以他命名呢：奧利維．布列維尼。你知道，就是那條攀上綠丘，一直到抵達儒德布維之前的小路。」

過了一會兒，她又說：

「他的樣子看起來不好相處。」

「可不！找麻煩的人要和他交涉可不容易。」

他這句話是衝著我說的。那位先生眼角瞄著我，這回，他輕輕笑出了聲，一臉自命不凡、吹毛求疵的模樣，就好像他是奧利維．布列維尼本人似的。

奧利維．布列維尼並沒有笑，對著我們伸出他那緊繃的下巴和突出的喉結。

片刻的無言狂喜讚嘆。

「他栩栩如生，好像要動起來似的。」女士說。

丈夫熱心地解釋：

「他是棉花大商賈，後來從政，成為議員。」

這我知道，兩年前我曾在咬人的莫何雷[48]所著的《布城重要人士小字典》查到過，還抄下了那篇文章。

「布列維尼，名奧利維─馬西亞，上面那位布列維尼先生之子，出生、過世於布城（一八四九─一九〇八），在巴黎修習法律，一八七二年獲學士學位。巴黎公社期間被叛亂活動深深震撼，並因此和諸多巴黎市民一樣被迫逃到受國民議會保護的凡爾賽城區，在其他年輕人想著玩樂時，他便發誓『一生致力於重整**秩序**』。他說到做到，一回到我們布城，便成立了著名的秩序俱樂部，持續多年每晚召集布城主要的大盤商和大船東。有人俏皮地說這個貴族圈比賽馬俱樂部還封閉，它直到一九〇八年還是對我們這個商業大港的命運有著非常正面的影響。一八八〇年，奧立維．布列維尼娶了瑪莉—露易絲．巴貢，她是大商人查爾斯．巴貢（請見此名）最小的女兒；他並在查爾斯．巴貢過世後，成立了巴貢—布列維尼父子公司。不久後積極加入政壇，競選議員。

「在一場出名的演講中，他說道：『國家患了最嚴重的病，那就是領導階層不願意再掌舵。先生們，若是那些以血統、教育、經驗各方面來看都最適合行使權力的人，選擇放棄或厭倦，那由誰來掌舵領導呢？我經常說：領導不是菁英的權力，而是他們最主要的責任。先生們，我懇求你們：讓我們恢復權威原則吧！』

「一八八五年十月四日，他第一輪投票就當選議員，之後一再連任。他辯才無礙，擲地有聲，發表過許多次傑出的演說。一八九八年爆發恐怖大罷工時，他人本來在巴黎，火速趕回布城，為平息罷工奔走。他主張主動和罷工者協商，這些談判協商原本帶著向彼此

48 譯注：莫何雷（André Morellet），十八世紀的法國經濟學家、思想家，也對《百科全書》有所貢獻。伏爾泰因他機智敏銳，戲稱他為「咬人的教士」（L'Abbé Mords-les）。

定下來。

和解的開放精神，卻因在儒德布維爆發的鬥毆而中斷，後來由軍隊低調介入，才讓民心安

「他的兒子奧克塔夫年紀輕輕就進入高等綜合理工學院，他一心培養兒子成為『領袖人物』，奧克塔夫卻英年早逝，讓奧立維．布列維尼大受打擊，一蹶不振，兩年後，一九〇八年二月，他與世長辭。

「演講集：《道德的力量》（一八九四，絕版）、《懲罰的必要》（一九〇〇，蒐集他針對德雷福事件[49]所發表的所有演說，絕版）、《意志》（一九〇二，絕版）。在他死後，人們將他最後幾次演講和一些私人書信收集成冊，取名《不道德的工作》（布隆出版社，一九一〇）。肖像：布城美術館保存一幅博居翰為他所畫的絕美畫像。」

絕美畫像，就算是吧。奧立維．布列維尼蓄著一抹黑色小鬍子，黃褐色的臉和莫里斯．巴雷斯有點像，他們兩人一定相識，在國民議會裡坐在同一條長椅上。但是布城這位議員不像愛國者聯盟那位議員的散漫不羈，他僵直得像根棍子，像玩偶匣裡的玩偶那樣從畫布上蹦出來，眼神炯炯，眼珠黝黑，角膜泛紅。他抿著小而厚的嘴唇，右手按著胸前。

這幅畫曾經令我十分反感，我感覺他時而太大，時而又太小，但我今天知道為什麼了。

我在翻閱《布城諷刺報》時得知了實情。一九〇五年十一月六日那一期整個篇幅都圍

繞在奧立維．布列維尼身上，封面上是小小的他抓著孔博[50]的獅鬃，標題寫著：獅子身上的蝨子。從第一頁起，一切都清楚了：奧立維．布列維尼身高一米五三，大家嘲笑他身材矮小、說話聲音像青蛙——這聲音曾不只一次震撼整個議會。人們指摘他在靴子裡墊橡膠增高墊，相對於他，出身巴貢家的布列維尼夫人卻人高馬大。專欄作家寫著：「他的另一半是他的兩倍[51]，這句話應用在他身上再適合不過了。」

一米五三！是啦，博居翰小心翼翼讓他四周的物品不凸顯出他矮小，一個軟墊、一張低扶手椅、一個擺著幾本十二開本的書架、一張波斯獨腳小圓桌。只不過，他把他畫得和旁邊那幅尚．巴侯坦一樣高，兩幅畫像尺寸又一樣，結果，這幅畫上的獨腳小圓桌幾乎和另一幅的巨大桌子一樣大，軟墊竟然和巴侯坦的肩膀一樣高。看著這兩幅畫，眼睛本能地做比較，這就是令我不舒服的原因。

49 譯注：一八九四年，猶太裔軍官德福雷（Dreyfus）被誤控間諜罪判刑，在反猶太運動高漲的法國引發嚴重社會衝突，後因文學、藝術界人士大力奔走，終於獲得平反。

50 譯注：孔博（Combes），法國政治人物，激進左派，推動政教分離。

51 譯注：這裡用的是雙關語，double有「兩倍」、「分身」兩種意思。本來這句是說「他的另一半是他的分身」，這裡因夫妻身材差距成為「他的另一半是他的兩倍」。

現在我想大笑：一米五三！若我想和布列維尼說話，還得彎著腰或屈著膝。我不再驚訝他如此激昂地高仰著頭：對這種身高的男人，命運通常決定在頭頂幾吋高的地方。

藝術的強大能力真令人讚嘆，這位說話聲音尖銳的矮小男人，留給後世的只是一張令人生畏的臉、一個完美的姿勢，以及像公牛般充血的雙眼。當年被巴黎公社嚇壞的那個學生，身材迷你但脾氣火爆的議員，都被死亡帶走了。然而，幸而有博居翰的畫筆，這位秩序俱樂部主席、道德力量組織的雄辯家永垂不朽。

「喔！可憐的小皮波！」

女士發出一聲壓抑的驚呼，奧克塔夫．布列維尼的畫像底下，「前者的兒子」，一隻虔誠的手寫下了這幾個字：

「一九〇四年死於就讀高等綜合理工學院。」

「他死了！和阿隆代的兒子一樣！他看起來很聰明。他媽媽該有多痛心啊！這些高等學院學業太重了，腦袋動個不停，連睡覺也不停歇。我啊，我挺喜歡他們的兩角帽，戴著很有型，是叫作羽飾嗎？」

「不是，羽飾是聖西爾軍校的帽子。」

我也凝視著那位英年早逝的高等綜合理工學院學生，他蠟像般的膚色和規規矩矩的小鬍子便足以讓人臆測即將到來的死亡。何況他已預知自己的命運：他清澈的眼裡透露出某種屈服，望向遠方。但同時，他高昂著頭，穿著這一身制服，代表著法蘭西軍隊。

Tu Marcellus eris! Manibus date lilia plenis...[52]

一朵被摘下的玫瑰，一個早逝的高等綜合理工學院學生，還有什麼比這更令人悲傷的呢？

我順著長廊慢慢往前走，腳步不停，經過那些突出於暗影中的高貴臉孔時，便向他們致意：商業法庭主席博撒爾先生，布城獨立港口董事會會長法畢先生，大商人布蘭居先生一家，布城市長翰納甘先生，出生於布城、曾任法國駐美大使、同時也是詩人的路西安先生，一位身著省長制服的不知名人士，大孤兒院院長聖瑪莉—露易絲修女，泰賀松先生及夫人，勞資調解委員會主席帝布斯—古洪先生，海軍軍籍局局長多博先生、布里翁先生、

52 譯注：本文中是拉丁文，出自古羅馬詩人維吉爾的詩篇，逐字翻譯為「你將是馬歇羅！雙手滿滿的百合獻給你」，經常刻在早夭孩童或英年早逝的年輕人墓碑上。

米奈特先生、葛羅先生，勒菲福爾醫生，潘女士，以及博居翰的兒子繪製的博居翰本人畫像。這些畫上的人個個都眼神清澈冷峻，五官細緻，嘴唇薄。布蘭居先生節儉而有耐心，瑪莉—露易絲修女顯露靈巧的虔誠，帝布斯—古洪先生待人如待己一樣嚴峻，泰賀松夫人頑強地對抗一個嚴重的病痛，她那疲憊已極的嘴唇顯露出所受的痛苦，但這位虔誠的婦人從未說：「我很痛。」她克服病痛，擬定菜單，主持慈善協會，有時話說到一半，她緩緩閉上眼皮，臉上失去血色，這種衰弱持續不超過一秒鐘，泰賀松夫人很快又會張開眼睛，繼續說下去。大家在慈善協會辦的縫紉教室裡竊竊私語，「可憐的泰賀松夫人，她從不抱怨。」

我穿過了整個長長的博居翰—賀諾達廳，轉過身。再見了，精緻美麗的百合花在你們畫像的小聖殿上，再見了，美麗的百合花，我們的驕傲和我們存在的理由，再見了，你們這些王八蛋。

星期一

我不再繼續寫這本關於侯勒邦的書了，結束了，我**不能夠**再寫了。那現在我該做什麼呢？

三點。我坐在桌前，旁邊放著那疊從莫斯科偷來的信，我寫道：

「人們精心地散播最惡毒的謠言，侯勒邦先生中了圈套，在九月十三日寫給姪子的信中說：他剛剛已立了遺囑。」

侯爵就在眼前，在我將他永久安置在既存歷史以前，我先把我的生命借給他，我感受到他，他就像我肚腹中那股微熱。

我突然想到有人一定會質疑我：侯勒邦對姪子根本不會開誠布公，只是想萬一暗殺計畫失敗，拿姪子當證人，好讓自己在保羅一世面前開脫。遺囑這回事很可能是他自己捏造的，讓自己顯得無辜。

這個小小的質疑不值得一提，但足以讓我陷入鬱悶的胡思亂想。我突然又看到卡密爾小館裡那個胖胖的女侍，阿契爾先生驚慌不安的樣子，那間令我明確感到自己被遺忘、被丟棄在「當下」的小館子。我疲乏地對自己說：

「我連自己的過往都無力挽留，何能希望能夠拯救另一個人的過往呢？」

我拿起鋼筆，試著繼續工作。這些對過往、對當下、對世界的種種思考令我厭煩透頂。我只要求一件事：讓我安安靜靜地寫完書。

然而，我的目光落在那一疊白紙上，它的樣子令我心驚，鋼筆懸在半空，我凝視著耀眼的紙，多麼硬挺亮眼啊，它「當下」在這裡，它的本身就僅僅是「當下」，我剛剛寫下的那些字母還沒凝乾，卻已經不屬於我了。

「人們精心地散播最惡毒的謠言……」

這個句子是我想出來的，它最開始可以算是我的一部分，但現在它寫在紙上，抵抗著我，我已認不出它，甚至不能再思考它。它在那裡，面對著我，無法找出任何起源的標記。任誰都可能寫下這個句子，而**我**，我也不確定這是我寫的。這些字母現在已不再發亮，已經乾了。連這一點也消失了：它們稍縱而逝的光澤蕩然無存。

我擔憂地環視四周：當下，只有當下。輕巧堅固的家具侷限在它們的當下裡，一張桌子、一頂床、一個鑲著鏡子的衣櫃——以及我自己。「當下」真正的本質暴露了：它是存在，一切不是當下的都不存在。過往不存在，根本不存在，不論是在事物上或是在我思想裡都不存在。當然，很久以來我就明白我的過往消失了，但我一直以為它只不過隱藏到我不可及的範圍，對我來說，過往僅僅是躲到隱祕的一角，以另一種方式存在，是一種放空和不活動的狀態。人們很難去想像虛無，因此以為每一件發生的事，在完成它的角色之後，就會自動乖乖地歸位到一個盒子裡，成為功成身退但仍存在的已發事件。但現在我知道了：事物完完全全只是它們所顯示出的樣子——**在它們背後**……什麼都沒有。

我沉浸在這個想法裡持續好幾分鐘，然後猛烈甩甩肩膀擺脫這個想法，把那疊白紙拉過來。

「……他剛剛立了遺囑。」

一股巨大的噁心突然襲來，鋼筆從指尖滑落，墨水四濺。發生了什麼事？是想嘔吐嗎？不，不是這個，房間如同每天一樣慈愛溫暖，桌子也只不過稍顯沉重厚實，筆稍微比較緊實而已。只不過，侯勒邦先生剛死了第二次。

他剛才還在那裡，在我身體裡，平靜而溫暖，我不時感受到他在動，他是活生生的，對我而言，他比自學者或是鐵路員工酒吧的女老闆都還鮮活。當然，他變幻莫測，有時候好幾天不出現，但是在神祕的好天氣裡，他會像濕度器上的機械小人一樣探出鼻子，我便能看見他蒼白的臉和青藍的臉頰。就算他不出現，也沉沉地壓在我心上，讓我感覺心裡滿溢。

現在什麼都不剩了，就和凝乾的墨水一樣，原本的光澤也不存了。這是我的錯：我說了最不該說出口的話，我說了過往不存在，一瞬間，侯勒邦先生無聲無息回到了虛無之中。

我拿起他寫的那些信，帶著某種絕望拍拍它們。

「是他，」我心想：「這些是他一筆一筆寫下來的，他壓著信紙，手指按在紙上，讓它們不在筆尖下滑動。」

太遲了，這些字已不再有任何意義，除了我手上捏著的這一疊泛黃的紙之外，一切都不復存在。那段複雜的故事還是存在的：侯勒邦的姪子於一八一〇年被沙皇警察暗殺，他所有文件遭沒收，收入祕密檔案，一百一十年之後，被當時執掌政權的蘇維埃政府存入國家圖書館，一九二三年又被我偷出來。但是這一切都不像是真的，我對自己偷竊這件事也沒有確切的記憶。要解釋這些信件怎麼會出現在我房間裡，可以輕易想出一百個更加可信的故事來，但是面對這些粗糙的信紙，這些故事都會顯得像氣泡一樣空洞不可信。想靠這些信件讓我與侯勒邦溝通，不如直接求神問卜還比較好。侯勒邦不在了，根本不存在了，就算還剩下幾根骸骨，它們也是為自己存在，完全獨立於他，只不過是些許磷酸鈣和碳酸鈣，以及鹽分和水分罷了。

我最後一次嘗試，重複著通常我提起侯爵時經常引用的姜麗夫人的字句：「他那張充滿皺紋的小臉，乾淨而清晰，滿布痘瘢，不管他如何竭力掩飾，都能一眼看出一股特別的狡黠。」

他的臉聽話地出現了，尖尖的鼻子，青藍的臉頰，以及他的微笑，我可以任意建構他的五官，甚至比以前還更容易，但這只是我自己想像的，一個虛構。我嘆口氣，往後靠在椅背上，感到一股難以承受的失落。

四點，我晃著胳臂坐在椅子上已經一個鐘頭了。天色開始變暗，除此之外，房間裡沒有任何改變，白紙仍然放在桌上，筆和墨水瓶在旁邊……但是我再也不會在已經開了頭的那張紙上繼續往下寫，再也不會順著穆迪雷街和賀杜特大道走到圖書館去查史料。

我真想跳起來走出去，隨便做點什麼排解一下心情，但是若我動個指頭，若我不絕對安靜地待著不動，我知道會發生什麼。我**不要**它又發生。它永遠都過早發生。我一動也不動，機械性地讀著我在紙上未寫完的那個段落。

「人們精心地散播最惡毒的謠言，侯勒邦先生中了圈套，在九月十三日寫給姪子的信中說：他剛剛已立了遺囑。」

侯勒邦的豐功偉業結束了，就像一股熱情熄滅了，我必須找到其他事來做。幾年前，在上海，在梅西耶的辦公室裡，我突然從一個夢裡走出，醒來了。之後我又做了另一個夢，夢見我在沙皇的皇宮裡，古老的宮殿如此寒冷，冬季裡門下結了鐘乳石狀的冰柱。今天，我醒來了，面對著一疊白紙。火炬、冰冷的慶典、朝廷制服、打哆嗦的美麗香肩都消失了。取而代之的，是我溫暖房間裡的**某個東西**，某個我不想看到的東西。

侯勒邦先生是我的合夥人，他需要我才能存在，我需要他讓我不感受到自己的存在。我呢，我提供原料，我那多得可以賣出、不知拿它如何是好的原料：存在，**我的**存在。而他呢，他的任務，是呈現。他杵在我面前，奪走了我的人生，以便向我**呈現**他的存在。我不再感受到我存在，我不再以我自己存在，而是以他而存在。我吃飯是為了他，呼吸是為了他，我的每個動作的意義都在我之外，是在那裡，就在我對面的他身上；我不再看到自己在紙上寫下字句的那隻手，甚至看不見我寫下的句子——但是，在紙的另一面，紙的背後，我看到侯爵，他要求我做出寫字的動作，這動作延續、鞏固了他的存在。我只不過是使他存在的一個手段，他是我活著的理由，他讓我擺脫了自己。那麼現在，我該怎麼辦呢？

千萬別動，**不要動**……啊！

肩膀動了動，我沒能克制住……

伺機而動的那個東西警醒了起來，猛撲向我，流淌在我身上，充滿我體內。——這沒關係，那個**東西**，就是我。存在被解放了、擺脫了、回湧到我身上。我存在。

我存在。這很輕柔，如此輕柔，如此緩慢，而且好輕盈，就像獨自浮在空氣中。它在動，到處輕輕擦過，然後消散、消失。好輕柔，好輕柔。我嘴裡有泡泡的液體，我嚥下，它滑下喉嚨，撫摸著我，然後又出現在我嘴裡，我嘴裡永遠有一攤呈白色的液體，若有似無地輕觸我的舌頭。這攤液體，還是我。這舌頭，這喉嚨，都是我。

我看見自己的手，攤開在桌上，它活著——這是我。它攤開了，手指直直伸開，手心向上，像一隻仰翻在地的動物對我露出肥肥的腹部，手指就是腳爪。我好玩地飛快動著手指，像一隻四腳朝天的螃蟹的爪子。螃蟹死了，爪子蜷縮，朝手的腹部縮了起來。我看見指甲——這是我身上唯一沒有生命的東西，而且還說不定呢。我的手翻轉過來，手心朝下攤開，現在看到的是手背，一個銀白色的手背，微微發亮，若不是指根長著紅棕色的毛髮，就像條魚。我感覺到我的手，這是我，在手臂尖端動來動去的這兩隻動物。一隻爪子用指甲摳著另一隻爪子，我感受到它在桌子上的重量，桌子不是我。這重量的感覺持續好久好久，一直不消失，它沒有理由消失，時間一長真難以忍受……我縮回手，插進口袋裡，立刻隔著布感受到大腿的溫度，又馬上把手伸出口袋，讓它垂靠在椅背上。現在，我感受到它在我手臂盡頭的重量，它稍微伸展，稍稍而已，不疾不徐地、軟綿綿地，它存在。我不再堅持了，不管把它放在哪裡，它都會繼續存在，我也會繼續感覺到它的存在。我不能消除它，也不能消除我身體其他部分，不能消除弄髒襯衫的濕熱體溫，不能消除那像被勺子攪動般懶洋洋翻動的體內溫熱脂肪，也不能消除體內脂肪中游移的那些感覺，它們來來去去，從腰側上升到腋下，或是從早到晚靜靜地待在它們習慣的角落不動。

我猛然站起來：要是我能停止思考，就會好多了。思想是最乏味的東西，比肉體還更乏味，它無止境延伸，還留下一股奇怪味道。而且，思想裡還包括字句，未完成的字句，粗糙未修飾的句子不停重複：「我必須結束……我存……死亡……侯勒邦先生死了……我不是……我存……」夠了，夠了……沒完沒了。這比其他的更糟，因為我覺得自己對這些字句有責任，我是同謀。例如這痛苦反覆不停的**我存在**，是我延續著它，是我。身體只要一動起來，就自己活著，但是思想，是**我**讓它持續，讓它展開。我存在，我想我存在。喔！這彎曲的蛇形彩帶，這存在的感覺，我緩緩地展延它……要是我能克制自己不去思想該多好啊！我嘗試去做，成功了：我感覺腦袋裡一團煙霧……但是又開始了：「煙霧……不要思考……我不要思考……我想我不要思考。我必須不去想我不要思考，因為這麼想也是思考。」所以沒完沒了？

我的思想，就是**我**，這就是為什麼我無法停止思考。我存在是因為我思考……而我無法克制自己思考。就連此刻——多麼恐怖——我之所以存在，**就是因為**我懼怕存在。是我，**是我**把自己從嚮往的虛無中拉出來，因為對存在的痛恨、厭惡，恰恰是**使我**存在、令我陷入存在的方式。思想在我腦後滋生，像一陣暈眩，我感覺到它在我腦後滋生……若我讓步，它就會來到面前，來到我兩眼之間——但是我總是讓步，思想就變大、變大，變得巨大龐然，充斥我整個人，不停更新我的存在。

我的唾液是甜的，身體是溫熱的，我覺得自己枯燥乏味。摺疊小刀在桌上，我打開它，有何不可？反正這好歹有些改變。我把左手放在筆記簿上，往手心狠狠刺了一刀。動作太過緊張，刀鋒滑了，只傷了表皮。傷口流血，然後呢？改變了什麼呢？但是我還是滿意地看著白紙，在我剛才寫的幾行字之間的那一小攤血，它終於不再是我了。白紙上的四行字和一片血跡，這構成一個美好的回憶，我應該在下方記下：「這一天，我放棄了寫侯勒邦侯爵的計畫。」

該包紮手嗎？我猶豫著。我看著那一小條單調的血跡，現在正好凝固了，結束了。傷口周圍的皮膚像生鏽了，皮膚之下只剩下一點點和其他感覺相同的感覺，或許比其他感覺還更平淡。

五點半的鐘聲響了。我站起身，襯衫冷冷地貼著身體。我走出門，為了什麼？嗯，因為我也沒有不這麼做的理由。即使我待在房裡，即使我沉默地縮在一個角落，也無法忘記自己，我會在這裡，身體重量壓在地板上。我存在。

我順手買了一份報紙。聳動消息：小露西安娜的屍體被發現了！報紙發出油墨的氣味，被我手指揑皺了。無恥之徒逃掉了，小女孩被強姦，屍體被發現，她手指緊掐著汙泥。我把報紙揉成一團，用手指緊掐著。油墨的氣味，天啊，事物的存在今天如此強烈。小露西安娜被強姦了，被勒斃了。她的屍體還存在，肉體已被蹂躪，但**她**已不存在了。她的手。她不存在了。房屋。我在房屋之間行走，我在房屋之間，在石板路上直直走；腳下的石板存在著，房屋朝我合攏過來，像水包圍著我，包圍著像天鵝一樣高高隆起的白紙，我在，我在，我存在著。我思故我在，我在是因為我思，我幹麼要思呢？我不想再思考了，我存在是因為我想著不願意存在，我思考著我……因為……呸！我逃跑，這個無恥之徒逃掉了，她的身體被強姦了，她感受到另一個肉體滑進她的肉體裡。我……現在我……她被強姦。一股隱隱的強姦血腥欲望從我身後襲來，隱隱的，在我耳後，兩隻耳朵尾隨著我，棕紅頭髮，我頭上的髮是棕紅色的，一把潮濕的草，一把棕紅色的草，這還是我嗎？而這報紙還是我嗎？拿著報紙，存在緊靠著存在，事物一個緊靠著一個存在，我鬆開報紙。房屋清楚顯現出來，它存在著，我沿著面前長長的牆走，沿著長長的牆我存在著，在牆前面，走一步，牆在我面前存在，一間房屋，兩間房屋，在我後面，牆在我後面，一根手指在我內褲裡搔撓，搔啊搔，把小女孩沾滿汙泥的手指拉出來，我從汙泥的小溪中抽出的手指上沾滿汙泥，緩緩地、緩緩地垂下，它變軟了，不像那被勒斃的小女孩的手指抓得那麼大力，無恥之徒，她抓汙泥的手指沒力了，地面變軟了，我的手指緩緩滑動，頭垂下，手指在大腿上熱呼呼地輕搔滑動。存在癱軟、滑動、晃蕩，我在房屋之間晃蕩，我在，我存在，我思故我晃蕩，我在，存在是一個下墜的墮落，將不墜下，將墜下，我手指刮著天窗，存在是個不完美。出現了一位先生，相貌堂堂的先生存在著，那位先生感覺他存在。不，經過的那位相貌堂堂的先生，像牽牛花那麼高傲溫柔，他並不感覺到他存在。蓬勃生長；我刺傷的手很痛，存在，存在，存在。相貌堂堂的先生存在榮譽軍團勳章，存在小鬍子，如此而已。只存在榮譽軍團勳章和小鬍子，其他的所有人都視而不見，該是多幸福的事啊。他看見鼻子兩側的鬍子尖端；我不思想，所以我是一撇小鬍子。他看不見自己瘦削的身體，也看不見自己一雙大腳，在他口袋裡掏一掏，或許會發現兩個灰色小橡皮擦。他有榮譽軍團勳章，那些王八蛋有權利存在：「我存在，因為這是我的權利。」我有權利存在，因此我有權利不思考：手指舉起。我要……嗎？愛撫緩緩橫陳在散開的白床單上的白皙玉體，觸摸微濕綻放的腋下，萬靈仙汁、瓊漿玉液、散發螢光的肉體，進入另一個人的存在，進入濃稠的紅色黏膜，溫柔、溫柔的存在氣味，在濕潤的陰唇中感受到存在，淡紅色的陰唇，半開的悸動陰唇充滿潮濕的存在，濕淌著一汪無色的汁液，在濕潤如一汪眼淚的甜蜜陰唇中。我的肉身活著，蠢動的肉體翻轉著液體，翻轉著乳汁，肉體翻轉、翻轉、翻轉，我肉體裡的甜美汁液，我手上的血，我痛，被蹂躪的柔軟肉體行走，我行走著，我逃跑，我是一個肉體遭受蹂躪的無恥之徒，我的存在被這些牆蹂躪著。我感覺冷，朝前走一步，我冷，再走一步，我向左轉，他向左轉，他認為自己向左轉，瘋了，我瘋了嗎？他說他怕自己瘋了，存在，你覺得自己的存在很渺小嗎，他停下腳步，身體停下，他覺得自己停下了，他從哪兒來的呢？他做什麼呢？他又往前走，他害怕，非常害怕，無恥之徒，欲望像一層薄霧，欲望，厭惡，他說他厭惡存在，他厭惡嗎？疲倦於厭惡存在。他跑起來。他希望什麼呢？他跑著逃跑，是想跳進水池嗎？他跑，心臟，心臟跳得飛快。心臟存在，雙腿存在，喘息存在，它們存在，跑著、喘息著、無力地跳動，它緩緩喘息，我喘息，他說他喘息。存在從後面抓住我的思想，從**後面**緩緩助長它；我出其不意從背後被抓住，從後面強迫我思考，也就是強迫我成為某個東西，從我背後吹來存在的輕輕氣泡，是欲望薄霧的氣泡，在鏡子裡像死人般蒼白，侯勒邦死了，安端·羅岡丹沒死，我失去知覺，他說他想要失去知覺，他跑著，像隻白鼬一般跑著（從後面）從後面**從後面**，小露西安娜從後面被攻擊，從後面被存在強姦，他求饒，他覺得求饒很可恥，可憐可憐我，救救我，救救我，因此我存在，他走進海員酒吧，這小妓院裡的小鏡子，小妓院的小鏡子裡的他面色蒼白，棕紅色頭髮的大個子無力地跌坐在長椅上，唱機在轉，存在，一切都在旋轉，唱機存在著，心臟跳動著，轉啊轉啊，生命之液，轉啊轉啊，我肉體的甜液凝結了，甜蜜……唱機。

當柔和的月亮開始發散光芒，
每個夜晚我都做一個小小的夢。[53]

那低沉沙啞的嗓音突然出現，存在的世界消失了。一個有活生生肉體的女人曾有這個嗓音，她盛裝打扮在一個磁盤前唱著，聲音被錄製下來。那個女人，啊！她曾像我、像侯勒邦一樣存在，我並不想認識她。雖然不能說這聲音存在，但是這聲音留存了下來。旋轉的唱盤存在，嗓音充斥的顫動空氣存在，錄印在唱盤上的嗓音存在。聽著歌曲的我，存在。一切都滿溢，處處都裝滿稠密、沉重、溫柔的存在。但在這無法得到、明明近在咫尺

53 編注：這段歌詞摘自喬治·蓋希文（George Gershwin）所作的〈我愛的男人〉（The Man I Love），小說中提到的這張專輯由歌手蘇菲·塔克（Sophie Tucker）所演唱。

卻又如此遙遠的溫柔之外，青春、無情、寧靜之外，還有這個……這個嚴峻的現實世界。

星期二

無事。存在著。

星期三

紙桌布上有一圈陽光，圈子裡有一隻蒼蠅緩慢爬行，麻木遲鈍，曬著太陽搓著兩隻前腳。我要幫牠一把，把牠捻死。牠看不見這隻巨大的食指，上面金色的汗毛在陽光下閃耀。

「別殺死牠，先生！」自學者喊道。

牠爆開了，白色的微小內臟從肚子裡流出，我幫牠擺脫了存在，我冷冷地對自學者說：

「我這是在幫牠。」

為什麼我在這裡呢？——又為什麼不是在這裡呢？現在是正午，我等著睡覺的時刻。（幸好，睡眠不躲著我。）四天之後，我就會和安妮見面，這就是目前我生活的唯一目的。之後呢？當安妮離開我之後呢？我很清楚自己暗暗希望的：我希望她永遠不再離開我，但我很清楚她絕不會接受自己在我面前衰老。我既衰弱又孤獨，我需要她，我多麼希望自己是在年輕力壯時與她重逢；安妮對天涯落魄人毫無憐憫。

「您還好嗎，先生？您感覺還好嗎？」

自學者帶著笑斜眼看著我，他有點喘，張著嘴，像條氣喘吁吁的狗。我必須承認：今天早上看到他我幾乎很高興，我需要有個人說說話。

「真開心和您同桌吃飯，」他說：「如果您覺得冷，我們可以換到暖氣旁邊，那兩位先生已經要了帳單，很快就會離開。」

有人在意我，關心我是否冷；我和另一個人談話，這是多年來不曾有過的事。

「他們走了，您希望我們換位子嗎？」

那兩位先生點燃香菸，走出餐廳，現在在陽光下的純淨空氣裡。他們沿著大玻璃窗走，兩手扶著帽子。他們在笑，風把大衣吹得鼓脹。不，我不想換座位。何必換呢？再說，隔著玻璃窗，我可以看見介於更衣小屋白屋頂之間的海，綠色而緊密的大海。

自學者從皮夾裡掏出兩張紫色長方形硬紙片，他待會兒會用這些付帳，我從反面看出其中一張上寫著：

柏塔內餐廳，高級料理。
午餐定價：八法郎。
冷盤任選。
肉料理附配菜。
乳酪或甜點。
二十次消費優惠價一百四十法郎。

我現在認出坐在圓桌旁的那個人了，他經常入住春天旅館，是個商旅人士。他不時朝我這個方向拋來專注、帶著笑意的眼光，但他正全心專注在吃的東西上，其實並沒有看見我。收銀台另一邊，兩個臉紅紅的粗壯男人吃著淡菜喝著白酒。比較矮的那個，蓄著稀疏的黃色小鬍子，開心地敘述著一件事，他慢慢敘說，露出一口白牙笑著。另外那個沒有笑，眼神嚴峻，只是不時點頭稱是。窗戶旁邊還有一個棕色頭髮的瘦削男人，五官高雅，一頭漂亮的銀髮往後梳，深思地讀著報紙，旁邊的長椅上放著他的公事包，他喝著維奇礦泉水。再過一會兒，這些人都會離開，肚子沉甸甸的，微風吹拂，大衣被吹開，腦袋有點熱，有點嗡嗡作響，他們沿著欄杆往前走，看著沙灘上的孩子和海面上的船，他們各自回去工作。而我呢，我哪裡也不去，我沒工作。

自學者天真地笑著，陽光閃耀在他稀疏的頭髮上。

「您點菜吧？」

他把菜單遞給我，我可以點個冷盤：四片乾臘腸，或是櫻桃蘿蔔，或是小灰蝦，或是洋芹頭沙拉。勃艮地蝸牛則須加價。

「我要乾臘腸。」我對女服務生說。

他奪過我手上的菜單。

「沒有更好的選擇嗎？這不是有勃艮地蝸牛嗎。」

「我不太喜歡蝸牛。」

「啊！那牡蠣呢？」

「那要加四法郎。」女服務生說。

「那就來牡蠣，小姐——然後我要櫻桃蘿蔔。」

他紅著臉跟我解釋。

「我很喜歡櫻桃蘿蔔。」

我也很喜歡。

「接下來呢？」

我看著肉類選項，紅酒燉肉挺不錯，但是我知道我會吃到獵人燉雞，因為這是唯一需要加價的一道。

「給這位先生來個獵人燉雞，給我來個紅酒燉牛肉，小姐。」

他翻過菜單，背面是酒單。

「我們喝點葡萄酒吧。」他鄭重地說。

「啊，」女服務生說：「大陣仗喔，您從來不喝酒的。」

「偶爾喝一杯還是可以的。小姐，可以來一瓶安茹粉紅酒嗎？」

自學者放下菜單，把麵包掰成小塊小塊，用餐巾布擦拭刀叉。他看了一眼那個看著報紙的銀髮男人，微笑地對我說：

「通常，我來這裡都帶著一本書，雖然醫生勸我不要這麼做，避免吃得太快咀嚼不夠，但是我有個鐵胃，吃什麼都沒問題。一九一七年冬季，我被擄為戰俘，飲食之糟糕，所有人都病倒了，當然我也跟別人一樣申請病假，但我根本什麼事都沒有。」

他曾是戰俘……這是他頭一次提起，真難以置信，我難以想像他除了自學者之外還能是什麼人。

「您當戰俘是關在哪裡？」

他不回答，放下叉子，用極其熱切的眼光盯著我，他要跟我訴說煩惱了：現在我想起來他曾在圖書館碰到過麻煩事。我洗耳恭聽，我巴不得替別人的煩惱傷傷腦筋，這可以讓我改變心境。我沒有煩惱，我不必工作就有錢，沒有上司，沒有老婆，沒有孩子，所有的煩惱的只是我存在，如此而已，但這煩惱如此無邊無際，如此飄渺，令我自己都覺得可恥。

自學者看起來沒有說話的意思，他看我的眼神多麼奇怪啊，一種並不是想看見而是想心靈溝通的眼神。自學者的靈魂已經提升到他那像盲人的漂亮眼睛一樣的高度，若我的靈魂也升到一樣高度，就會鼻子貼著玻璃窗，兩個靈魂便可互相致意。

我不要心靈溝通，我還沒悲慘到這個地步。我身體往後，但自學者上身在桌子上方往前傾，眼睛直盯著我。幸好這時女服務生端來了他的櫻桃蘿蔔，他跌坐回位子上，靈魂從眼裡消失了，開始乖乖吃起來。

「您的煩惱解決了嗎？」

他驚跳起來。

「什麼煩惱，先生？」他驚恐地問。

「您很清楚，那天您跟我說的。」

他臉突然脹紅。

「啊！」他語氣生硬地說：「啊！對，那天。是那個科西嘉島人，先生，圖書館的那個科西嘉島人。」

他又猶豫了一下，神情像山羊一樣固執。

「都是些閒言閒語，先生，我不想拿這些煩您。」

我沒追問。他吃著飯，不露聲色但速度驚人，我的生蠔端來時，他已經吃完櫻桃蘿蔔了，盤子裡只剩下一小撮綠色梗子和一點浸濕的鹽巴。

餐廳外，兩個年輕人停下來看菜單，一個厚紙板做的廚師人形牌左手遞著菜單（右手拿著一個平底鍋）。他們猶豫著，女的冷了，下巴縮進毛領，年輕男子做了決定，打開門閃到一邊讓女伴先進來。

她走進來，和善的神情看看四周，打了一下冷顫。

「裡面很暖和。」她低沉的聲音說。

年輕男子關上門，他打招呼。

「先生女士們好。」

自學者轉過身，和氣地說：

「先生女士們好。」

其他客人沒回答，那位相貌高雅的先生稍稍放低報紙，以深邃的眼光打量著剛進來的兩個人。

「謝謝，但是不用了。」

女服務生跑過來幫忙，還來不及伸出手，年輕男子已靈巧地脫下了風衣，他穿著一件拉鍊皮夾克代替西裝外套。女服務生有點失望，轉過身對著年輕女子，但是他又搶先一步，以輕巧精確的動作幫女伴脫下了大衣。他們坐在我們近旁，緊靠著坐。他們看起來認識不太久。年輕女子臉龐疲倦而純淨，有點悶悶不樂。她突然摘下帽子，微笑地甩甩黑色頭髮。

自學者懷著善意，凝視他們良久，然後轉過頭對我感動地眨個眼，好像在說：「他們真美！」

他們長得不醜，兩人沉默著，很高興彼此在一起，很高興大家看到他們在一起。以前，安妮和我有幾次踏進皮卡迪利街上的一家餐廳，也感覺自己成為感動凝視目光的目標。安妮為此惱火，而我呢，我承認覺得幾分得意。我其實更多的是訝異：我從來沒像這個年輕男子一身清爽的模樣，甚至也不能說我的醜陋感動人心，只不過當時我們年輕，現在我已經到了因為其他人的年輕而感動的年紀，但是我並不感動。那個女人眼睛深沉而溫柔，年輕男人的皮膚橙紅色，有些粗糙，一個帶點倔強的迷人小下巴。的確，他們觸動了我，但也讓我有點噁心，我感覺他們離我如此遠，和我南轅北轍：暖氣令他們慵懶無力，他們心裡追尋著同樣的夢，如此溫柔，如此微弱的夢。他們很自在，篤定地看著黃色牆壁，看著其他人，覺得世界這樣很好，正應該是這樣，他們正暫時從對方的生命中汲取自己生命的意義。很快地，他們兩個就會組成同一個生命，一個緩慢溫吞、毫無意義的生命——但是他們不會察覺。

他們對彼此都有點害羞，最後，年輕男子帶著笨拙而堅決的模樣，執起女伴的手指尖，她深吸著氣，兩人低頭看著菜單。是的，他們很快樂，然後呢，之後呢？

自學者帶著戲謔和一點神祕說：

「前天我看見您了。」

「在哪裡？」

「哈！哈！」他帶著尊敬地逗弄。

他讓我等了一會兒，才說：

「您正從美術館走出來。」

「啊！對，」我說：「不是前天，是星期六。」

前天我當然沒那個心情跑美術館。

「您看到那個著名的奧西尼暗殺事件的木雕嗎？」

「我不知道這件作品。」

「怎麼可能？它就在入口右邊那個小展廳裡。是一個巴黎公社的起義者，待在布城直到大赦，躲在一個穀倉裡。他本想從布城搭船逃往美洲，但這裡港警很厲害。他是個令人讚嘆的人物，利用被迫空閒的時間雕刻一大幅橡木雕刻圖，工具只有一把小刀和一把指甲銼刀，手、眼睛這些細緻的部位用銼刀雕刻。木雕長一公尺半，寬一公尺，整個作品是完整的一片木頭，上面共有七十個人物，每個人都像我手掌這麼大，還加上兩匹拉皇帝馬車的馬。那些人物的臉，先生，用銼刀刻出的那些臉，各有各的表情，栩栩如生。先生，容我這麼說，這作品值得一看。」

我不想答應任何事。

「我只是想重看博居翰的畫作罷了。」

自學者突然間悲傷起來。

「大展廳裡的那些畫像嗎？先生，」他露出顫抖的微笑說：「我對畫一點都不懂。當然，我知道博居翰是個大畫家，看得出來，怎麼說呢？他的筆法、他的技巧。但是樂趣，先生，我絲毫無從領略美學的樂趣。」

我體諒地說：

「我對雕刻也一樣。」

「啊！先生！唉，我也一樣，還有音樂，還有舞蹈都是。然而，我也不是全然無知，唉，真難以理解：我看見許多年輕人所知不及我一半，但站在畫作前面，竟能感受到愉悅。」

「他們可能是裝出來的。」我帶著鼓勵的樣子說。

「或許吧……」

自學者神遊了一會兒。

「我難過的倒不是無法領略到某些愉悅，而是因為人類活動中一整個部分對我來說如此陌生……然而，我是個人，畫這些畫作的也是**人**……」

他突然換了語氣說：

「先生，我曾斗膽想過，美僅僅是品味的問題，每個時代不都有不同的標準嗎？您同意嗎，先生？」

我訝異地看他從口袋裡掏出一個黑皮小本子，他翻了一下，很多頁都空白，間隔多頁才出現幾行紅墨水寫下的字。他臉變得蒼白，把小本子攤開在桌布上，大手壓著翻開的那一頁，侷促地咳了一下。

「我有時腦中會有——不敢稱之為思想，非常奇怪，我在那裡看著書，突然間不知從何而來，我就像頓悟似的，剛開始我不以為意，後來我決定買一本小筆記簿。」

他停下，看著我，他在等待。

「喔！喔！」我說。

「先生，這些格言當然只是暫時性的，我的自學還沒完成。」

他用顫抖的手捧著小本子，情緒激動。

「這兒剛好有幾句談到繪畫，您要是允許我念給您聽，我會很高興。」

「非常願意。」我說。

他念道：

「十八世紀的人認為是真實的東西，現在已沒人相信，那為什麼那時候人們覺得美的作品，我們現在還必須欣賞呢？」

他用哀求的眼光看著我。

「該怎麼看這句話呢，先生？也許有點矛盾？我是想用俏皮話的方式表現出我的想法。」

「呃，我……我覺得這很有意思。」

「您曾在哪裡看過這句話嗎？」

「沒有，當然沒看過。」

「真的，從來沒看過？那麼，先生，」他臉色陰暗下來，「那就表示這不是真的。如果是真的，一定早就有人想到了。」

「等等，」我跟他說：「現在想想，我曾看過類似的句子。」

他眼睛發光，掏出鉛筆，用精準的聲調問：

「是哪位作家？」

「是……是勒南。」

他欣喜若狂。

「您能否好心告訴我確切的段落？」他吸吮著鉛筆尖說。

「您知道，我是很早以前讀到的。」

「喔，沒關係，沒關係。」

他在小本子上那句格言下方寫下勒南的名字。

「我和勒南心意相通！我用鉛筆寫下他的名字，」他滿臉雀躍地解釋，「今晚會用紅筆再描一遍。」

他癡迷地看了一會兒小本子，我等著他繼續念其他格言，但他小心翼翼闔起小本子，塞進口袋，他大概認為一次擁有這麼多快樂就夠了。

「偶爾能像這樣推心置腹地盡情交談多好啊。」他親密地說。

可以想像，這句話如同一塊磚，壓垮了我們有一搭沒一搭的談話，接著是一陣長時間的沉默。

那兩個年輕人進來之後，餐廳裡的氣氛就變了。那兩個紅臉男人不再說話，放肆地端詳著年輕女人的迷人模樣。那位高雅的先生放下報紙，帶著善意、幾乎心有靈犀的眼光看著那對年輕男女。他想年老是智慧，年輕就是美麗，帶著某種風情點點頭：他知道自己還英俊，保養得宜，棕色皮膚和苗條身材仍具吸引力，自認扮演父執輩角色。女服務生的反應比較直接：她杵在兩個年輕人面前，目瞪口呆看著他們。

他們低聲談著話，冷盤已經上了，他們碰都沒碰。我豎起耳朵，聽到他們交談的片段。女人的語音豐富喑啞，聽得比較清楚。

「不，尚，不。」

「為什麼不？」年輕男子激烈衝動地低聲說。

「我已經說過了。」

「那不是理由。」

有幾句話我沒聽見，之後年輕女人做了個表示厭煩的迷人手勢。

「我試過太多次了，現在已經過了能重新來過的年紀。我老了，您知道。」

年輕男人嘲諷地笑了。她又說：

「我再也無法承受……失望。」

「要有信心，」年輕男人說：「像這樣，像妳現在這樣，不能叫活著。」

她嘆口氣。

「我知道！」

「妳看看尚娜特。」

「是啊。」她撇撇嘴說。

「我啊，我覺得她做得很棒，很有勇氣。」

「您知道，」年輕女人說：「她不過是緊抓住機會罷了，我可以告訴您，如果我要的話，像這樣的機會不知有多少，我寧可等一等。」

「妳做得對，」他溫柔地說：「妳等我是對的。」

她也笑了。

「您這人還真自命不凡！我可沒這麼說。」

我不再聽他們談話，他們令我厭煩。他們會上床，他們兩個都知道，也知道對方知道。但是因為他們年輕、純真、有分寸，因為兩人都想保持對自己和對對方的尊重，因為愛情是一個偉大的詩意，不容驚嚇，他們每星期去幾次舞會上幾次餐廳，表演他們小小的、儀式性的、機械式的舞蹈……

總而言之，得消磨時間啊，他們年紀輕，身強體壯，還有三十多年的好日子，所以他們不急，慢慢來，這樣做倒也沒錯。當他們上了床之後，就必須找出其他東西來掩飾他們存在的巨大荒謬性。不過……真有對自己說謊的絕對必要嗎？

我眼睛巡視一圈餐廳，真滑稽！這些人都嚴肅端坐，吃著飯。不，他們不是在吃飯，而是在補充力量以便好好完成落在身上的差事。他們各自有小小的堅持，所以不察覺自己存在著，他們之中沒有一個人不認為自己對某人、對某事是不可或缺的。可不是嗎，自學者那天跟我說：「努撒皮耶寫出如此宏觀的綜論，沒有人比得上他。」每個人都當個小螺絲釘，沒有人能比他更夠格。那位推銷史旺牙膏的旅行推銷員，比誰都稱職。那個引人興趣的年輕男人，在旁邊女子裙下亂摸，沒人比他更在行。而我呢，我置身他們中間，他們看著我時，也以為我是做我所做的事最稱職的那個人。但是我，**我知道**。我看上去若無其事，但是我知道我存在，他們也存在。如果我具有說服的技巧，我會過去坐在那位白髮英俊先生旁邊，向他解釋存在是什麼。想到他會擺出什麼樣一張臉，我大笑起來，自學者驚訝地看著我，我想停住，但做不到，笑得眼淚都湧上了。

「您挺高興，先生。」自學者一臉慎重地說。

「我在想的是，」我笑著跟他說：「我們這些人在這裡吃著喝著，只是為了維繫我們珍貴的生存，除此之外沒有，沒有，沒有任何存在的理由。」

自學者變得嚴肅，盡力想理解我。我笑得太大聲，好幾個人轉頭看我。我後悔說了這麼多，畢竟這和誰都沒關係。

他緩緩重複。

「沒有任何存在的理由……您無疑是說，先生，生命是毫無目標的？這不就是人們所稱的悲觀主義嗎？」

他又沉思了片刻，然後輕聲說：

「幾年前我曾讀了一個美國作家的作品，書名叫作《生命值得活嗎？》這不就是您思索的問題？」

當然不是，這不是我思索的問題，但我什麼都不想解釋。

「他的結論，」自學者用安慰的語氣對我說：「傾向於自發性的樂觀主義。如果我們願意賦予生命一個意義，那它就是有意義。必須先行動，投身於某事，之後我們再來思考，命運已決定，我們也已參與其中。不知您有什麼想法，先生？」

「沒有任何想法。」我說。

或者說，我想這正是那個商旅人士、那兩個年輕人，和那個白髮先生不停對自己灌輸的那種謊言。

自學者微微一笑，帶著一絲狡黠和許多鄭重。

「這也不是我的想法，我認為我們不必去深究生命的意義。」

「啊？」

「生命有一個目的，先生，有一個目的……因為有人啊。」

沒錯，我忘了他是個人文主義者。他沉默了一秒鐘，正好是讓他乾淨俐落又無情地把剩下的一半紅酒燉牛肉和一整片麵包消滅的時間。「因為有人啊……」這個溫柔的人如此完整地描繪了自己。——是的，但他不知如何好好表達，他的眼裡充滿靈魂，這無庸置疑，但光有靈魂是不夠的。我以前經常和一些巴黎的人文主義者來往，聽他們講過上百次「因為有人啊……」效果是不一樣的！維爾岡[54]是箇中翹楚，他摘下眼鏡，好似要以肉身坦誠相見，用充滿感性的眼睛直視我，眼神沉重而疲憊，就像要剝下我的衣服，直視我的人性本質，然後抑揚頓挫地說：「因為人啊，我的老朋友，因為有人」，他在「有」這個字上面加強了某種古怪的力道，彷彿他對人永遠翻新而驚人的愛牽絆住了他那巨大的翅膀。自學者的面部表情就沒有達到像這樣鵝絨絲滑般的境界，他對人的愛是天真、未經修飾的、鄉野式的人文主義。

「人啊，」我對他說：「人類……反正您似乎並不那麼在乎，您總是獨自一人，總是埋在書本裡。」

自學者拍著雙手，調皮地笑了起來。

「您錯了，啊！先生，請容許我跟您說：多麼大的錯誤啊！」

他沉思了一會兒，默默地把食物完全吞下，他的臉像曙光一樣燦爛。在他身後的年輕女人發出一聲輕笑，男伴傾身對著她耳語。

「您會這樣誤會再自然不過了，」自學者說：「我早該跟您說的……但我如此害羞，先生，我一直在尋找機會。」

「此時就是機會。」我禮貌地說。

「我想也是，我想也是！先生，我要跟您說的是……」他紅著臉停下，「但我或許打擾到您了？」

我叫他放心。他幸福地嘆口氣。

「並不是每天都能遇見像您，先生，像您這樣眼界開闊、聰明洞悉的人。好幾個月來我就想跟您談談，向您解釋我以前是什麼樣的人，現在又變成什麼樣……」

他的盤子空了，乾乾淨淨像剛端上。我突然發現，我的盤子旁邊還有個小錫盤，裡面有一根泡在棕色醬汁裡的雞腿，得把它吃掉。

「我剛才跟您說我在德國被俘虜，一切是從那時開始的。戰前我是孤獨的，但不自覺；我和父母一起生活，他們是好人，但我和他們處不來，當我回想到那些年……那時怎麼能那樣活著呢？我那時就像個死人，先生，但我並沒有意識到，我那時還收集郵票呢。」

他看著我，停下敘述。

54 譯注：維爾岡（Virgan）是作者杜撰的名字。

「先生，您臉色蒼白，看起來很累，不是我讓您厭煩吧？」

「我對您說的很感興趣。」

「戰爭爆發，我莫名其妙地參了軍，糊里糊塗地在軍隊裡待了兩年，因為前線的生活沒有思考的時間，而且士兵們都太粗俗。一九一七年底，我被俘虜了。後來我聽說許多士兵在俘虜期間重新找到兒時的天主教信仰。」自學者垂下眼皮，遮住那炙熱的眼眸，「先生，我不相信上帝，祂的存在被科學否定，然而在集中營裡，我學會了相信人類。」

「是因為人們勇敢承受他們的命運？」

「是的，」他神情嚴肅地說：「這也是原因之一，不過當時我們受到良好的對待。我要說的是另外的事，戰爭到了最後幾個月，我們幾乎沒有什麼差事可幹。下雨的時候，他們就把我們關進一個木板搭建的大倉庫裡，我們差不多兩百人緊緊挨著。他們關上門，讓我們待在裡面，在一片幾乎全然的漆黑中一個緊挨著一個。」

他猶豫了片刻。

「我不知如何向您解釋，先生。這些人在這裡，幾乎看不見他們，但感覺得到他們緊靠著自己，聽到他們呼吸的聲音……最初，有一次被關在倉庫裡的時候，大家如此擁擠，我還以為自己要窒息了，但突然間，一股強烈的喜悅湧上，讓我差點昏倒：我感受到我愛這些人如兄弟，我想擁抱他們所有人。從此之後，每次到倉庫，我都感到同樣的喜悅。」

我必須把雞吃掉，現在應該都冷掉了，自學者老早就吃完，女侍等著換盤子。

「這倉庫蒙上一股神聖的性質。有時候我躲過守衛的監視，獨自溜進去，在陰影裡重溫曾經感受到的喜悅，陷入一種狂喜，好幾個小時過去，我毫不察覺，有時還會啜泣。」

我一定是病了，沒有別的字眼可以解釋這翻江倒海而來的巨大憤怒，是的，這是病患的憤怒，我雙手顫抖，血衝上臉龐，最後連嘴唇也開始顫動起來。這一切僅僅因為雞肉冷掉了。我也是，我渾身冰冷，這是最難受的：我是說內心維持長久以來的冰冷，一陣憤怒的旋風穿過，好像我的意識努力想做出反應，想對抗低溫。這努力是徒勞，我當然可以無緣無故把自學者揍一頓，或把女侍臭罵一頓，但這麼一來，我就不是全身投入這場戲當中了。我的憤怒在表面狂亂騷動了一會兒，我感覺到像被火包圍著的一大塊冰的難受，像一個火燒冰淇淋。這表面的騷動消失後，我聽到自學者說：

「那時我每個星期天都去望彌撒，先生，我從來不信教，但我們可以說，彌撒真正的奧祕是人與人之間的相通！那裡有一個只剩下一隻手臂的法國神甫主持彌撒，我們有一架風琴，大家脫帽站著，風琴的樂聲撼動了我，我覺得自己和周圍所有人成為一體。啊！先生，我多麼喜歡那些彌撒。我現在有時星期天早上還會去教堂，回憶當時的情景，在聖賽希兒教堂，我們有一個很棒的管風琴師。」

「您一定經常懷念那段生活吧？」

「是的，先生。一九一九年我被釋放，度過了難熬的幾個月，我不知做什麼好，日漸消沉，只要看到人們聚集，我就混進人群裡，」他微笑地說：「有一回我還參加了一個不認識的人的葬禮呢。有一天，我心情絕望，把收集的郵票全丟進了火裡……但是我找到了自己的道路。」

「真的？」

「有人建議我……先生，我知道能夠相信您會守密，我是——或許這不是您的理念，但您心胸如此寬大——我是社會黨人。」

他垂下眼，長長的睫毛顫動。

「自從一九二一年九月，我就加入了社會黨國際工人組織法國分支，這就是我想告訴您的。」

他散發出自豪的光輝，看著我，頭向後仰，嘴巴微張，模樣像個殉道者。

「很好，」我說：「這很棒。」

「先生，我就知道您會贊成我。若有人告訴您：『我決定以這種或那種方式安排我的生命，而現在我覺得全然幸福。』您又何能責備他呢？」他張開雙臂，手心朝著我，手指朝下，就像等著接受聖痕，他眼珠像玻璃，我看見他嘴裡滾動著深暗粉紅色的一團。

「啊，」我說：「只要您覺得幸福……」

「幸福？」他的眼神令我不舒服，抬起眼皮嚴峻地盯著我，「聽我說完您自能判斷，先生。在做出這個決定之前，我覺得自己陷入一個如此痛苦的孤獨中，還想到自殺，我之所以沒這麼做，是想到沒有人，沒有一個人會因我的死激起任何感覺，我在死亡裡將會比在生命中還要孤單。」

他挺直身體，雙頰鼓脹。

「我再也不孤單了，先生，再也不了。」

「啊，您現在認識很多人了？」我說。

他微笑，我立刻察覺我說這話太天真。

「我要說的是，我不再**感到**孤單，但是，先生，這當然不是說我一定和誰在一起。」

「然而，」我說：「在社會黨分部裡……」

「啊！我認識分部裡的所有人，但大部分只知道名字，先生，」他調皮地說：「我們不必如此狹隘地選擇同伴吧？所有的人都是我的朋友。早上我去上班時，在我前面、後面的人也都去上班，我看著他們，有時大膽對他們微笑，我想我是社會主義者，他們所有人就是我生活、我努力的目的，而他們還不知道這一點。對我來說，這就是快樂，先生。」

他用探詢的眼光看著我，我點頭贊同，但我感覺他有點失望，他期望的是更熱切的反應。但我能怎麼做呢？在他說的所有話裡，我看到的是模仿的人云亦云和引用，這難道是我的錯嗎？當他說話，我彷彿看見所有那些我認識的人文主義者又出現了，這難道是我的錯嗎？唉，我見過太多人文主義者了！極端的人文主義者尤其是官員們的好朋友。所謂的「左派」人文主義者主要的考量是維護人性價值，他不屬於任何黨派，因為他不能背叛人性，但他的同理心是針對弱勢，只對弱勢奉獻優良的人文傳統價值。他往往是一位鰥夫，美麗的眼裡必定濛著淚水，每逢周年紀念時就潸然淚下。他也愛貓、狗和一切高等哺乳動物。共產主義作家只在第二次五年計畫[55]之後才喜歡人們，他愛之深責之切，和所有強者一樣謹慎，善於隱藏感情，但他也會以眼神、音調的變化，讓人察覺在他那審判者一般尖刻的言詞下對兄弟同志既激烈又溫柔的熱情。天主教人文主義者出現比較晚，是小老弟，只要談起人就帶著一臉讚嘆。最卑微的生命——倫敦的碼頭工人、縫製鞋子的女工——都是多麼美麗的童話啊！他選擇了人人皆天使的人文主義，為了啟迪天使們而寫出悲傷淒美的長篇小說，還經常得到費米娜文學獎。

這些是第一線的大角色，但還有其他，一大堆其他類型：人文主義哲學家如兄長般對待如兄弟的人們，深負責任感。有的人文主義者喜愛人們如他們原有的樣子，有的喜愛人們應該變成的樣子。有的人文主義者想要拯救希望被拯救的人，有的不管他們願不願意被拯救都要去拯救。有的人文主義者想要創造新神話，有的滿足於舊神話。有的人文主義者喜愛死亡的人，有的喜歡活著的人。有的人文主義者很開朗，妙語如珠；有的很晦暗，守靈的時候最常遇到他們。這些類型他們彼此憎恨：當然是以個體而言，不是以人類總體而言。然而自學者所不自覺的，是他把所有類型都攬在自己身上，就像被裝在一只皮袋裡的貓兒們，不自覺地互相殘殺。

他看著我，對我的信任度已經減低。

「您並不像我一樣這麼覺得嗎，先生？」

「我的上帝……」

他的樣子擔憂，帶點埋怨，我因為讓他失望後悔了一秒鐘，但他又親切地說：

55 譯注：「五年計畫」是史達林一九二八年開始的經濟振興計畫，注重發展武器製造、工業生產，一個又一個的五年計畫持續到一九九一年蘇聯解體才停止。

「我知道，您有您的研究工作、您的書，您以您的方式為同一個目標盡力。」

我的書、**我的**研究工作，這個白癡，這是他說過最蠢的話。

「我不是為了這個而寫書。」

自學者的臉色突然變了，好像嗅出了敵人的氣味，我從沒見過他這種神情。我們之間有某個東西結束了。

他佯裝驚訝地問：

「但是……恕我冒昧，那您為什麼寫書呢，先生？」

「這個嘛……我不知道，就是這樣，為了寫而寫。」

他露出大大微笑，他以為他令我亂了陣腳。

「若是在一座荒島上，您會寫作嗎？寫東西不就是為了有人讀嗎？」

他用疑問語句是出於習慣，其實是肯定句。他那溫馴和靦腆的表層龜裂了，這不是我認識的他，他臉上露出一種死命的執拗，這是一道自滿自負的牆。我還沒從驚訝中回過神，就聽見他說：

「總是有原因吧：為某個社會階層、為一群朋友而寫，都好。或許您是為了後代而寫……但是，先生，不管您怎麼想，您還是為了某個人而寫。」

他等著我回答，但沒等到，就淺淺地笑了笑。

「或許您憤世嫉俗？」

我知道在這個虛假的妥協之下隱藏的是什麼，其實他要求的並不多，只不過要我接受被貼上一個標籤。但這是個陷阱，若我承認自學者贏了，那我就會被扳倒、被攻擊、不知所措，因為人文主義把人的所有態度全部收攏、合併在一起。如果正面對抗，就是陷入了它的把戲，因為它就是靠對立的東西而生。就是有一種固執、狹隘的人種，一群無賴，你面對他注定每次吃鱉，他能夠消化他們所有的暴力、最惡劣的凶殘、把這些化作一團白色泡沫狀的淋巴。他曾消化掉反理智主義、善惡二元論、神祕主義、悲觀主義、無政府主義、自我主義，這些主義都只是階段、不完整的思想，只有在人文主義中才能找到它們存在的理由。憤世嫉俗也被包含在這首大合唱裡，只是整體大和弦之中必要的不和諧之音。憤世嫉俗者是人，所以人文主義者在某種程度上也必須憤世嫉俗，只不過是一種科學性的憤世嫉俗，知道如何掌握仇恨的力道，它仇恨人類是為了之後能更愛人類。

我不想被捲入這個行列，也不想用我美好的鮮血養肥這個淋巴怪物，我不會傻傻地說我「反人文主義」，我**不是**人文主義者，如此而已。

我對自學者說：「我覺得我們不能恨人類比愛人類還多。」

自學者用一種保護者的疏遠表情看著我，彷彿不經意地低聲說：

「必須愛人類，必須愛他們……」

「必須愛誰呢？現在在這裡的這些人嗎？」

「所有的人，也包括他們。」

他轉頭朝向青春煥發的那對年輕人：必須愛他們。他凝視一會兒那個白髮先生，然後把眼光轉回我，我在他臉上看到一個無聲地詢問，我搖頭表示「不」，他露出憐憫我的表情。

「您也不，」我惱火地說：「您不愛他們。」

「真的嗎，先生？您容許我有不同的看法嗎？」

他又變回一副謙卑的模樣，連手指甲都必恭必敬，但是他露出樂在其中的人那種譏諷的眼神。他恨我，我不該對這個神經質的傢伙心軟的。我反過來問他：

「那麼，您身後的這兩個年輕人，您愛他們囉？」

他又看看他們，沉思一下，用懷疑的語氣說：

「您是要逼我說我不認識他們就愛他們，那好，先生，我承認，我不認識他們……」

他自大地笑著加了一句：「除非，愛恰好是真正的認識。」

「但是您愛他們什麼呢？」

「我看他們年輕，我愛的是他們身上的青春氣息，當然還有其他的，先生。」

他停下話，側耳傾聽。

「您聽得清楚他們說什麼嗎？」

當然聽得清楚！年輕男人被四周輕鬆氣氛所激勵，大聲地敘述他參加的那隊足球隊去年對哈佛爾隊時贏的一場球賽。

「他在跟她敘述一件事。」我跟自學者說。

「啊！我聽不清楚，但我聽到他們說話的聲音，一個輕柔，一個低沉，兩個聲音相互穿插，這……這多麼動人。」

「只不過我呢，很不幸我也聽到他們說的是什麼。」

「所以呢？」

「所以呢，他們是在演戲。」

「真的？或許是青春年少的戲？」他譏諷地說：「那容許我說，先生，這戲還真有益身心，只需要演它就能回到他們那個年紀嗎？」

我不理睬他的譏諷，接著說：

「您背對著他們，聽不清他們說的……那年輕女子的頭髮是什麼顏色呢？」

他困惑了。

「這個嗎，我……」他朝那一對男女溜眼看了一下，又重拾信心，「黑色。」

「您自己也清楚嘛！」

「怎麼？」

「您自己很清楚您不愛那兩個人，在路上碰見可能都認不出。對您來說，他們只是一個象徵，您根本不是為他們而感動，您感動的是人類的青春、男和女之間的愛、人的語音。」

「那又怎樣呢？這些不存在嗎？」

「當然不，不存在！不管青春、成年、衰老、死亡……都不存在。」

自學者的臉像顆榲桲又黃又硬，責備地痙攣僵硬著，但我還繼續說：

「就像您背後喝著維奇礦泉水的那個老先生，我想您愛的，是他身上的成熟，愛這個成熟男人勇敢朝向衰老，注意維持體面外表不想自暴自棄？」

「正是如此。」他挑釁地說。

「您看不出他是個王八蛋嗎？」

他笑了，覺得我很冒失，朝那個白髮下的俊美臉龐快速看了一眼。

「不過，先生，就算他看上去是您所說的那樣，您怎麼能以外表評斷一個人呢？先生，一張臉孔在休息的時候是不會表達任何東西的。」

盲目的人文主義者！那張臉如此**會說話**，如此清晰——然而人文主義者如此溫柔、抽象的心靈是不會因為一張臉龐的含義所觸動的。

「您怎麼可能，」自學者說：「**詳盡了解**一個人，說他是這樣或是那樣呢？誰能洞察一個人？誰能探知一個人的潛力呢？」

洞察一個人！行文至此我得向天主教人文主義致敬，自學者連借用了他們的用詞都還不自知。

「我知道，」我跟他說：「我知道所有的人都值得讚美，您值得讚美，我值得讚美，當然，因為我們都是上帝的創造物。」

他不解地看著我，勉強微笑一下說：

「您一定是在開玩笑，先生，不過，所有的人都的確值得我們讚美，作為一個人，先生，是很難很難的。」

他在不自覺之間離開了基督普愛世人的論調，他搖搖頭，藉著怪異的模仿，模樣活像那個可憐的蓋埃諾[56]。

「對不起，」我跟他說：「那我不確定自己是不是個人了，因為我一點都不覺得做人難。我感覺只要順其自然就好。」

自學者直爽地笑了，但眼神依舊晦暗。

「您太謙虛了，先生。要承受您的處境，也就是人類的處境，您和所有人一樣需要很大的勇氣，先生，即將到來的這一刻可能就是您的死期，您明明知道，卻能微笑以對，瞧，這不是值得讚美嗎？在您最不起眼的行動中，」他尖酸地加上，「都充滿巨大的英勇氣概。」

「甜點要什麼呢，兩位先生？」女侍說。

自學者一臉慘白，眼皮半閉在石頭般的眼睛上。他模糊做了個手勢，好像要我挑選。

「我要乳酪。」我充滿英勇氣概地說。

「那先生您呢？」

他驚跳起來。

「啥？啊，那麼，我什麼都不要，用餐完了。」

「露易絲！」

那兩個胖先生付了錢正要離開，其中有一個跛著腿，老闆送他們到門口，他們是重要客人，剛才給他們送上的葡萄酒還裝在冰桶裡。

我帶著些許歉意看著自學者，他一整個星期熱衷想像著這次午餐，可以讓他和另一個人分享他對人類的愛。他很少有機會和人交談，現在好啦，我掃了他的興。其實他和我一樣孤獨，沒有人關心他，只不過他沒意識到這份孤獨，沒錯，是這樣，但不該由我來揭開這個真相。我覺得很不舒服，我一肚子火沒錯，但不是針對他，而是針對維爾岡那幫人和其他人——毒害他這個可憐的腦袋的那些人。如果在我面前的是他們，我會滔滔不絕，但是對自學者，我什麼都不會說，我對他只有同情，他是和阿契爾先生同一類的人，他們和我是同一陣營的人，只是被無知、被熱忱所背叛！

自學者發出笑聲，讓我抽離陰鬱的遐想。

「請原諒，但當我想到我對人類深深的愛，想到推著我撲向人類的力量，而現在我在這裡和您爭辯、辯論……這令我發笑。」

我沒說話，勉強微笑一下。女侍在我面前放下一個餐碟，裡面裝了一小塊白堊般的卡

56 譯注：蓋埃諾（Jean Guéhenno），法國文評家、作家。

門貝爾乳酪。我環視餐廳，突然感到一陣強烈的噁心。我在這裡幹什麼？我幹麼捲入對人文主義的討論？這些人為什麼在這裡？他們為什麼吃飯？沒錯，他們不知道自己存在。我想離開，想去一個地方，找到**我真正的位置**，將自己嵌進去……但是沒有任何我的位置，我是多餘的。

自學者態度軟化下來，他本來擔心我做出更強烈的反駁，他願意將我所說的一筆勾銷，他傾身向我，以掏心挖肺的神情說：

「其實，您愛他們，先生，您和我一樣愛他們，只是用的字眼不同。」

我再也說不出話來，低下頭。自學者的臉湊近我的臉，他自負地微笑，湊上了臉，如同在噩夢中一樣。我艱難地咀嚼著一塊麵包，遲遲嚥不下去。人類。必須愛這些人類。人類是值得欣賞的。我想吐——突然間，它來了：**嘔吐**。

一場激烈的發作，從頭到腳竄遍。一個鐘頭之前我就感覺它要來了，卻不願對自己承認。嘴裡這股乳酪的味道……自學者喋喋不休，說話聲在我耳邊嗡嗡作響，但我完全不知他在說什麼了，只是機械性地點頭。我的手緊握著甜點刀的刀柄，**感覺到**這黑色木頭刀柄。是我的手握著它。我的手。對我個人來說，我根本不想碰這把刀，為什麼總是要碰觸某個東西呢？物品不是用來被碰觸的，應該游移在它們之間，盡量避免碰觸到，若有時候手上拿到一個物品，就得趕快甩開它。刀子掉在碟子上。白髮先生被這聲音嚇了一跳，看著我。我拾起刀子，用刀刃壓在桌上折起刀子。

那麼，這就是**嘔吐**，這令人盲目的明顯事實。我為此傷透腦筋！寫了多少字數！現在我知道了：我存在——這世界存在——而且我知道這世界存在，如此而已。但是我不在乎，真怪異，我對一切都不在乎了，這令我驚恐。就是從我想打水漂的那天開始的，我正要擲出石子，看了看它，於是一切就開始了：我感覺到它**存在**。從那次之後，還出現幾次**嘔吐**，手上拿著的物品開始展現它的存在。在鐵路員工酒吧曾出現一次**嘔吐**，之前還有一個夜裡我看著窗外時的那一次，後來也有一個星期天在公園裡的一次，以及其他幾次，但是從沒有一次像今天那麼強烈。

「……古羅馬，先生？」

我想自學者在詢問我，我轉過頭朝向他，對他微笑。怎麼了？他怎麼了？為什麼在椅子上縮成一團？所以我現在讓人害怕了？到最後終究是會這樣的，再說，就算這樣我也不在乎，他們害怕也不是全無道理，我感覺自己什麼事都做得出來，譬如把切乳酪的刀子戳進自學者的眼睛裡。這麼一來，所有人都會來踢我，鞋子一腳踢斷我的牙齒，但這不會令我停下來，嘴裡血的味道取代乳酪的味道，並無差別。只不過我必須做出一個行動，創造一個多餘的事件，一切都是多餘的——自學者的驚叫、淌流在他臉上的血、所有這些人的驚嚇，像這樣存在的事情已經夠多了。

大家都看著我，那兩位青春的代表中斷了溫存的對話，女的噘起的嘴像雞屁股，然而他們一定看出我其實是無害的。

我站起來，四周天旋地轉。自學者睜大那雙我並不會真的戳下去的眼睛盯著我。

「您這就要走了嗎？」他喃喃地說。

「我有點累了，謝謝您邀請我，再見。」

要離開時，我發現自己左手還握著那把甜點刀，我把它丟到碟子上，它噹噹響動。我在一片沉寂中穿過餐廳，他們現在不吃了，看著我，食欲也沒了。我若是朝那年輕女人走去，說聲「吼！」她準會高聲大叫起來，但我犯不著這麼做。

走出門之前，我還是轉身亮出我的臉，好讓他們刻在記憶裡。

「再見，先生女士們。」

他們沒回答，我走了，現在他們的臉會恢復血色，開始議論紛紛。

我杵在那個厚紙板廚師人形牌旁邊，不知道該去哪兒。我不必回頭就知道他們隔著玻璃看著我：他們帶著驚訝和嫌惡看著我，他們原本以為我和他們一樣，也是個人，但我欺騙了他們，一瞬間我失去了人的外貌，他們看到一隻螃蟹後退著逃出這如此人性的餐廳廳堂，現在被拆穿面目的外來者逃走了，戲繼續進行下去。我感覺到背後擠著一大堆眼睛和懼怕的心情，這令我很惱火，我穿過馬路，走到另一邊沿著海灘和那些海灘小屋的人行道上。

許多人在海邊散步，他們春天般的、詩意的臉望著大海。因為陽光美美的，他們開心愉快。女人們穿著淺色衣服，是去年的春裝，她們修長潔白的身影就像軋光的羔羊手套裡的手指。還有些上高中、商業學校的大男孩，以及配戴著勳章的老頭子。他們互不相識，卻心照不宣地看著彼此，因為天氣如此晴朗，因為他們是人。戰爭爆發日不認識的人都會彼此擁抱，每個春季來臨他們也會相互微笑。一位神甫邊念著日課經邊緩步前行，他不時抬起頭，贊同地看著大海，大海也是一部經，談論著上帝。輕盈的顏色、輕盈的香味、春天的心靈。「天氣真好，海水澄綠，我喜歡這乾燥的寒冷勝過濕氣。」這些都是詩人口吻！如果我拽著他們其中一人的大衣下襬，跟他說「幫幫我吧」，他一定心想「這螃蟹是什麼東西啊！」，落下大衣逃之夭夭。

我背對著他們，兩手撐著欄杆。**真正的**大海冰冷黑暗，充滿了動物，海在這薄薄一層障人眼目的綠色表膜下蠕動。我四周那些空氣中的精靈都被騙了，他們只看到那層薄薄表膜，這表膜見證上帝的存在。我看到的是在其之下！在我眼下，表層融化，一片片如天鵝般閃耀的小外皮，那屬於仁慈上帝的、桃子般的絨毛小外皮四處爆開，張裂。開往聖埃萊米的電車駛來，我轉了一圈，四周物體也隨著我旋轉，它們像牡蠣一樣蒼白青綠。我跳上電車，沒有用的，大可不必，我哪裡也不想去。

車窗外，泛藍的形體不斷閃過，僵直硬挺，斷斷續續。有人，有牆，一棟房子開著窗，對我亮出它黑色的心臟。車窗玻璃使一切黑色變得蒼白、發藍，把這棟黃色的大磚房也變得發藍，它遲疑地、搖顫地朝我逼近，突然又猛地停住。一位先生上了車，在我對面坐下。黃色房子又移動了起來，忽而滑到玻璃窗前，緊緊靠著，只能看見局部，整個陰暗了下來。樓房又升高了，壓頂而下，高得看不見頂端，幾百扇敞開的窗戶露出黑色的心臟；它沿著電車延伸，摩擦著電車，顫動的車窗之間落下一片黑暗，它沒完沒了地延伸，黃得像爛泥，窗外卻是天藍色。突然間，樓房消失了，留在後面了，於是一股強烈的灰色光線射進車廂，毫不留情公平地蔓延整個車廂：是天空。透過車窗，我們看見層層疊疊的天空，因為電車爬上了埃利法山坡，可以看清楚山坡兩側，右邊一直到海，左邊一直到機場。禁止抽菸，就算一根最普通的吉普賽人牌香菸也不行。

我一隻手撐著長椅，又急忙抽回：它存在。我坐著的、手撐著的物體叫作軟墊長椅，他們特別製造來讓人坐的，他們拿了皮革、彈簧、布料，開始幹活，目的就是要製造一張椅子，完工之後，**這**就是他們所做的。他們把它搬到這裡，安裝在車廂裡，現在車廂顛簸往前，車窗玻璃顫動，肚子裡裝著這紅色的物體。我低聲喃喃，有點像著了魔：這是一張長椅。但這字眼留在我嘴唇上，不肯去和那個物體結合。它還是它的樣子，有著紅絨布的毛，千百個紅色小爪朝著空中，那些死去的小爪僵直朝上豎挺著。這巨大的肚子仰著天，血淋淋，搖晃著——浮腫的肚子上附著所有僵死的小爪子，在這車廂裡、在這灰色天空裡飄浮，它不是一張長椅。譬如說，它完全也可以是一頭死驢，在水中毫無方向浮沉，肚子朝著天，在一條氾濫的灰色大河裡。而我呢，我坐在死驢肚子上，兩腳浸在清水中。物體擺脫了它們的名字，它們在那裡，怪誕、固執、碩大，稱它們為長椅，或說任何關於它們的事，都顯得愚蠢。我在**物體**之間，數不盡的物體之間。我獨自一人，沒有字眼，沒有防衛，物體包圍著我，在我下面、後面、上面，它們並無要求，也不強迫，它們只是在那裡。在長椅的背墊下，緊靠著木頭隔板，有一道隱約的細細縫線，沿著長椅一道神祕而調皮的黑色細縫線，幾乎像一抹微笑，我非常清楚這不是一抹微笑，然而它存在，延伸在發白的車窗下，在噹噹作響的窗玻璃下，它頑強地存在，在車窗外走走停停的藍色走馬燈影像之下，它頑強地存在，就像對一抹微笑的依稀回憶，就像忘了一半，最多只記得第一個音節的字。最好的辦法是移開視線，想點別的事，想對面那個半躺在長椅上的男人，想他那陶土般的面孔和藍眼睛，他整個右半邊身子傾斜，右手臂貼著身體，右半邊身體勉強活著，艱難、吝嗇地活著，就像麻痺了。但是整個左半身有個小小的寄生蟲般的存在，像個潰瘍繁殖茁壯。左手臂開始顫動，舉起來，手臂末端的手僵硬，之後手也開始顫動，到達頭頂高度時，伸出一根手指，開始用指甲搔著頭皮，右半邊嘴浮現了某種舒暢快意的鬼臉，左半邊還維持僵死。窗戶在顫動，手臂在顫動，指甲搔啊搔，凝滯的眼睛下方的嘴在微笑，這個人並未察覺自己正忍受著這個小小存在，這個存在鼓脹在他的右半身，寄生在他的右臂和右半邊臉。售票員擋著我的路。

「等到站再下車。」

但我推開他，跳下電車，我受不了了，我再也忍受不了物體靠我這麼近。我推開一扇鐵柵欄門，走進去，一些輕盈的存在物一下高蹦起來，棲上了樹枝頭。現在，我回過神了，我知道自己身在什麼地方：我在公園裡。我跌坐在一張長凳上，周圍是黑色的高大樹幹，一隻隻黑色糾結的手伸向天空。一棵樹在我腳下用黑色指甲搔著土地。我多麼想放任自己，忘卻自己，睡一覺，但我做不到，我透不過氣來，存在從四面八方鑽進我體內，從眼睛、鼻子、嘴……

突然間，猛地一下子，面紗撕開了，我明白了，我**看到**了。

晚上六點

我不能說感到輕鬆或是滿意了，相反地，這輾壓著我，只不過我的目的達成了，我現在知道我一直以來想知道的，自從一月以來發生在我身上的，我現在明白了。**嘔吐**並沒有離開我，我想它並不會很快離開我，但是我不再承受它，它不再是一個疾病或是一陣短暫的輕咳：它就是我。

所以剛才我是在公園裡，栗樹的樹根深入土裡，就在我坐的長椅之下。我那時已不記得那是樹根，字眼，連同它們所代表的意義、它們的用途、人們在它們表面畫下的稀微標記，一起消失無蹤。我坐在那裡，微微駝著背，低著頭，單獨面對那一坨黑色糾結、全然粗野的東西，它令我害怕。接著，我就有了這個頓悟。

這讓我喘不過氣來，在最近這幾天之前，我從來未曾預感到「存在」意味著什麼。我和其他人一樣，和那些穿著春裝在海邊散步的人一樣。我像他們一樣說「海**是**綠色的，空中那個白點，**是**隻海鷗」，但我並未感覺牠存在，感到那隻海鷗是一隻「存在的海鷗」。在普通情況下，存在是隱藏的。存在就在那兒，在我們四周，在我們身上，它就是**我們**，我們一說話必定談到它，然而，我們觸摸不到它。在我以為想到它的時候，其實什麼都沒想，腦袋一片空白，或是腦袋裡有的只是這個字眼，「存在」這個字眼。又或者，我想的是……該怎麼說呢？我想的是**屬性**，我對自己說大海是屬於綠色物體這個範圍，或說綠色是屬於海洋的性質。就算我看著物體，也完全沒意識到它們的存在，在我眼裡它們只是布景裝飾。我把物體拿在手裡，把它當作工具，感受到它在我手中的重量，但這一切都只是表面。若問我什麼是存在，我會老老實實地回答，存在什麼都不是，只是一個空洞的形式，從外加注到物體上面，完全不會改變物體的本質。但是，它出現了，一瞬間，它在那兒，如白晝般清楚明白：存在一下子露出面目了。它不再保持那抽象無害的模樣，它是物體本身的實質，那樹根在存在中揉捏。或者說，樹根、公園鐵柵門、長椅、稀疏的綠草地，這一切都消失不見了，各式各樣的物體、它們的個體都只是表象，只是一層表漆，表漆一旦融化，只剩下散亂一堆一堆恐怖而軟塌的東西——裸露著，駭人而猥褻的裸露。

我小心翼翼，一動也不敢動，但是我不必動就能看到樹木後面那些藍色的柱子和音樂亭的路燈，還有月桂樹叢之間的維萊妲雕像。所有這些物體……怎麼說呢？它們讓我感到不舒服，我希望它們的存在不要那麼強烈，能夠比較乾冷、抽象、內斂。栗樹迫在眼前，綠鏽直覆蓋到半身，黝黑浮腫的樹皮就像煮硬的皮革。瑪斯格雷噴泉發出的輕微水聲，流淌在我耳朵裡，在裡面築了巢，裝滿了嘆息聲；我的鼻孔裡充斥著一股綠色腐臭的氣味。所有這些東西，緩緩地、輕輕地放縱在存在之中，就像放鬆的女人縱聲大笑，激動地說著「大笑真舒服」，她們面對面橫陳著，彼此下流恣意地暴露自己的生存。我因此明瞭，介於「不存在」與這癡狂的滿盈之間，沒有中庸之道，若要存在，就必須存在到**這個程度**，直到發霉、腫脹、下流。在另外一個世界，圓圈、樂曲都保持著純淨而直傲的線條，然而存在是一種彎折。樹木、暗藍色的柱子、噴泉歡娛的喘息、活生生的氣味、凜冽空氣上方浮動的小團熱氣氤氳、長椅上試圖消化午餐的紅髮男人，所有這些半昏睡、這些消化狀態合在一起，形成了一個隱約的喜劇情境。喜劇……不，還不到這個程度，所有存在都不可能是喜劇，應該說類似滑稽歌舞劇那種浮動、無法掌握的某些情境。我們是一群處境尷尬的存在者，難以自處，不管是誰都沒有一丁點存在這裡的理由，每個存在都模糊晦暗、隱隱不安，感覺自己對他人是多餘的。**多餘的**：這是我和樹木、柵欄門、小石頭之間能界定的唯一關聯。我徒勞地**數著**栗樹的數量，把它們和維萊妲雕像之間做個**定位**，**比較**它們和梧桐樹的高度，它們一個個掙脫我想要圈住它們的關聯，各自獨立，溢出框架。這些關聯（我執意守住它們，以延緩人類世界、尺度、數量、方向的崩裂）我覺得毫無章法，它們已無法和物體掛鉤。我面前偏左邊的那棵梧桐是**多餘的**，維萊妲雕像是**多餘的**……

而**我**呢——軟弱無力，精神委靡，猥瑣下流，邊消化著午餐邊搖擺在各種陰鬱的念頭之間——**我也是，也是多餘的**。幸好我並沒感受到，只是明白了這件事，但是我因害怕感受到它而坐立難安（就算現在我還是害怕——害怕它從我腦後襲擊而來，像海底湧浪般把我拔起來）。我隱約夢想著讓自己消失，至少剷除一個多餘的存在，但是連我的死亡也是多餘的。多餘的，我的屍體，我灑在石礫上、植物間、燦爛的公園深處的血，都是多餘的。腐爛的肉體在泥土裡，經過洗滌、去皮，最終像牙齒一樣乾淨清潔的骨骸，也還是多餘的：我永遠是多餘的。

荒謬這個詞此時在我筆下誕生了，剛才在公園裡，我沒有找到這個字眼，不過我也沒尋找，沒有必要，我不需要用字眼思考，而是以物體來思考物體。荒謬不是我腦中的一個念頭，也不是一個輕微的聲音，而是我腳下那條長長的死蛇，那條木頭的蛇。是蛇還是利爪，是樹根還是禿鷹的尖爪，這都無關緊要。雖然我沒有清楚地表明，但我明白我找到了**存在**的關鍵，我那些**嘔吐**的關鍵，我生命本身的關鍵，於是，我接下來明白的所有事都回歸到這基本的荒謬。**荒謬**：又來了一個字眼，此刻我和字眼對抗，以前，我只接觸到物體，但是在此我想確定荒謬的絕對性。在這形形色色的小小人世間，一個動作、一樁事件的荒謬性都是相對的，相對於當時周遭的情況。例如一個瘋子所說的話之所以荒謬，是相對於他所在的情境，而非因為他的瘋狂。但我呢，剛才我感受到了絕對：絕對或者荒謬。這個樹根不是相對於任何東西而顯出荒謬的。喔！該如何用字眼表達這個呢？它的荒謬是相對於石子、發黃的草叢、乾掉的泥、樹木、天空、綠色的長椅嗎？這荒謬是不可克服的，沒有任何東西——甚至大自然深沉的瘋狂或是奧祕都無法解釋這荒謬性。當然，我所知有限，我沒有看到種子發芽也沒看到樹木成長，但是面對這凹凸不平的龐然腳爪，知道或不知道都已經不重要，解釋與理智的世界並不是存在的世界。一個圓圈並不荒謬，可以用一條直線圍繞著線的兩端旋轉來解釋，但是圓圈並不存在。相反的，我無法解釋的這個樹根卻是存在的，它節疤糾結、一動也不動、無名無姓，讓我目眩神馳，占據我雙眼，不斷提醒我它自身的存在。儘管我不斷對自己重複說「這是個樹根」——再也不管用了，我知道我們無法從它當作樹根抽取水分的功用，跳到**這個**，這海豹一般又硬又厚的皮，這油亮、老繭、固執的外表。功用解釋不了任何東西，只能讓人大致了解什麼是樹根，但不是**這個樹根**。這個樹根，以它的顏色、它的形狀、它固定的姿態，是……在所有解釋之下。它的每一個性質都有點消散，流淌出它的本體，呈半凝固狀，幾乎成為獨立的一個物體。每一個性質在樹根裡都是**多餘的**，現在整個樹根體彷彿有點跑出了自身，否定了自身，迷失在一種怪異的過渡之中。我在這黑色爪子上擦著鞋跟，想要擦去它一點外皮，不為什麼，只想挑釁，想在這硬皮上擦出一個粉紅色荒謬的刮痕，想要和這世界的荒謬性**玩**一**玩**，但是，當我縮回腳，看見樹根皮仍然是黑色的。

黑色？我感到這個字眼消風了，飛快地失去了它的意義。黑色？樹根**不是**黑色，這塊木頭上的不是黑色——而是……別的東西。黑色，就和圓圈一樣，是不存在的。我看著樹根，它是**比黑還黑**，或是**近乎**黑？但我很快中斷疑問，因為我感覺自己身處熟悉的國度，是的，我早就懷著這種擔憂仔細觀察過數不清的物體，早就徒勞地試圖對它們有一些想法，而我也早就感受到它們那冷峻、毫無生氣的性質逃脫了掌握，從我指尖滑落。那天晚上在鐵路員工酒吧，阿道爾夫的吊帶**不是**紫色的，我眼前又出現他襯衫上無法界定的那兩個斑點。還有那顆石子，這整個事件起因的那顆要命的石子，它不是……我記不清它拒絕什麼，但沒有忘記它消極的抵抗。還有自學者的手，有一天我在圖書館抓住、握緊它，感覺那不完全是隻手，讓我想到一隻巨大白色的蠕蟲，但也不是隻蠕蟲。然後還有馬布利咖啡館那個透明得可疑的啤酒杯。可疑：它們就是如此，不管是聲音、香氣、味道，都很可疑。當它們像被獵狗追趕的野兔從鼻下飛快跑過，我們並不太注意，會覺得簡單而令人放心，會以為世間有真正的藍色、真正的紅色、真正杏仁和紫羅蘭的氣味，但只要端詳這些顏色、味道、氣息片刻，這安穩、保險的感覺就會被一種深深的不安取代：因為它們從來不是真的，絕對不會規規矩矩、僅僅是它們本身。最簡單、最難以分解的本質，對它自身來說、就核心來說，都有多餘的東西。我腳下這個黑色，並不像黑，而是一個從來沒看過黑色的人勉強想像而來，並且想像一發不可收拾，很可能想像出一個超越顏色的模糊東西，這**很像**一種顏色但也像……一道傷痕，或是一種分泌物、滲出液——又或是別的東西，例如某種氣味，融合濕土、溫熱的濕木頭，像漆一樣籠罩在這塊坑坑巴巴木頭上的黑色氣味，像咀嚼纖維的甜甜味道。這黑色，我不僅僅**看見**，視覺是一種抽象的發明，是一個篩洗過、簡單化的概念，一個從人類角度出發的概念。這個黑色，雖然委靡孱弱，卻遠遠超過了視覺、嗅覺和味覺，但這豐盈成了一片混亂，太多了，最終什麼都不是。

這一刻無與倫比。我在這裡，一動也不動僵冷著，陷入一陣恐怖的狂喜迷醉之中。然而就在這迷醉之中，某種新的東西形成了：我了解了**嘔吐**，我掌握了它。其實，我當時無法表述這個發現，但現在用文字寫下來就很容易了。最主要的，是偶然性，我要說的是，就定義來說，存在並非必然性。存在，就是**在那裡**，就這麼簡單。存在物出現、被遇見，但我們永遠不能無視它們。我想有些人明白了這一點，只不過為了克服這個偶然性，他們試圖捏造出一個存在的必然性和理由。然而，沒有任何必然性能夠解釋存在，偶然性並不是一個我們可以驅散的幌子或表象，它是絕對的，因此，全然沒有前因後果、沒有理由與目的。一切都是無來由無目的，這公園、這城市、我本身都是。當我們察覺到這一點，胸膛翻攪，一切開始飄浮，就像那天晚上在鐵路工人酒吧：嘔吐來襲；就像那些王八蛋——住在綠丘那些人以及其他人——試圖以各種原則、法律權利、條條框框來自我隱瞞。但這是多麼薄弱的謊言，誰也沒有權利；他們和其他人一樣，沒來沒由，也無法不感到自己是多餘的，他們內心隱祕地知道，他們是**多餘**的，也就是無形狀的、朦朧的、悲慘的。

這癡迷狀態持續了多長時間？我**是**栗樹樹根，或者說我完全是它存在的意識。我尚且獨立於它——因為我還意識到這一點——然而已消失在它身上，只存於它。這意識雖拘束侷促，卻以它所有的力量懸出在這塊沒有生氣的木頭之上。時間停止了，我腳下有一小攤黑水。在這一刻**之後**，不可能有任何東西出現。我很想讓自己抽離這種駭然的快樂，但甚至無法想像這是可能的，我已經在其中，黑色樹根**抹不去**，它就在那裡，在我眼睛裡，像梗在喉嚨裡的一大塊東西，既不能接受也不能拒絕。我費了多大努力才抬起眼睛？再說，我真的抬起眼睛了嗎？或許是在自我毀滅一陣子之後，才在下一刻頭向後仰、眼朝著天死而復生呢？事實上，我並沒有意識到中間有任何過渡，但突然間，我再也無法去想樹根的存在了，它的存在磨滅了，儘管我不停對自己重複：它存在，它還在那裡，在長椅下，我右腳邊，但這已經沒有任何意義。存在這東西，不是讓你置身事外遠遠遙想，而是必須猛烈襲擊而來，乍然在你身上停住，像隻動也不動的動物沉重地壓在你心上——若非如此，就是什麼都不再有了。

什麼都不再有了，我眼裡空了，欣喜自己解脫了，但突然間，我眼前開始搖晃，輕微而猶疑的晃動，是風吹動了樹梢。

看著東西晃動並不會令我不愉快，至少有點改變，改變那些像眼睛死盯著我的所有凝住不動的存在。我看著樹枝搖動，對自己說：移動並不完全存在，只是過渡，是介於兩個存在之間的中間階段，是樂曲中的弱拍。我等著看它們從無之中誕生，慢慢成熟，終至蓬勃發展，我終於能夠窺知到正在誕生中的存在。

不出三秒，我所有的希望被掃除一空，我在這盲目探索四周的猶疑樹枝上，掌握不到這存在的「過渡」。過渡這個想法，又是人發明出來的。這是一個太過明確的想法，所有這些輕微的騷動各自孤立，只為它們自己而生。這些騷動蔓延在樹枝和枝椏之間，在這些乾枯的手之間流竄，用小小氣旋包圍它們。當然，移動和一棵樹是不一樣的，但依舊是一個絕對，是一個東西。我觸目所見只是滿溢，樹梢擁擠蠢動著不斷更新卻從不誕生的存在。「存在著的風」像一隻大蒼蠅落到樹上，樹就開始顫動，但是顫動並不是一個新產生的性質，也不是一個形成強烈行動的過渡，它只是一個東西，一個顫動的東西附著在樹上，占有它，搖動它，然後又拋下它，移動到遠一點的地方，自己旋轉著。一切都滿溢，一切都在動，沒有弱拍，一切——哪怕是無法察覺的跳動——都是存在所為。圍繞著樹的所有這些存在，不知從何而來也不知去向何處。它們突然存在，接著又一忽兒不存在了：存在沒有記憶，它對消失的不保留任何東西，連記憶都不存。存在無所不在，延伸到無限，多餘，永遠且到處。存在從來不受任何限制，只是存在或不存在而已。我呆坐在長椅上，驚詫不已，被這些沒來由的、繁湧而出的存在弄得暈頭轉向，到處都是綻放、茂盛，我的耳朵裡嗡嗡響著存在，連我的肉體都悸動、顫裂，陷於萬物的萌芽之中，真令人嫌惡。「為什麼呢？」我想：「為什麼有這麼多存在，既然它們都如此相似？」那麼多同樣的樹是為了什麼？為什麼有這麼多失敗的存在，固執地重新開始，然後再次失敗——像一隻仰翻在地上的昆蟲做的無謂的掙扎？（我也是其中之一。）這種大量並不令人覺得富饒慷慨，正好相反，它陰鬱，貧瘠，困窘。這些樹，這些高大笨拙的軀幹……我笑了起來，因為我突然想到書本裡所描述的美妙春天，充滿樹木劈啪、枝葉爆開、繁花綻放的聲音。有些白癡會跟你談到意志的力量、強勁的生機，難道他們從來沒有好好看過一隻動物或一棵樹木嗎？這棵帶著脫皮斑塊的梧桐，這棵半腐朽的橡木，人們很可能糊弄我說這是朝向天際迸發的堅韌青春生命力。那這樹根呢？想必我應該把它視為劃破土地，從大地攫取營養的尖銳爪子囉？

不可能以這種方式來看待物體，它們反倒是孱弱、無力。樹木飄浮著。朝向天際迸發？我看應該是傾塌吧，我時時刻刻等著看這些樹幹像陰莖一樣頹軟、萎縮，軟軟攤在地上成一團黑色皺褶。它們**並不想**存在，只不過無法阻擋自己存在，如此而已，所以它們只好各自掙扎著活下來，緩緩地，無精打采地。樹液不情不願地緩緩升上導管，樹根緩緩地深入土裡，但它們似乎時時刻刻準備統統放棄，就地消亡。它們疲憊衰老，無可奈何地繼續存在，僅僅因為它們沒有力氣死亡，因為死亡只能是從外力而來。唯有樂曲能夠驕傲地承載自身的死亡，像一個內在的必然性，但是它們不存在。一切存在物都是沒有原因地誕生，懦弱地苟延殘喘，然後因偶發之事而死亡。我身體往後仰，閉上眼睛，但是那些影像立刻警覺起來，蹦起來奔過來在我閉上的眼裡裝滿它們的存在：存在是個滿溢，人無法脫身。

一堆怪異的影像，它們呈現出一大堆物體，不是真正的物體，只是相像的東西。一些木製的物體像椅子、像木鞋，另一些物體像植物。之後出現了兩張臉孔，是那個星期日在維茲里斯餐館坐在我旁邊吃午餐的那一對夫婦，肥胖、熱切、性感、荒謬，一對耳朵紅紅的。我看見那女人的肩膀和胸口，赤裸的存在。那兩個人——這突然讓我驚恐起來——那兩個人繼續在布城的某個地方存在，某個地方——在哪些氣味之中？——這柔美的胸口繼續輕觸著新裁的布料，包圍在蕾絲之中，那女人繼續感覺在短上衣裡存在的胸部，想著「我的乳房，我的美麗果實」，神祕地微笑，關注著讓她有點發癢的胸部的綻放，我大叫起來，發覺自己眼睛大大睜著。

這是我夢見的嗎，這個巨大的存在？它在那裡，盤踞在公園裡，滑落在樹間，軟弱無力，讓一切都變黏、變稠，變成一堆果醬，而我在其中，我，以及整個公園都在它裡面。我害怕，但更感到憤怒，覺得這一切如此愚蠢，如此不對勁，我痛恨這可惡的果醬。到處都是，到處都是啊！這果醬直沖上天，到處流淌，蔓延的黏稠充滿所有地方，我看見其中深不可測，深不可測，遠遠超過公園的範圍，超過房舍，超過布城，我不再身處布城，而是身處無處，我在飄浮。我並不驚訝，我知道世界就是這樣，赤裸的世界突然顯現，而我面對這荒謬的大東西憤怒地窒息。我們甚至不能質疑這一切是從哪兒冒出來的，也不能問何以要存在一個世界，什麼都不存在不行嗎，這沒有意義，前前後後，世界無所不在。在世界出現**之前**，什麼都沒有，什麼都沒有，不曾有過它或許不存在的時刻，這正是最令我氣惱的：這個流淌蠕動的幼蟲，它的存在當然**沒有任何原因**，但是它**不可能**不存在。這是無法想像的：要想像虛無，必須是我已經在這裡，睜開大眼活在這世界上。虛無只是我腦中的一個想法，一個存在的、飄浮在這無垠世界中的想法，這個虛無並不是在存在**之前**到來的，而是列於諸多其他存在之中的一個，出現在許多存在之後。我大喊道：「髒東西，髒東西！」抖動身體想擺脫這黏糊糊的髒東西，但是它黏得緊緊，而且又有那麼多，成噸成噸的存在，無邊無際，我在這龐然的厭倦底下，快要窒息了。然而，忽然之間，公園像一個大洞般空了，世界消失了，以它來的方式，或者說，我醒來了——總之我不再看見它，只剩下我腳邊的黃土地，枯樹枝從土裡伸向空中。

我站起身，往外走，走到柵欄門時回過頭。公園對著我微笑，我倚著柵欄門久久注視。樹木的微笑、月桂樹叢的微笑，這**意味著**某些東西，這才是存在真正的奧祕。我想起不到三個星期前的一個星期天，我已經領受到物體展現出某種默契，這是對我展現嗎？我因沒有辦法理解而感到煩躁，完全沒有辦法理解，然而它在那裡，等待著，像一道目光。它在那裡，在栗樹樹幹上……它就是**那棵**栗樹。這些東西就好像進行到一半的思想，忘卻了自己，忘記自己本來要想的是什麼，就這樣杵著，搖擺不定，帶著它自己也不明白的古怪的小小意義。這小小意義讓我惱火，我**無法**理解它，就算倚著柵欄門待上一百零七年都無法理解。關於存在，我已經學到所有我能知道的。我離開，回到旅館，寫下了這些。

夜裡

我決定了：既然我不再寫那本書，也就沒有繼續留在布城的理由，我要搬到巴黎住。星期五，我搭五點的火車，星期六和安妮見面，我想我們會待在一起幾天，之後我回來處理幾件事和收拾行李。最晚三月一日，我就徹底搬到巴黎定居了。

星期五

鐵路員工酒吧。我的火車二十分鐘後出發。唱機。出發冒險的強烈感覺。

星期六

安妮來幫我開門，身穿一襲黑色長洋裝。當然，她沒伸出手，也沒問好，我右手好好插在外衣口袋裡。她用一種賭氣的音調快速說話，以便擺脫見面的客套。

「進來，隨便坐，只是別坐那張窗邊的扶手椅。」

是她，這就是她。她雙臂垂下，臉色陰暗，以前這種表情會讓她像個半大不小的小女孩，但現在她一點也不像小女孩了，她胖了，胸部很大。

她關上門，自顧自沉思地說：

「還是我坐到床上去……」

最後，她癱坐在一個覆蓋著地毯的箱子上。她的步態不若以往，走動時沉著莊重但不失優雅，似乎因最近才增的體重而困窘。但是，無論如何，是她沒錯，是安妮。

安妮哈哈大笑。

「妳笑什麼？」

她依習慣不馬上回答，擺出一副找碴的模樣。

「說啊，妳為什麼笑？」

「是因為你從進門就咧著嘴微笑，就像一個剛嫁了女兒的父親。好啦，別站著，放下大衣坐下，嗯，坐那裡就行。」

接下來一陣沉默，安妮並不試著打破這沉默。這房間真是光禿禿！以前安妮只要旅行，一定帶著一個超大行李箱，裝滿圍巾、頭巾、頭紗、日本面具、小人像。一到旅館——就算只待一夜——第一件事就是打開行李，掏出這些寶貝，按照不同且複雜的次序把它們掛在牆上，吊在燈上，鋪在桌上或地上。不到半個鐘頭，就算最平凡的旅館房間都染上強烈而豪放的個人色彩，幾乎令人難以承受。或許她的行李遺失了，或是留在行李保管處……這個冷漠的房間通向廁所的門半掩著，有點陰森，和我在布城的房間挺像，只是比較豪華、比較陰鬱。

安妮還在笑，我非常熟悉這高昂、略帶鼻音的笑聲。

「啊，你還是沒變。你這驚恐的模樣是怎麼啦？」

她微笑著，但眼神緊盯著我，帶著近乎敵意的好奇。

「我只是想，這房間似乎不像是妳住的。」

「是嗎？」她心不在焉地回答。

又一陣沉默。現在她坐在床上，襯著黑洋裝顯得特別蒼白。她沒剪短頭髮。她一直看著我，神情平靜，眉毛稍抬。所以她沒有什麼要跟我說的？那為什麼把我叫來？這沉默難以忍受。

我突然可憐兮兮地說：

「我很高興見到妳。」

最後一個字堵在喉嚨中，如果想半天只找到這句話說，還不如住嘴。她一定會發火。我早就料到見面的頭十五分鐘會很難捱，以前，我只要看到安妮，不管是分開二十四小時之後，或是一覺醒來的第二天早上，從來都找不到她想聽的話說，能夠對應她的洋裝、天氣，乃至前一天對話的適合字句。但是她要什麼，我怎麼猜得出來呢？

我抬起眼，安妮帶著某種溫柔凝視著我。

「所以你都沒變囉？所以還是一樣蠢？」

她露出滿意的樣子，但她顯得如此疲憊！

「你是一塊界石，」她說：「路邊的一塊界石。你沉著冷靜地解釋，一輩子在解釋這裡距離默倫二十七公里，距離蒙塔吉四十二公里，這就是為什麼我如此需要你。」

「需要我？這四年來我都沒見到妳，而妳需要我？那麼，妳還真低調。」

我微笑地這麼說，她或許以為我心存埋怨，我感覺自己嘴邊的微笑非常虛假，覺得不自在。

「你實在有夠蠢！我當然不需要看見你，如果你是這個意思的話。你知道嗎，你並沒有什麼特別賞心悅目的地方，我需要的是你存在，你不改變。你就像那個存放在巴黎或巴黎近郊某個地方的鉑金公尺原器[57]，我想沒有人會想看它。」

「那妳就錯了。」

57 編注：公尺原器，為國際單位制「公尺」在一九六〇年之前所使用的標準器。該原器以鉑銥合金鑄造，因為鉑銥合金有膨脹率低、不易氧化等特點。

「總之，這不重要，我是不想看它啦。不過我很高興知道它存在，它確切的長度是地表子午線四分之一的一千萬分之一，每一次測量公寓或是買以尺丈量的布料，我就會想到它。」

「是嗎？」我冷冷地說。

「你知道嗎，我大可以只把你想成一個抽象的道德指標，一個尺度，你應該感謝我每次都想起你的面孔。」

又來了，以往必須忍受的這種仔細精密的討論又開始了，而我心中只有單純而粗俗的願望，例如跟她說我愛她，把她攬入懷中。今天我完全沒有願望，或許唯一的願望是一語不發，望著她，靜靜地領受安妮出現在我面前這不可思議的事件的重要性。對她來說呢，今天就像其他日子一樣嗎？她的手並沒有顫抖。她寫信給我的那天，勢必有什麼事要對我說，難道只是單純一時興起，此刻早就不當回事了。

突然間，安妮帶著如此顯而易見的溫柔對我微笑，以至於淚水湧上我的眼眶。

「我想起你的時候比想起鉑金公尺原器多得多，我沒有一日不想起你，而且我清楚記得你這個人最微小的細節。」

她站起身走過來，兩手搭在我肩膀上。

「你這人只知道抱怨，你敢說你記得我的模樣嗎。」

「這很狡猾，」我說：「妳非常清楚我記憶力很差。」

「你承認了吧，你根本完全忘了我。在路上遇到你會認出我嗎？」

「當然啦。問題不在這裡。」

「你還記得我頭髮的顏色嗎？」

「記得啊！金黃色。」

她開始大笑。

「你說得倒得意，你現在看到我頭髮當然就記得了。」

她用手撥了一下我的頭髮。

「你啊，你的頭髮是紅棕色，」她模仿我的語氣說。「我頭一次見到你，你戴著一頂近乎淡紫色的軟帽，和你的紅棕色頭髮一點都不搭，我永遠忘不了，慘不忍睹。你那頂帽子呢？我想看看你品味是否還是那麼差。」

「我不戴帽子了。」

她輕輕吹了一聲口哨，睜大了眼睛。

「這不是自發性的吧！是嗎？那我要恭喜你。當然啦，想也想得到！你這頭髮和什麼都不搭，不管是帽子、椅墊、甚至和當背景色的壁毯都不相襯。要不然你就得把帽子壓到耳朵，就像你在倫敦買的那頂氈帽一樣，把頭髮都收攏到帽子下，人家甚至不知道你還有沒有頭髮。」

她用陳年舊帳一筆勾銷的決斷語氣說：

「那頂帽子完全不適合你。」

我已經不知道她說的到底是哪頂帽子。

「我說過它適合我嗎？」

「我想你說過！甚至你翻來覆去說的都是這個，你在以為我看不見你的時候還偷偷照鏡子。」

這種對過去的熟知令我難以忍受。安妮甚至不像在溯及往事，語調中沒有因重提往事的溫存而拉開距離，卻好像在談論今天、最多昨天的事。她鮮明保留著以前的觀點、固執、怨恨。對我而言卻相反，過往一切都沉浸在一種詩意的朦朧之中，我隨時可以做出一切讓步。

她突然用平淡的口吻說：

「你看，我胖了，老了，我得多照顧自己。」

是啊。而且她看起來多麼憔悴！我正要開口，她立刻接著說：

「我演出舞台劇，在倫敦。」

「和康德勒？」

「不是，不是和康德勒。你老是這樣，你滿腦子都是我和康德勒一起做舞台劇，我得說多少次康德勒是樂團指揮？不，是在蘇活廣場的一間小劇團，我們上演了《瓊斯皇帝》、蕭恩．奧凱西、辛格的劇本，還有《勃里塔尼古斯》[58]。」

「《勃里塔尼古斯》？」我驚訝地說。

「沒錯，是的，《勃里塔尼古斯》，我也是因為這齣戲才離開的。是我建議他們上演《勃里塔尼古斯》，他們要我演朱妮一角。」

「然後呢？」

「啊，我當然只能演雅格里嬪一角啊。」

58 譯注：《瓊斯皇帝》（*The Emperor Jones*）是美國戲劇作家尤金．歐尼爾（Eugene O'Neill）一九二〇年創作的舞台劇。蕭恩．奧凱西（Sean O'Casey）、辛格（Synge），兩位都是愛爾蘭劇作家。《勃里塔尼古斯》（*Britannicus*）是法國劇作家拉辛（Racine）一六六九年的劇作。

「那現在妳在做什麼呢？」

我不該問這個，她的臉完全失了血色，但是立刻回答：

「我不演戲了，我旅行。有個傢伙包養我。」

她微笑。

「喔！別這樣擔心地看著我，這沒什麼大不了。我一直都跟你說，我不在乎被人包養，再說他是個老傢伙，並不討人厭。」

「是英國人？」

「這和你有什麼關係？」她惱火地說：「我們別談那個傢伙，他對你、對我來說都不重要。你要喝茶嗎？」

她走進盥洗室，我聽到她來回走動，挪動鍋子，還自言自語，發出尖聲、模糊不清的嘟囔。她床頭櫃上如同以往放著一本米榭勒著的《法國史》[59]。我看見她床上方掛了一張照片，只有一張，是艾蜜莉．勃朗特的哥哥為她畫的畫像的複製品[60]。

安妮走回來，突然對我說：

「現在，你得跟我談談你的事。」

她又走回盥洗室。儘管我記性不好，這一點我倒記得，她總是這樣直截了當問問題，令我困窘，因為一方面我感受到她是真誠關心，一方面卻又想趕快說完了事。總之，她問了這個問題，不必再懷疑：她有求於我。現在這些只是開場白，先說完這些尷尬的事，把次要的問題徹底處理完，「現在，你得跟我談談你的事。」待會兒她就要談她自己了。突然間，我一點都不想跟她說任何事，何必呢？**嘔吐**、恐懼、存在……還是保留給我自己吧。

「來吧，快說。」她隔著牆喊。

她拎著茶壺走回來。

「你做什麼呢？住在巴黎嗎？」

「我住在布城。」

「布城？為什麼？你該不會是結婚了吧？」

「結婚？」我驚詫地說。

安妮居然會這樣想，令我覺得很不舒服，我這麼告訴了她。

---

59 譯注：米榭勒（Michelet），十九世紀法國著名歷史學家，花費三十六年心血撰寫了鉅作《法國史》（*l'Histoire de France*）共六卷。

60 譯注：艾蜜莉・勃朗特（Emily Brontë），十九世紀英國小說家、詩人。她的哥哥勃蘭威爾・勃朗特（Branwell Brontë）是文學才子、畫家。

「真荒謬，這完全是妳以前責怪我的那種對現實生活的想像。妳知道，以前我想像妳是帶著兩個孩子的寡婦，還有所有我說的那些我們將來會變成怎麼樣的事，妳厭惡這些。」

「而且你還樂在其中，」她毫不為所動地回答：「你說那些只是裝腔作勢，你嘴巴上講得氣憤，但你是那種口是心非，會在背地裡偷偷結婚的人。你整整一年氣憤地說絕不去看《皇家紫羅蘭》[61]，結果有一天我生病了，你就自己跑去街區的小電影院看了。」

「我住在布城，」我莊重地說：「因為我正在寫一本關於侯勒邦先生的書。」

安妮專注地看著我。

「侯勒邦先生？十八世紀的那個？」

「是的。」

「對喔，你曾跟我說過，」她含糊地說：「所以是一本歷史書囉？」

「是的。」

「哈！哈！」

如果她再問一個問題，我就會全盤敘述，但她什麼也沒再問了，顯然她認為對我知道得夠多了。安妮非常擅長傾聽，但只有在她想聽的時候。我看著她，她低著眼，她正在想要跟我說的事，要用什麼方式開頭。該換我詢問她嗎？我想她並不樂意，她認為合適的時間就會說。我心臟激烈跳動。

她突然說：

「我啊，我變了。」

這就是開頭。但是她現在打住了，在白色瓷杯裡倒上茶。她等著我開口，我得說點什麼才行，不是隨便什麼，而是她期待的話。我坐立難安。她真的改變了嗎？她胖了，模樣憔悴，但她指的一定不是這個。

「我不知道，我不覺得，我又聽見妳的笑聲，看見妳站起身、把手放在我肩上的模樣，妳自言自語的老毛病。妳讀的還是米榭勒的《法國史》，還有其他一大堆……」

還有她對我的恆常本質深切關注，卻對我生活中可能發生的事漠不關心；還有她這種古怪的矯揉造作，既顯得賣弄卻又迷人；還有她一見面就剔除客套、友好、所有拉近人與人之間關係這些套路的方式，迫使對方得不斷出招。

她聳聳肩。

「當然有，我變了，」她冷冷地說：「我徹底變了，不再是同一個人了。我還以為你一

---

61 編注：《皇家紫羅蘭》（*Violettes impériales*），一九五二年的法國—西班牙歷史歌舞劇。

眼就會看出來，而你卻跟我提米榭勒的《法國史》。」

她走過來站在我面前。

「我們來瞧瞧這個男人是否像他自以為的那麼厲害，你找一找，我什麼地方變了？」

我猶豫著。她跺著腳，雖還帶著微笑，但真正惱火了。

「以前你總是受著某事折磨，至少你是這麼說的；現在沒有了，折磨消失了，你自己應該有所察覺，現在你不覺得比較舒服了嗎？」

我不敢回答沒有，我像以前一樣屁股不敢坐穩，擔心如何躲開她的陷阱，如何消除她莫名的怒火。

她又坐下。

「是啦，」她堅信地點點頭說：「若你不明白，是因為你忘了許多事，忘得比我料想的還多。你看，你不記得當年你的惡劣行徑了吧？你來，你說話，你離開，沒有一件事是適切合拍的。想像一下像當年，什麼都沒變：你進了門，牆上掛著面具和圍巾，我坐在床上，對著你說（她頭往後仰，張大鼻孔，用舞台劇的聲調，彷彿在嘲弄自己）：『怎麼啦？你等什麼？隨便坐。』當然我會小心翼翼避免跟你說：『只別坐那張窗邊的扶手椅。』」

「妳老是給我設陷阱。」

「那些不是陷阱……當然啦，你會筆直走過去坐在那張扶手椅上。」

「那又會怎樣呢？」我轉過頭好奇地端詳那張扶手椅。

扶手椅看起來很正常，和善且舒服。

「會非常糟糕。」安妮簡短回答。

我不多問，安妮身邊總是圍繞著許多禁忌的物品。

我突然說：

「我想我猜到了一點什麼，但這實在太神奇了，等一下，讓我想一想：的確，這房間真是光禿禿，妳得還我清白，我一進來就發現了。好啦，假想我進了房間，看見了牆上掛著面具、圍巾這一堆東西，旅館被妳擋在房門外，妳的房間別有洞天……妳沒來開門，我看見妳蜷縮在角落，或是妳坐在地上那張旅行時總是帶著的紅色地毯上，嚴厲地看著我，等著……只要我張口說一個字，做出一個動作，吸一口氣，妳就會開始皺起眉頭，我就不知所以地深深覺得做錯了，一分鐘又一分鐘，我會累積愈來愈多笨拙行為，直到錯得不可收拾……」

「這發生過多少次？」

「上百次。」

「至少！那麼你現在比較機靈、比較精明了嗎？」

「沒有。」

「很高興聽到你這麼說。所以啦！」

「所以，不會再有……」

「哈！哈！」她用戲劇化的語調大聲說：「他還敢奢望！」

她輕聲繼續說：

「是啊，你可以相信我：不會再有了。」

「不再有完美的時刻了？」

「不會再有了。」

我驚得目瞪口呆，堅持說：

「所以妳不再……結束了，這些……悲劇，這些瞬間的悲劇，面具、圍巾、家具，還有我在裡面扮演小小角色——而妳扮演的是主角——的悲劇？」

她微笑。

「忘恩負義的傢伙！有時候我給他的角色比我自己的還重要，但是他根本不知道。嗯，是的，結束了。你覺得訝異？」

「啊！是啊，我很訝異！我還以為這是妳內在的一部分，如果剝奪了這個，就像挖了妳的心臟。」

「我本來也這麼以為。」她毫無惋惜的神情。

她帶著一絲令我感覺不快的諷刺語調接著說：

「但你瞧，沒有它，我還是活著。」

她交叉著手指，抱攏一隻膝蓋。她看著半空中，帶著一股使她變年輕的朦朧微笑，樣子像個胖胖的小女孩，神祕而滿足。

「是的，我很高興你維持原樣。若是有人把你這塊界石搬開，重新塗漆，插到另一條路邊，那我就再沒有什麼固定物能指引方向了。你對我不可或缺，我改變了，但你呢，你必須恆常不變，我才能根據你來測量我的改變。」

我還是覺得有點火大。

「嗯，這大錯特錯，」我激動地說：「相反地，我這段時間以來徹底改變了，實際上，我……」

「喔！」她極其不屑地說：「智識上的改變！我是全身上下直到眼白都變了。」

直到眼白……她的語調裡令我混亂震驚的是什麼呢？總之，我往前一躍！我不再找尋消失的那個安妮，令我感動、令我喜愛的是眼前這個女孩，這個胖胖的、神情槁木死灰的女孩。

「我有一種確信……肉體上的，我感知到不會有完美時刻。我走路時連兩腿都感知到這一點，我無時無刻不感知，甚至睡覺時也是，我無法忘懷。並沒有任何頓悟，我無法說是從哪一天、哪一刻起我的生命全然改變了，就算到現在，我依然感到好像是昨天突然發現的，我頭暈目眩，侷促不安，還是無法習慣。」

她說這些話的語調平靜，因為自己如此巨大的轉變帶著些許驕傲。她坐在箱子上搖晃身體，帶著超凡的優雅。打從我進門，沒有一刻她這麼像以前的、在馬賽的那個安妮。她再次征服了我，我又投入她那怪異的世界，投入那可笑、矯揉造作、難以捉摸的世界。我甚至又感受到從前一見到她就升起的這股騷熱，以及嘴裡那股苦澀味道。

安妮鬆開交叉的手指，放開膝蓋。她不說話了。這是有計畫的沉默，就像歌劇，樂團演奏的最初七個小節，舞台上是空的。她喝口茶，然後放下茶杯，兩手撐著箱子邊緣直挺挺坐著。

突然，她臉上現出我如此喜歡、絕妙美杜莎[62]的表情，整張臉腫脹著恨意，扭曲而刻毒。安妮換的不是表情，而是換了張臉，就像古代的演員換面具一樣，在一瞬間。每張面具的目的是營造氣氛，為後續發生的事定調，面具出現之後，在她說話之時都不會轉換。隨後，面具跌落，脫離於她。

她盯著我但視若無睹，她要開口說話了。我等待著一場悲劇式的演說，提升到她那張面具的高度，勢必是一齣輓歌。

她只說了短短一句：

「我存活下來了。」

這語調跟臉孔完全不配，它不帶悲劇性，而是……恐怖，它表達了一種荒涼的絕望，沒有淚水，沒有悲憫。是的，她身上有某種東西無法彌補地枯竭了。

面具跌落，她微笑。

「我一點都不悲傷難過，我經常訝異自己怎麼不難過，但我錯了，為什麼要難過呢？以前我還有能力興起這種還算美好的熱烈情感，我曾深深恨過我母親，而你，」她挑戰地說：「我曾深深的愛過你。」

她等著我接話，而我什麼都沒說。

---

62 譯注：美杜莎（Méduse）是古希臘神話中的蛇髮女妖。

「當然，這些都結束了。」

「妳怎麼能夠知道呢？」

「我知道，我知道再也不會遇到某件事或某個人能激起我的熱烈情感。你知道嗎，要開始愛一個人，是一樁大事，需要精力、慷慨、盲目……甚至在最開始的時候，還必須跳躍過一道懸崖，如果考慮一下，我們是不會這麼做的。我知道我再也不會跳躍了。」

「為什麼呢？」

她對我投來一個諷刺的眼神，並沒有回答。

「目前，」她繼續說：「我周身的熱情都已死去。我試著找回那美好的狂熱，那種我十二歲時有一天被母親抽打而縱身從四樓往下跳的狂熱。」

她神情飄渺，又說到另一個狀似無關的話題。

「我也最好別久盯著物體看，我看一眼知道是什麼就好，之後就得趕快轉移視線。」

「為什麼？」

「它們讓我噁心。」

這不就是……？總之這其中必定有相似之處。在倫敦就發生過一次，我們幾乎同時，就同樣的主題，有同樣的想法。我如此希望……但安妮的想法千迴百轉，我們永遠無法確定自己理解她，我必須弄清楚這件事。

「聽好，我想告訴妳：我從來沒明白什麼是完美時刻，妳從未跟我解釋過。」

「是的，我知道，你從來不做努力，跟我在一起就像根木樁。」

「可惜啊！我知道自己為此所付出的代價。」

「你遭受的一切都是咎由自取，錯在於你。你那八風吹不動的樣子令我惱火，那樣子就像在說：我啊，我是正常的。你一心一意彰顯自己身心健全，渾身上下流露著精神強健。」

「我好歹不只一百次請妳解釋什麼是……」

「沒錯，但端賴你用的是什麼語氣，」她生氣地說：「你是在屈就下問，事實就是這樣，你帶著一種漫不經心的和氣，就像小時候老人家問我在玩什麼。其實，」她沉思地說：「我在想我最恨的說不定是你。」

她努力克制自己，鎮定下來，微笑著。她的兩頰還紅似火。她很美。

「我願意跟你解釋，現在我老了，可以不慍不火向你這位老人家敘述我童年玩的遊戲了。來吧，說吧，你要知道什麼？」

「我要知道那是什麼。」

「我曾跟你說過超凡的特殊情境吧？」

「我想沒有。」

「有，」她篤定地說：「那是在艾克斯城，在一個我忘記名字的廣場上，我們坐在一家咖啡館的花園裡，太陽很大，在橘紅色遮陽傘下，你不記得了？我們喝著檸檬汁，我發現糖罐裡有幾隻死蒼蠅。」

「啊！對，好像……」

「嗯，我就是在那家咖啡館裡跟你談到這個。我談到我小時候讀的那個米榭勒的《法國史》大開本，那個版本比這本大得多，紙張慘白，像香菇的內裡，散發的也是一股蘑菇的氣味。我父親死後，約瑟夫叔叔發現了這套書，把所有的冊子都拿走了，就是那天，我叫他老豬八戒，我母親抽打我，我從窗戶跳下樓。」

「對，對……妳一定跟我說過這本《法國史》……妳不是在閣樓上讀的嗎？妳看，我還記得，妳看，妳剛才說我全都忘了是不公平的。」

「閉嘴。正如同你記得清清楚楚的，我把這些超大本的書冊搬上閣樓。書裡插圖很少，每冊大概只有三、四張，但是每一張圖都占了整整一頁，背面空白著，而其他的書頁文字還印成雙排節省空間，這使我印象更為深刻。我對這些版畫插圖抱著極大的喜愛，每一張都記得清清楚楚。當我重讀這些書冊，在五十頁之前就期待著插圖出現，每次重新看見它們都覺得像個奇蹟。而且，它們的排版相當講究，圖中呈現的場景絕對不是前後幾頁的文字所敘述的，得在三十頁之後才找得到文字敘述。」

「求求妳，跟我談談完美的時刻吧。」

「我跟你談的是超凡的特殊情境，這正是那些插畫所呈現的。我稱之為超凡的特殊，是因為我想它們一定具有極大重要性，才會被選為少數幾張插圖的主題。你懂嗎，它們被挑選出來，然而有許多其他的片段其實具有更大的美術造型價值，或是更深的歷史意義。例如，整個十六世紀只有三張插圖：一張是亨利二世的死，一張是吉斯公爵被暗殺，一張是亨利四世返回巴黎，因此我想像這幾個事件必定具有特殊的性質。這些插圖也證實我這個想法：它們構圖其實很粗糙，手臂和腳都沒好好連著身體，但是充滿著崇高之意。例如吉斯公爵被暗殺時，旁觀群眾手心往前伸，轉過頭去，顯示出他們的錯愕和憤怒，非常美，就像古代戲劇中的合聲。一些令人會心的細節或是小插曲也沒忽略，我們看見年輕貼身男僕跌到地上，幾隻小狗奔竄，幾個小丑坐在通往王位寶座的台階上。所有這些細節處理得既崇高又笨拙，和圖中其他部分完美融合，我不曾看過如此精密和諧的畫。所以啦，就是從那裡來的。」

「超凡的特殊情境？」

「這是我從中得到的想法，這些情況既極為罕見又珍貴，也可以說具有一種風格。例如我八歲時，身為一個國王在我眼裡就是一個超凡的特殊情境，或是死亡也是。你在笑，但是許多人垂死的時刻被畫了下來，許多人在死的時候說出崇高的話語，這讓我忠貞堅信……總之，我認為人在瀕臨死亡之際，會超脫自己。何況，只需要踏入死者房間就會明白：死亡是一個超凡的特殊情境，它散發出某種東西，能和在場的所有人交流，這是一種崇高。我父親死的時候，我被叫到樓上他房間見他最後一面。我走上樓梯時，非常悲傷，但又迷醉在一種宗教性的喜悅裡，我終於進入一種超凡特殊的情境之中了。我靠在牆上，試圖做出該做的姿態，但我阿姨和我媽跪在床邊，她們的啜泣聲破壞了一切。」

她說最後這句話時很不高興，彷彿那段回憶還如此鮮明，她停住話，眼神定格，眉毛高抬，藉這個機會再次重溫那個場面。

「之後，我把這一切擴展了，我先是加上了一個新的情境，愛情（我指的是做愛的行為）。嗯，倘若你以前不懂我為什麼會拒絕……你的某些要求，現在是弄懂的機會：對我來說，有某個東西要拯救。後來我又想，應該有更多更多我數不清的超凡特殊情境，到最後，我認為那些超凡特殊情境是無限多的。」

「對，但它到底是什麼呢？」

「唉，我已經跟你說了呀，」她吃驚地說：「我已經跟你解釋了一刻鐘了。」

「總之一定要感受到激烈感情，例如恨意或愛意，要不然就是該事件看起來如此偉大，我是說，外在能看到的那一部分……」

「兩者都是……看情況。」她怏怏地說。

「那完美時刻呢？它跟這有什麼關係？」

「完美時刻是在這之後，會先有一些預兆，然後超凡特殊的情境慢慢地、莊嚴地進入人們的生命，這時候問題才出現：要把這些時刻變成完美時刻嗎？」

「是的，我明白了，」我說：「在這些超凡特殊情境中的每一個，都有某些行動該做，某些姿態該擺，超出此之外的言語嚴格禁止，是這樣嗎？」

「你要這樣說也行……」

「大致說來，情境是材料，必須經過處理。」

「就是這樣，」她說：「必須先投入某個超凡的東西裡，然後感覺到我們能夠爬梳出條理，如果這些條件都達成的話，這時刻就是完美的。」

「大致說來，就像一個藝術品。」

「你之前就這樣說過，」她光火地說：「不是這樣。而是……一種義務……**必須**把超凡的特殊情境化為完美的時刻，這是是與非的問題，沒錯，你大可訕笑：是與非。」

我根本沒笑。

「妳聽我說，」我本能地對她說：「我也要承認我的錯誤，我從來沒好好了解妳，我從沒真心想助妳一臂之力，早知如此……」

「謝謝，萬分感謝，」她諷刺地說：「我希望你不會妄想你這遲來的道歉令我感激。更何況，我並不怨你，我從來也沒跟你清楚解釋過，我內心糾結，無法對任何人說，就算是對你——尤其是對你。在這種時刻，總是有某個東西不對勁，我就像迷失了路，不過我覺得我都盡力做了該做的了啊。」

「該做的是什麼？是什麼樣的行動？」

「你真笨，這沒辦法舉例，要看情況。」

「跟我說妳當時嘗試想做的吧。」

「不，我不想講，但是如果你願意，我告訴你一個我在小學時讀到的十分震驚的故事。有一位國王打了敗仗，被俘虜了。他待在戰勝者軍營的一個角落裡，看見兒子和女兒被綑綁著走過面前，他沒哭，也沒說話。隨後，他又看見自己的一個僕役被綑綁著走過面前，他呻吟起來，抓扯著頭髮。你也可以創造一些例子。你看：有些情況下我們不該哭泣——否則就是卑劣；但是若有人把一塊木頭砸到你腳上，你怎麼反應都行，呻吟抱怨、哭出聲來、踮起另一隻腳跳。時時刻刻保持堅忍克制是愚蠢的，只是在毫無意義地耗盡自己。」

她微笑。

「但是在另一些情況下，則需要**更為**堅忍克制。你一定不記得我第一次吻你的情景了吧？」

「記得，記得很清楚，」我得意洋洋地說：「是在泰晤士河畔的基由植物園裡。」

「但是你所不知道的是，我那時坐在一堆蕁麻上，我的裙子掀起，兩條大腿整個被刺，稍微一動就刺得更多。在那當下，堅忍克制是不夠的，我完全不為所動，我並不特別需要你的嘴唇，我即將給你的這個吻代表的重要性大得多，它是一個承諾，一個協定，那麼你就能明瞭，那疼痛無立足之地，在這個時刻我不能想到我的大腿。不顯出痛苦是不夠的，必須不感到痛苦。」

她倨傲地看著我，對她自己當年的行為還感到驚訝。

「你堅持索求的這個吻，其實我早已決定給你了，但要保持矜持，要給也得按照規矩來，在超過二十分鐘的這段時間裡，我的痛已麻木，天知道我的皮膚多麼敏感，但我**什麼**

都沒有感覺到，直到我們站起來。」

是這個，就是這個，沒有奇遇，沒有完美時刻……我們遭遇同樣的幻滅，我們走了同一條路。我可以猜想剩下的——我甚至可以取代她說話，我自己就可以把她要說的話說完。

「因此，妳覺得老是有啜泣的女眷，或是一個紅頭髮的傢伙，或不知道什麼東西來破壞妳的努力囉？」

「對，是啦。」她頹喪地說。

「不然還有其他原因？」

「喔！你知道，對那個紅頭髮的傢伙的笨拙我或許久了就能習慣，反正我對其他人怎麼扮演各自的角色也不是特別關心……不是，反倒是……」

「沒有超凡的特殊情境？」

「正是如此。我原本以為怨恨、愛情、死亡降臨到我們身上，就像耶穌受難日的烈火一樣，我原本以為我們可以因為怨恨或死亡散發光芒，多麼大的錯誤！是的，我曾經真的以為它們存在，『仇恨』會降臨到人的身上，讓他們提升到自我之上。當然啦，結果只有我一個人，我恨，我愛。而這個我呢，永遠是同一回事，模糊一團不停拉長，不停拉長……一切都如此相像，甚至讓人奇怪人類怎麼會想到要取名稱，要做分別。」

她的想法跟我一樣，我感覺從未離開過她。

「妳聽我說，好一陣子以來我想到一件事，和妳慷慨賦予我的界石角色比起來，會令我開心得多：那就是我們都改變了，而且是以同樣的方式。妳知道，我比較喜歡這樣，而非看著妳愈走愈遠，我則被迫當作永遠標示妳出發點的界石。妳跟我敘述的這一切，正是我想對妳說的——當然，以不同的用詞。我們在終點會合了，我真不知該怎麼讓妳知道我有多麼高興。」

「是嗎？」她輕聲說，但表情固執，「但我還是寧可你不變，比較方便。我不像你，想到有人的想法跟我一樣反而令我不快，再說，也許你弄錯了吧。」

我對她敘述我的經歷，對她講述存在——或許講得太過冗長，她凝神傾聽，睜大眼睛，眉毛挑得高高的。

等我說完，她似乎鬆了口氣：

「你想的和我完全不同。你抱怨是因為事情不像一束花一樣擺放在你身邊，不必你操任何心思，但我從來沒這樣奢望，我想要的是行動。你知道嗎，以前我們自以為是冒險先生和冒險小姐，你是等著冒險前來，而我是讓冒險發生，我常說：『我是行動派。』你記得嗎？而現在啊，我只能說：我們不可能是行動派。」

想必我的神情不以為然，她激動起來，加大力道地說：

「何況還有許多我沒跟你說的事情，因為解釋起來太費時間。例如，我行動時必須告訴自己這行動會產生……必然的後果，我無法向你解釋清楚……」

「妳完全不用解釋，」我用賣弄的神情說：「這也是，這點我也想過。」

她猜疑地看著我。

「按照你的說法，你的想法和我一樣，我不太相信。」

我無法讓她相信，多說只會激怒她，我閉上嘴，想把她攬在懷中。

突然，她焦慮地看著我。

「那麼，如果你也想到這些，我們能做什麼呢？」

我低下頭。

「我……我存活下來了。」她沉重地又說了一次。

我能跟她說什麼呢？難道我知道活著的原因嗎？但我不會像她一樣絕望，因為我本來就沒多大期待，我反而……驚訝我被賜與的生命——是**平白**被賜與的。我一直低著頭，此時我不想看到安妮的臉。

「我旅行，」她用悶悶的語氣接著說：「我從瑞典回來，在柏林停留了八天，那個男人包養我……」

攬她入懷……又有何用呢？我什麼都不能為她做，她和我一樣孤獨。

她用比較輕快的語氣說：

「你在嘟囔什麼……」

我抬起眼，她溫柔地看著我。

「沒什麼，我只是想事情。」

「喔，你真是個難懂的傢伙！好啦，說話或者閉嘴，總要選一個。」

我跟她說起鐵路員工酒吧，我要求在留聲機上放的那首**拉格泰姆**式的老歌，以及那首歌帶給我莫名的快樂。

「我那時想，或許在這方面可以找到，或至少尋找……」

她沒答腔，我想她對我所說的沒多大興趣。

過了半晌，她還是說話了，我不知道她是繼續她的思緒，或是回應我剛才所說。

「繪畫、雕塑是沒有辦法使用的東西，只是在你**面前**，賞心悅目。音樂……」

「但是在戲劇裡……」

「在戲劇裡怎麼啦？你是要一一數盡藝術種類嗎？」

「妳以前說想演戲，因為在舞台上能夠實現完美的時刻！」

「是的，我曾實現過：是為了別人的完美時刻，我在灰塵裡、在穿堂風裡、在強烈的燈光下、厚紙板搭的布景架之間。一般情況我都是和桑迪克演對手戲，我想你在柯芬園那區看過他演戲，我老是擔心當著他的面噗嗤笑出來。」

「妳從來沒投入扮演的角色嗎？」

「有時候稍微，但從來沒完全投入。對我們所有演員來說，最重要的是我們前面那個大黑洞，黑洞裡有我們看不見的觀眾，當然，對那些人來說，我們呈現了完美的時刻。但你知道，他們也不是活在完美時刻之中，完美時刻只是在他們眼前展現。而我們這些演員呢，你以為我們活在其中嗎？其實完美時刻哪裡也不在，既不在舞台前排角燈的這邊，也不在另一邊，它不存在，然而所有人都惦念著它。因此你明白了嗎，我的小老弟，」她拖長聲音，用近乎無賴的口吻說：「我斷了一切念頭。」

「我呢，我試著寫這本書……」

她打斷我。

「我活在過去，我重拾一切發生在我身上的，將它們重組，像這樣，遠遠地，它們就不會造成痛苦，讓人幾乎相信這就是真正發生的。我們之間的整個故事都很美，我再推波助瀾一下，就成了一連串完美的時刻，然後我閉上眼睛，試著想像我還活在其中。我還有其他的人物，得學會專注，你不知道我讀了什麼書吧？羅耀拉[63]的《神操》。這本書對我幫助很大，首先是安排布景的方式，之後才出現人物，大家就能**看見**。」她用一種偏執的語氣說。

「我不會就此滿足。」我說。

「你認為這讓我滿足？」

我們沉默了一會兒，夜色降臨，我幾乎看不清她一團蒼白的臉龐，她的黑衣服融入蔓延到房間的暗影裡。我機械性地拿起茶杯湊到嘴邊，裡面還剩一點茶，茶冷了。我想抽菸，但不敢。我難受地感覺到我們之間再沒什麼可說的了，昨天我還有那麼多問題要問她：她去了哪裡？做了些什麼？遇見了誰？但這些都只有安妮真正推心置腹，我才會關心。目前，我毫無好奇心，所有她去過的國家和城市，所有追求過她、或許她也愛過的男人，這些她都不在乎，實際上這些她都無感，就像一片陰暗寒冷的海面上幾縷微弱的陽

63 譯注：羅耀拉（Loyola）是西班牙著名神學家，天主教耶穌會創始者。所著《神操》（*Exercices spirituels*）幫助人在行動中默觀，在一切事物中找到天主。

光。安妮在我面前，我們四年沒見了，但我們彼此沒有話說。

「現在你該走了，」安妮突然說：「我在等人。」

「妳等……？」

「不，我等一個德國人，一位畫家。」

她笑起來，笑聲在陰暗的房間裡怪異地回響。

「啊，他那個人和我們可不一樣——至少目前還是，他那個人是行動派，傾盡全力。」

我不情願地站起身。

「我何時能再見到妳？」

「不知道，我明天晚上出發去倫敦。」

「經由迪耶普過去嗎？」

「對。我想之後會去埃及，或許冬天會途經巴黎，到時我再寫信給你。」

「明天我一整天都有空。」我怯怯地說。

「噢，但是我有很多事要做，」她冷冷地回答：「不，我無法見你。我從埃及給你寫信，你把住址給我就行。」

「在這兒。」

在陰暗裡，我在一個信封角落潦草寫下住址，當我離開布城，得交代春天旅館替我轉寄信件。其實我很清楚她不會寫信給我，或許我十年之後才會再見到她，或許這是最後一次和她相見。與她分別我不僅僅感覺沉重，且對於又要重回孤獨裡感到極為恐懼。

她站起身，到門口時，她輕輕吻了我的唇。

「這是為了記起你的唇，」她微笑地說：「為了我的『神操』，我得喚起記憶。」

我抓著她手臂，把她拉向我，她沒有反抗，但搖頭表示不。

「不，我不再感興趣了，我們不會重新開始……再說，要和人有這種關係的話，隨便一個稍微俊俏的小夥子都比你強。」

「那妳要做什麼呢？」

「我已經跟你說啦，我要去英國。」

「不，我說的是……」

「什麼也不做！」

我依舊抓著她的手臂，輕輕對她說：

「那麼，找到妳之後我又必須離開妳。」

現在我清清楚楚看見她的臉龐，它突然變得慘白疲憊，一張老女人的臉，極為可怕。

這張臉，我確定不是她會想要想起的，但是它就在那兒，她不自知，或許也無可奈何。

「不，」她緩緩地說：「不，你沒有找到我。」

她掙開手臂，打開門，走廊上光亮四射。

安妮笑起來。

「可憐啊！他運氣真不好，頭一次演好了角色，卻不受人青睞。好了，你走吧。」

我聽見門在我身後關上。

星期天

今天早上，我查看了鐵路時刻表，假設她沒說謊，那就會搭五點三十八分開往迪耶普那班火車，但或許那傢伙開車載她去？一整個早上我在梅尼蒙當區的街上瞎晃，下午又在塞納河畔亂走。她和我之間，只相隔幾步路，幾道牆。到了五點三十八分，我們昨日的會面將變成回憶，輕吻我嘴唇的那個豐盈女人將連接上以前在梅克內斯、倫敦那個清瘦女孩，一同成為往事；但是現在一切都尚未成為過去，她還在這裡，還可能再見到她，說服她，帶著她走，直到永遠。我還未感受到孤獨。

我想將思緒從安妮身上轉開，因為這樣不停想著她的身體和臉龐，令我情緒緊張，我的手發抖，全身竄著寒顫。我在舊書店書架上翻閱著書，尤其是腥羶猥褻那種，因為說來說去，這種書最能占據腦袋。

奧塞火車站的大鐘敲響五點時，我正翻閱著《鞭子醫生》[64]的插圖，那些插圖大同小異，大多數是一個大鬍子高個兒高舉一根皮鞭，凌駕在一堆恐怖的光屁股上方。我發覺五點了，把書丟回書堆裡，跳上計程車，來到聖拉薩火車站。

我在月台上踱來踱去大約二十分鐘之後，看到他們了。她穿著一件厚厚的皮裘大衣，看起來像個貴婦，還戴著面紗，那男人穿著駱駝毛大衣，皮膚曬成棕色，還算年輕，非常高大非常英俊，他顯然是個外國人，但不是英國人，或許是埃及人吧。他們沒看見我，上了火車，兩人並未交談。後來那男人又走下火車去買報紙，安妮把包廂的玻璃窗放低，她看到了我，凝視我良久，不帶怒氣，眼神毫無表情。那男人又進了包廂，火車開動了。此刻，我眼前清楚出現皮卡迪利街上以前我們一起吃午餐的那家餐廳，之後，一切破滅了。我往前走，直到感覺疲乏，走進這家咖啡廳，睡著了。侍者剛剛把我叫醒，於是我在半醒

64 編注：《鞭子醫生》（*Le Docteur au Fouet*），維爾多．克勞德（Vildor Claude）於二十世紀初撰寫的情色小說。

之際寫下了這些。

我明天將搭中午的火車返回布城，在那裡待個兩天就夠了，收拾行李和處理銀行事宜。我想春天旅館可能會要我多付半個月房錢，因為沒預先通知要退房。我還得去圖書館還書。總之，下週末之前我就可以回到巴黎。

這個改變對我有什麼好處呢？兩個都是城市，這一個被河流一切為二，那一個瀕臨大海，除此之外兩座城市很相似。找一個光禿禿的貧瘠之地，在上面堆砌一些空心的大石頭，這些石頭裡甕著許多比空氣沉重的氣味，有時，許多氣味從窗戶拋到街上，縈繞在道路上，直到被風吹散。天氣晴朗時，喧囂聲從城市這頭進，穿過所有的牆，從另一頭出；也有的時候，喧囂聲在這些炎日曝曬和冰凍欲裂的石頭間打轉。

我害怕城市，但不應該離開它，一旦冒險太遠，就會碰到植物圈，植物匍匐蔓延好幾公里朝著城市而來，它們伺機等待著。當城市衰亡，植物就會占領它，攀爬上石頭，緊箍著它，挖掘著它，用黑色的長鉗爆裂它，捂住所有洞口，到處延伸綠爪。只要城市還活著，就該待在城市裡，不能隻身進到那在城邊叢生的枝蔓下，不能見證它們的晃悠和響動。在城市裡，如果我們知道如何自處，只在動物消化和睡覺之時（牠們待在自己的角落或有機垃圾堆之際）出門，那就只會遇到礦物質，它們算是最不可怕的存在。

我要回到布城，植物僅僅從三面包抄它，第四面是個巨大的洞，充滿黑色的水，獨自晃動。風在房屋之間呼嘯，氣味積壓的時間比其他地方短，被風吹向大海，像一波波小濃霧浮在黑色海水上瘋狂飄移。雨下得也多，四方柵欄裡植物亂竄，植物肥茂，被去除繁殖能力、被馴化、變得無害，它們泛白的巨大葉子像耳朵一樣垂著，摸起來像軟骨，布城的一切又肥厚又蒼白，因為從天而降了那麼多雨水。我將要回到布城，多麼恐怖！

我驚跳著醒來，午夜了，安妮離開巴黎已六個鐘頭，船已駛上大海，她在船艙裡熟睡，那個皮膚曬成棕色的男人在甲板上抽著菸。

星期二在布城

這就是自由嗎？在我下方，一座座花園院子有氣無力朝著城市而下，每個花園院子裡都立著一棟房屋。我看到海，沉重而靜止，我看到布城，天氣晴朗。

我自由了：現在我再也沒有活下去的理由了，我嘗試的所有理由都失敗，而我再也編造不出其他理由。我還算年輕，還有足夠的精力重新開始，但是該重新開始什麼呢？我直到現在才領悟，在我最驚恐、最感到噁心的時候，有多少次寄望安妮能夠拯救我。我的過去已死，侯勒邦先生已死，安妮回來只是剝去我所有的希望。我獨自在這條兩側傍著花園的蒼白街道上，孤獨而自由，但是這自由有點像死亡。

今天我的生命結束了。明天我將離開這個開展在我腳下，居住了這麼久的城市，它將只是一個名字，擁擠、帶著布爾喬亞氣息、很法國風格，一個我記憶裡的城市名字，不若佛羅倫斯或巴格達那麼豐富精采。將來有一天我會自問：「唉啊，我在布城的時候，一整天都在幹什麼啊？」而這陽光，這個午後，將一無所存，甚至不會留下回憶。

我的整個生命已在身後，我看到它的全貌，看到它的形式以及它將我帶到此處的緩慢行動。針對這生命能說的並不多：是一場敗局，如此而已。三年前我鄭重其事進駐布城，就已輸了第一輪，我想要再玩第二輪，也輸了，這一局就是失敗了。同時間，我明白我們永遠都是輸家，只有那些**王八蛋**才相信自己贏了。現在我要像安妮一樣，我要存活下去。吃飯，睡覺。睡覺，吃飯。我要緩緩地、悄悄地存在，像這些樹，像這漥水，像電車裡的紅色長椅。

嘔吐讓我短暫喘息一下，但我知道它會再回來，它是我的正常狀態，只不過今天我身體太過疲倦，無法承受它。病人也有幸福的虛弱時刻，幾小時的時間裡能夠掙脫對痛苦的意識。我感覺厭煩，如此而已，我不時大大打個呵欠，大到眼淚滾落臉頰，這是一種深沉又深沉的厭煩，是存在的核心，也正是塑造我的材質。我並非不修邊幅，正好相反，今天早上我泡了澡，刮了鬍子，只不過當我想起這些仔細的小動作，不明白自己怎能做得出來，它們如此徒勞無益，想必是習慣代替我做的吧。習慣並未死去，繼續忙碌著，慢慢地、陰險地編織著它們的網，它們替我洗澡，替我擦身，替我穿衣，像保母一樣。難道也是習慣引著我來到綠丘嗎？我已不記得是怎麼走到這裡，一定是沿著多特里階梯爬上來的吧，我真的一階一階爬了那一百一十道台階嗎？還更難想像的是，待會兒我還要走下這些台階。然而我知道，待會兒走下綠丘之後，抬起頭便能看見現在離我如此近的房屋，它們將遠遠地亮起窗裡的燈，遠遠地，在我頭頂上。而我掙脫不出的此時此刻，將我禁錮，從四面八方困限住我的此時此刻，將只是一場模糊不清的夢。

我看著腳下布城閃爍的灰色光影，在陽光下好像一堆貝殼、鱗片、小碎骨、碎石子，一些微小的玻璃片和碎渣散亂在這些碎屑之中，不時閃現微弱的光。貝殼之間蜿蜒著小渠、排水溝、細長犁溝，一小時之後，它們會變成街道，我將會走在這些街道上，這些牆堵之間。我辨識出布利貝街上的黑色小人們，一小時之後我將身處他們之間。

我站在這丘陵高處，感覺離他們很遙遠，彷彿屬於另一個物種。他們工作了一整天，現在走出辦公室，滿意地看著房屋和小廣場，他們心想這是**他們的**城市，一個「美麗的布爾喬亞城市」，他們不感到害怕，他們覺得這是他們的家園。他們只看過水龍頭裡流出的被馴服的水，一按開關燈泡就發出的光，以木叉固定的雜交的雜種樹木。他們每天一百次見證一切都機械式進行，世界按照固定不變的法則，空中的物體以同樣的速度墜落，公園在冬季每天下午四點，夏季下午六點關門，鉛的熔點是三百三十五度，最後一班電車晚上十一點零五分從市政府發車。他們從容不迫，稍顯陰鬱，他們想到**明天**，意思也就是另一個今天。城市每天其實僅僅一個重複出現的日子，只有星期天會被人們稍加打扮。這些傻子，想到要再見到他們肥厚篤定的臉龐，就令我反感。他們立法，他們寫民粹主義的小說，他們結婚，他們更無比愚蠢地生小孩。然而，渾沌的大自然已鑽進了他們的城市，到處滲透，滲入他們屋裡，辦公室裡，他們身上。大自然安安靜靜不動，而他們置身其中，呼吸著它卻看不到它，他們以為它在外面，離城市二十法里之外。我呢，我**看見**它，這個大自然，我**看見**它……我知道它的順從只是懶惰罷了，我知道它沒有法則，他們還以為它恆常穩定……它只有習慣，而習慣可能明天就改變。

如果發生什麼事呢？如果它突然開始猛然抽動呢？那他們就會發現它在那兒，他們的心似乎要爆裂，而他們那些防波堤、城牆、發電廠、鼓風高爐、機動鍛錘又有何用呢？這隨時可能發生，或許立刻就會發生，前兆都已出現。例如，一個散步的父親，看見對街一塊紅色破布像被風吹著撲過來，快吹到他身旁的時候，他才看清是一塊沾滿灰塵的腐肉，它一路爬動，跳躍，這塊扭曲的肉在溪水中翻動，痙攣地噴出血柱。又例如，一個母親看著孩子的臉頰問道：「你這裡是什麼，長痘子嗎？」然後她會看到臉上的肉稍微膨脹，皸裂綻開，裂縫深處出現帶著笑意的第三隻眼睛。又例如，他們都感到全身一陣輕柔的摩擦，像河裡游泳的人被燈心草輕拂著，接著他們才知道是因為身上的衣服變成活生生的東西。另一個人發現嘴裡有什麼東西癢癢的，湊到鏡子前張開嘴巴，他的舌頭變成了活蹦亂跳的一隻大蜈蚣，腳亂動刮著他的口腔，他想把牠吐出來，但這蜈蚣已成為他身體的一部分，必須用雙手把牠拔除。還出現了一大堆東西，必須想出新的名稱：石頭之眼、三角長臂、拐杖腳趾、蜘蛛下巴。躺在自己溫暖溫馨臥室裡舒適的床上的人，醒來時發現自己赤裸躺在泛藍色的土地上，置身在一個沙沙作響的陰莖叢林裡，紅色的白色的陰莖像郊區儒德布維城的煙囪一樣朝天高豎，還有半露出地面的大睪丸，毛茸茸像洋蔥一樣呈球莖狀。鳥圍繞著這些陰莖盤旋，鳥嘴把它們啄出血來，精液從傷口緩緩、緩緩流下，混著血的透明溫熱精液帶著小泡沫。或者，這一切並不會發生，不會發生任何明顯的改變，但是人們某一天早上拉開百葉窗，將訝異於一種可怕的感知，它沉重地壓在物體上，似乎正在等待，僅僅如此而已，但這感覺如果持續一陣子，成百上千的人就會自殺。沒錯！稍微改變看看會怎麼樣，我求之不得，那我們就會看到其他人也突然陷入孤獨之中。孤獨的人，完完全全孤獨，帶著駭然的恐怖，在街上奔逃，沉重地超過我前面，眼神發直，逃避惡卻同時背著他們自身的惡，張著嘴巴，像昆蟲的舌頭如翅膀一般煽動著。儘管我身上覆滿骯髒可疑的硬殼，硬殼裂為肉身的花朵，有紫羅蘭，有毛茛，我哈哈大笑，靠著一堵牆，對走過的他們大喊：「你們的科學幹什麼去了？你們的人文主義幹什麼去了？你們作為思想的蘆葦的尊嚴到哪兒去了？」我將不再害怕——至少不會比現在更害怕，這些難道不是存在嗎，變異的存在？所有那些將慢慢吞噬面孔的眼睛，它們無疑是多餘的，卻也不比本來的兩隻眼睛更為多餘。我害怕的是存在。

夜色降臨，城市裡亮起了最早幾盞燈。我的上帝啊！這城市雖然以對稱的幾何圖形建構，看起來多麼**自然**，似乎被暮色輾壓，從這裡往下看過去，這是多麼……明顯，難道只有我一個人看出嗎？這世上在另一座山崗頂端，沒有另一個卡珊德拉[65]望著自己腳下被大自然吞沒滅頂的城市嗎？不過，這與我何干呢？我又能對它說什麼呢？

我的身體緩緩地轉向東方，搖晃了一下，便開始邁步。

星期三：在布城的最後一天

我跑遍整個城市找自學者，他肯定沒回家，這個被人類唾棄的可憐人文主義者，想必滿懷羞愧和驚恐在街上遊蕩。說真的，事情發生時我並不訝異，我早就感覺他那柔順而膽小的模樣會招致醜聞。其實他也沒犯多大錯，連性都說不上，只不過是凝神注視年輕男孩的一種卑微愛意，也是人文主義的某種形式。然而遲早有一天他一定會孤獨的，就像阿契爾先生，就像我：他和我是同一種人，他有誠意。現在，他進入孤獨之中——直到永遠。他對文化的夢想，他想與人相處的夢想，突然間全破滅了，首先出現的是害怕恐懼，以及無眠的夜晚，接著將是一長串的放逐之日。晚上他會回到席波帝克廣場徘徊，遠遠望著圖書館燈火通明的窗戶，想到那一長排一長排的書，皮製的封面，扉頁的氣味，不禁心中難過。我後悔沒陪著他，但他不要，是他哀求我讓他獨自一人，他開始學習孤獨。我在馬布利咖啡館寫下這些。我充滿儀式感地走進來，想好好看看經理、收銀小姐，想深切感受這最後一次看見他們，但是我的思緒一直離不開自學者，眼前不斷出現他喪氣又滿帶自責的臉，以及他那染血的高領。我跟店家要了白紙，我要敘述事情的經過。

大約下午兩點時，我到了圖書館。我心想：「圖書館，這是我最後一次踏進這裡。」閱讀室裡幾乎空無一人，因為我知道我不會再來了，竟有些認不出這裡來，它像氳氣

65 譯注：卡珊德拉（Cassandre）是希臘神話中悲劇性的一位女先知，預見諸多不幸事件。

一樣輕盈，近乎不真實，一整片紅棕色，落日把女士專用閱讀區的桌子、門、書脊都染成了紅棕色。一瞬間，我開心得像踏進了布滿金色落葉的森林裡，我微笑著心想：「我多久沒微笑了呢？」那個科西嘉島人望著窗外，手背在身後，他在看什麼？安培塔茲的頭頂嗎？「我再也看不到安培塔茲的頭頂了，也看不到他的大禮帽和禮服了，六個鐘頭之後，我就離開布城了。」我把上個月借的兩本書放在副圖書管理員的辦公桌上，他撕掉一張綠色卡紙，把碎片遞給我。

「給您，羅岡丹先生。」

「謝謝。」

我心想：「現在我什麼都不欠他們了，我不欠這裡任何人任何東西了。待會兒我去鐵路員工酒吧和女老闆道別之後，我就自由了。」我猶豫了片刻，最後這點時間要不要在布城裡好好散個步呢？再看看維多黑大道、卡凡尼大道、督勒匹德路？但這森林如此安詳，如此純淨，我感覺它幾乎不存在，**嘔吐**也放過了它。我過去坐在暖爐旁邊，桌上丟著一份《布城日報》，我伸出手，拿過來看。

忠犬救主

赫米東小鎮一個家犬主人居伯斯克先生昨天騎腳踏車從諾吉市集來時……

一位胖太太過來坐在我右手邊，把氈帽放在身旁，她的鼻子直直杵在臉上，就像一把刀插在蘋果上，鼻子下方有個粗鄙的小洞不屑地噘皺著。她從手提袋裡拿出一本書，手臂撐著桌子，兩隻胖胖的手托著頭。在我對面，一個老先生睡著覺，我認識他，那天晚上我在圖書館感到害怕的時候，他也在，我相信他也很害怕，我心想：「這一切多麼遙遠啊。」

四點半，自學者走進來。我很想去跟他握手道別，但我們上次的會面似乎給他留下了不好的回憶，他冷淡地跟我打了個招呼，到離我滿遠的座位上放下一個小白包，裡面應該如同往常裝著一片白麵包和一板巧克力。過了一會兒，他拿著一本圖文書走回來，把書放在小包旁邊。我心想：「這是我最後一次看見他。」明天晚上、後天晚上，以及之後的所有晚上，他都會回來在這張桌子上念書，吃著麵包和巧克力，他將會耐心持續如老鼠般的齧咬，將會念到納多（Nadaud）、諾多（Naudeau）、諾迪埃（Nodier）、妮絲（Nys）的書，不時停下來，在小筆記本上記下一句格言。而我呢，我將在巴黎行走，走在巴黎街頭，看到新的面孔。他待在這裡，檯燈照著他胖胖的面孔的時候，我將會遇到什麼事呢？我及時察覺自己又要掉入奇遇的海市蜃樓中，便聳聳肩，繼續看報紙。

布城郊區新聞。

莫尼斯堤耶。

一九三一年憲兵隊的活動記事。莫尼斯堤耶憲兵隊的隊長卡斯巴中士，率領同隊四位憲兵拉顧德、尼桑、皮耶邦、吉爾於一九三一年勞心勞力，共計處理了七件重罪，八十二件輕罪，一百五十九件違規，六件自殺事件，以及十五件汽車車禍意外，其中造成三起死亡。

儒德布維。

儒德布維小喇叭同好樂團。

今日進行總排練，分發年度演奏會邀請函。

康波斯迪爾

市長獲頒榮譽勳章典禮。

布城旅遊者（一九二四年成立的布城童子軍基金會）：

今晚二十點四十五分，於費迪南拜倫街十號總部A廳召開每月例行會議。議題：宣讀上次會議紀錄。往來信函、年度酒會、一九三二年會費、三月出遊計畫、其他事項、新會員入會事宜。

動物保護（布城協會）：

下星期四，十五時至十七時，在布城費迪南拜倫街十號C廳對外開放。來函請寄至卡凡尼大道一五四號總部協會會長。

布城護衛犬俱樂部……戰爭傷殘人員協會……計程車業雇主公會……師範學校之友布城委員會……

兩個年輕男孩夾著書包走進來，是高中生。科西嘉島人很喜歡高中生，因為可以對他們表現出父執輩的監督，他常常喜歡任由他們在椅子上亂動、聊天，接著突然躡手躡腳走過去，站在他們後面斥責，「你們這些大孩子成何體統？如果不改正，圖書管理員先生決定要向校長先生反映。」如果他們抗議，他就惡眼盯著他們，「告訴我你們的名字。」他也指導他們閱讀方向：圖書館裡有些書被畫上紅叉，那些是邪惡之書，例如紀德[66]、狄德羅、波特萊爾[67]的書，以及醫學論述。當高中生要求閱讀這些書，科西嘉島人就對他打個手勢，把人拉到一邊查問，不一會兒他的聲音便充滿整個閱覽室，「然而對您這個年紀的人，有其他更有趣、更具教育性的書籍。首先，您作業寫完了嗎？您念哪年級？二年級？

---

66 譯注：紀德（Gide），法國作家，一九四七年諾貝爾文學獎得主。

67 譯注：波特萊爾（Charles Pierre Baudelaire），法國詩人，象徵派詩歌之先驅，現代派之奠基者，散文詩的鼻祖。代表作包括詩集《惡之華》及散文詩集《巴黎的憂鬱》。

四點之後就沒課了？您的老師常來這裡，我會跟他談談您。」

那兩個年輕男孩待在暖爐邊，年紀輕的那個一頭漂亮的棕髮，皮膚幾乎過於細嫩，小小的嘴邪惡又高傲。他那初長鬍鬚、虎背熊腰的胖子同伴觸觸他手肘，低聲說了幾句話，棕髮小子沒回答，但露出難以察覺的微笑，充滿不屑與自負。他們兩個漫不經心地在書架上選了一本字典，朝自學者走去，自學者用疲倦的眼神盯著他們，他們一副沒注意到他的樣子，但緊緊靠著他坐下，棕髮小子坐他左邊，虎背熊腰胖子坐在棕髮小子左邊，他們一坐下就各自翻閱著字典。自學者眼神在閱讀室裡游移一陣，然後又回到書本上。圖書館的閱讀室從未呈現出如此令人安心的樣貌，除了胖太太短促的呼吸聲之外，我聽不到一點雜音，只看見埋在八開本書上的一顆顆腦袋。然而，從這一刻起，我感覺到某個不愉快的事件即將發生，所有低著頭狀似專心看書的人都在演戲，剛才我就已經感受到一股殘酷的氣息拂過我們身上。

我已經看完了報紙，但還在猶豫要不要離開，假裝繼續看著報等待著。讓我的好奇心和不舒服感愈來愈高漲的，是其他人也在等待。我旁邊的太太翻書的速度似乎變快了。幾分鐘後，我聽見低語聲，我謹慎地抬起頭，那兩個小子闔上了字典，棕髮小子沒說話，頭轉向右邊，臉上滿帶敬仰與專注，被他肩膀半擋住的金髮同伴豎著耳傾聽，無聲地訕笑著。我心想：「是誰在說話呢？」

是自學者在說話，他傾身對著年輕的鄰座，四目交接，他對他微笑，我看見他蠕動嘴唇，長長的睫毛不時顫動。我從沒見過他這種年輕的神態，幾乎顯出魅力，但是他不時停下話，不安地看看背後，年輕小子似乎凝神傾聽他每一句話。這小小一幕沒什麼出奇的地方，我正想回來看我的報紙，突然看見年輕小子緩緩把放在背後的手移到桌沿上。這隻手躲過自學者的眼光，慢慢前行，開始向四周探索，之後手碰到金髮胖子的手臂，狠狠掐了一下。金髮胖子正默默全心全意聽著自學者說話，沒料到這一掐，他驚跳起來，驚訝又讚嘆地張大了嘴。棕髮小子繼續維持專注尊敬的神情，簡直讓人懷疑那隻惡作劇的手會是他的嗎。我心想：「他們會對他做什麼呢？」我明白有某件卑劣的事要發生，此時制止還來得及，但我無法知道該制止的是什麼。這一瞬間，我想要站起來，過去拍拍自學者肩膀，和他說說話，但就在此時，他看見我的眼神，立刻停止說話，氣惱地咬著嘴唇。我氣餒地速速移開眼光，故作鎮定，重新拿起報紙。然而，胖太太推開書，抬起頭來，似乎被吸引住了，我清楚感覺到悲劇即將爆發：他們大家都**想**讓它爆發。我能做什麼呢？我朝科西嘉島人看了一眼，他不再看窗外，半側著身子朝向我們。

一刻鐘過去了，自學者繼續絮絮低語，我不敢再看他，但我能想像他年輕溫柔的神情，以及他所不知的那些落在他身上的沉重眼光。有一刻我聽見他的笑聲，一個像小男孩如笛的輕盈笑聲，這讓我心頭一緊，我感覺這些邪惡的孩童將溺死一隻貓。突然間，低語中斷，這沉靜讓我感覺充滿悲劇性：這是結束，是處死。我低著頭假裝看報紙，其實沒在看報，我高聳眉毛，盡量抬高眼睛，試圖突擊眼前這寂靜中發生的事。我稍稍轉過頭，眼角鎖住了一個東西：那是一隻手，剛才沿著桌子滑動的那隻白皙小手，現在它手背朝下放在桌上，放鬆，柔軟，性感，像一個游完泳的女人赤身露體慵懶躺著曬太陽。一個棕色、毛茸茸的物體遲疑著靠過去，是一隻被菸草燻黃的粗大手指，在那隻手旁邊，像男性生殖器一樣無比粗俗，它停住一會兒，僵直著，朝著那纖弱的手掌伸去，突然間開始羞怯地愛撫著那隻手。我並不驚訝，我只是對自學者非常憤怒，他這笨蛋難道就不能克制住嗎？他不知道自己身陷的危險嗎？他只剩下一個機會，一個小小的機會：如果他把兩手放在桌上書本的兩邊，如果他乖乖不動，或許這次可以逃過這一劫，但是我**知道**他會錯過這次機會，手指輕輕地、卑微地擦過那靜止不動的手，稍微拂過，不敢施力，似乎自慚形穢。我猛然抬起頭，再也無法忍受這頑固的來來回回小動作，我尋找自學者的眼睛，大聲咳嗽想警告他，但他閉著眼，微笑著，他的另一隻手消失在桌子下面。那兩個年輕人不再笑了，臉色變得蒼白，棕髮小子咬著嘴唇，他害怕了，似乎沒料到會發生這事，然而他並沒縮回手，還一動也不動放在桌上，甚至連肌肉都沒緊縮。他的同伴張著嘴，一臉愚蠢驚駭。

此時科西嘉島人開始大吼，他無聲無息走過去，站在自學者椅子後方，臉脹成紫色，似乎在笑，雙眼閃著光。我從椅子上跳起，但幾乎鬆了一口氣，等待實在太難受了，我希望這件事盡快結束，把他趕出去也罷，趕快結束就好。兩個男孩的臉色像床單一樣白，拿起書包，一轉眼就消失了。

「我看見您了，」科西嘉島人怒不可遏地大喊：「這回我看見您了，您總不會說不是真的吧。嗯，您還敢說這一回不是真的嗎？您以為我沒看見您耍的花樣？我的眼睛可不是裝在褲袋裡，好傢伙。我對自己說，要有耐心，有耐心！等我抓住他時，他可要付出昂貴的代價。喔！沒錯，您要付出昂貴代價。我知道您的名字，我知道您的住址，您可知道我早就打聽好了。我也認識您的老闆虛利耶先生，明天早上他收到圖書管理員先生的信將會很吃驚，嗯？您閉嘴，」他瞪大眼珠說：「首先您別以為事情就這麼算了，在法國，之後還有法院處理像您這樣的人。這位先生在追求知識！這位先生在增進內涵！這位先生老是打擾我，又要諮詢又要找書，您要知道我從沒信過這一套。」

自學者沒有驚訝的樣子，他想必等這個結局等了好些年，當科西嘉島人躡手躡腳滑到他身後，突然暴怒聲如洪鐘響徹他耳際，他應該百來次想像是這個結局；然而他還是每天晚上回到這裡，狂熱地繼續閱讀，而且不時像個小偷似的撫摸一個小男孩的白皙手背或是大腿。我在他臉上看到的，毋寧是一種屈服。

「我不明白您在說什麼，」他結巴地說：「我持續來這裡都好幾年了……」

他假裝憤慨，驚訝，但一副心虛的樣子，他知道事件已經發生，再也無法平息，必須分分秒秒承受。

「別聽他胡說，我都看到了，」我鄰座的女士笨重地站起來，「啊！這可不是我頭一次看到他這樣，光在這個星期一我就看到了，但我沒聲張，因為根本不敢相信自己所見，萬萬想不到在大家前來追求知識的圖書館這種嚴肅的殿堂裡，會發生這種讓人臉紅的羞恥事。我本身沒有小孩，但我替那些叫孩子來這裡念書，以為他們能在這裡安安靜靜、受到保護的母親抱屈，她們怎知這裡有些怪人，目無法紀，影響孩子專心做功課。」

科西嘉島人逼近自學者，朝他臉上大吼：

「聽到這位女士說的了吧？不必再演戲了，大家都看到了，變態傢伙！」

「先生，我要求您保持禮貌。」自學者莊重地說。

他不得不這樣應對，或許他想承認，想逃跑，但必須把角色演到底。他不正視科西嘉島人，眼睛幾乎閉著，雙臂垂著，臉色極其慘白，這時突然間，一股血氣衝上他的臉龐。

科西嘉島人氣急敗壞。

「禮貌？垃圾東西！您還以為我沒看到嗎？告訴您，我可是盯著，我盯著您已經好幾個月了。」

自學者聳聳肩，假裝繼續沉浸在書裡，他滿臉通紅，雙眼盈著淚水，假裝充滿興趣、極為專注地看著一幅拜占庭式鑲嵌畫的複製。

「他還繼續看書，臉皮真厚。」那位女士看著科西嘉島人說。

科西嘉島人舉棋不定。此時，那個靦腆而思想純正，一天到晚被科西嘉島人威嚇的年輕圖書館副管理員緩緩從辦公桌後站了起來，大聲喊道：「包歐利，怎麼了？」剎那間空氣中浮動著一股猶豫，我以為事情可以就此打住，但是科西嘉島人想必自省了一下，感覺自己可笑，他一股怒氣上來，不知該和這個一語不發的落難者說什麼，他高高挺直身子，朝空中狠狠揮了一拳。自學者驚恐地回過頭，張口結舌看著科西嘉島人，眼裡充滿極端恐懼。

「您要是打我，我會提告，」他艱難地說：「我會自己走。」

我也站起身來，但是已然太遲，科西嘉島人發出一聲歡娛的呻吟，突然伸出一拳擊在自學者鼻子上。剎那間我只看見自學者的眼睛，在袖口和一個棕色拳頭上方，那雙瞪大的漂亮眼睛充滿痛苦與羞愧。科西嘉島人收回拳頭，自學者的鼻子開始噴血，他想拿雙手護住臉，但科西嘉島人又一拳打上他嘴角，自學者倒坐在椅子上，羞怯溫柔的眼睛直視前方。血從鼻子流淌到衣服上，他右手摸索著包包，左手死命地試圖擦掉鼻孔涓流的血。

「我走了。」他似乎自言自語。

我旁邊的那個女人臉色蒼白，眼睛炯炯發亮。

「髒東西，活該。」

我氣得發抖，繞過桌子，抓起那矮小科西嘉島人的衣領，把他提起來，他雙腳不停亂蹬，我真想把他砸到桌上。他臉色變青，掙扎著，想用指甲抓我，但他手臂太短搆不著我的臉。我一語不發，只想揍他鼻子，打他個鼻青眼腫，他明白了，舉起手肘護著臉，我很開心看到他害怕了。他突然開始喘息嘶啞。

「放開我，粗魯的傢伙。莫非您也是個娘們？」

我到現在還不明白當時為什麼放開他，是因為我怕惹麻煩？這些年在布城的懶散令我生鏽遲鈍了？若在以往，不打斷他牙齒我是不會放下他的。我轉身看著自學者，他終於站起身來，但迴避我的眼光。他低著頭走去拿掛著的大衣，左手不停擦拭鼻子，像要把血止住。但是血還是流個不停，我擔心他會昏倒。他嘀嘀咕咕，不看任何人。

「我來這裡都好幾年了……」

那個矮個子腳才剛踏到地，又立刻掌握大局……

「給我滾，」他對自學者說：「再也別踏進來一步，否則我叫警察來把您帶走。」

我在樓梯下方追上自學者。我有點尷尬，為他的羞慚而感到羞慚，不知該跟他說什麼好。他似乎對我視而不見，好不容易才掏出手帕，在裡面吐了不知什麼東西，他的鼻血流得比較少了。

「我帶您去藥房。」我笨拙地說。

他不回答。一股嗡嗡聲從閱讀室傳出，大家一定都在七嘴八舌，那個女人爆出一聲尖銳的笑聲。

「我再也不能來這裡了。」自學者說。

他轉過頭，錯愕地看著樓梯和閱讀室的入口，這個動作使鼻血流到他的假領子和脖子上，嘴邊和臉頰上也都是血跡。

「來吧。」我拉著他手臂說。

他打了個顫，猛然掙開。

「別管我。」

「您不能獨自一人，得幫您洗一下臉，搽點藥。」

他重複。

「別管我，拜託您，先生，別管我。」

他幾乎快要歇斯底里，我只好讓他離開，夕陽照在他駝著的背上一陣子，之後他就消失了。圖書館門口留下一個血跡，星狀的血跡。

一個鐘頭之後

天氣陰灰，太陽正落山，再過兩個鐘頭火車就要開了。我最後一次穿過公園，然後在布利貝街上漫步，我**知道**這是布利貝街，但我認不出來。通常，當我走上這條街，彷彿走進厚厚深沉的中規中矩，布利貝街笨重方正，嚴肅而毫無風韻，凸起的街上鋪著柏油，很像一條省道，那些省道穿過富裕的小鎮，道路兩旁的兩層樓大房子綿延一公里以上，我以前把布利貝街稱為農民街，十分喜歡它，因為它出現在這個商港裡，顯得如此突兀，如此不搭界。今天，那些房子還在，但失去了鄉村的韻味，只不過是建築物而已。剛才在公園裡，我也有相同的感覺，花草、草坪、瑪斯格雷噴泉毫無情趣，顯得呆愣固執。我明白了：這城市先拋棄了我，我還沒離開布城，但已經不在這裡了，布城不再對我說話。我感覺很怪異，我還得在這個城市待兩個鐘頭，但它已經不理我，把家具收拾整齊，罩上布套，以便今晚或明天新到的人看見它乾淨的樣子。我覺得自己比任何時候都更遭人遺忘。

我走了幾步，停下來，享受著被全然遺忘的狀態，我處於兩座城市之間，一座已經無視我，另一座還不認識我。誰還會記得我呢？或許在倫敦的一位胖敦敦的年輕女人……這也難說，她想念的真的是**我**嗎？何況還有那個男人，那個埃及人。或許他剛走進她的房間，或許擁她入懷，我不嫉妒，我知道她是在存活。就算她全心愛著他，終究是一份死去的愛，我曾擁有她最後一份活生生的愛。但再怎麼說，他可以給她歡娛。若她現在正全身酥軟，墜入意亂情迷之中，那她身上便再沒有與我相連之處，她正在貪歡，我對她來說什麼都不是，彷彿我們從未相遇。她一股腦把我排除在外，世上所有其他的感知也都把我排除在外，這感覺真怪，然而，我很清楚我存在，**我**在這裡。

現在，當我說「我」的時候，似乎很空洞，我被遺忘得如此徹底，再也無法好好感知自己。我身上唯一剩下的真實，就只是感覺自己存在的這件事。我慢慢地打了一個長長的呵欠，對任何人，對所有人來說，安端．羅岡丹都不存在，這讓我覺得挺有趣的。安端．羅岡丹是什麼呢？這很抽象，對我自己而言是一個模糊微弱的記憶，在我意識裡搖擺不定。安端．羅岡丹……突然，這個「我」黯淡下去，黯淡下去，然後完了，它熄滅了。

意識介於幾堵牆壁之間，它清醒、靜止、荒蕪，它還在繼續，但是再沒有人棲息在裡面了。剛剛還有人說「**我**」，說「**我的**」意識，是誰呢？剛才外面的街道富含意義，充斥著顏色和熟悉的氣味，現在只剩下無名的牆，無名的意識。現在有的是什麼呢？只有牆，以及牆之間一個活生生但不具人性的小小透明體。意識像一棵樹、一根草這樣存在，它昏昏欲睡，百無聊賴，一些小生物短暫寄居著它，就像鳥兒棲息在樹枝上，前來寄居然後又離開。在灰灰的天空下，在這幾堵牆之間，意識被遺忘、被遺棄，這就是它存在的意義：它覺得自己是多餘的。它漸漸稀釋衰弱，四下分散，試著消散在這棕色的牆壁上，消散在這一排路燈裡，或是消散在更遠的夜色氤氳中，但是它**永遠不會**忘記自己，因為它就是自我遺忘的意識，這是它的命運。一個沉悶的聲音在說：「再過兩個鐘頭火車就要出發了」，這個聲音有一個意識。還有一張臉孔的意識，這臉孔緩緩移過，滿臉血，髒兮兮，大眼睛裡噙著淚水。這臉孔不在牆壁之間，它哪裡也不在。臉孔消散了，取而代之的是一個滿是血的頭和一個弓曲的背，緩步遠離，每走一步都像要停下，但從不停下。還有這緩緩走進昏暗的街上的肉體的意識，它走啊走啊，卻未往前。這條昏暗的街永遠走不到盡頭，消失在虛無之中，它不在牆壁之間，它哪裡也不在。還有一個意識甕著聲音說：「自學者在城裡遊蕩。」

不是在這個城裡，不是在這些死沉沉的牆壁之間，自學者走在一座凶惡的城市裡，這城市可不會忘記他。許多人會想到他，科西嘉島人，那位肥胖的女士，或許整個城的人都想到他。他還沒迷失，他甩不下他的「我」，這個被蹂躪、流著血、他們尚未全盤殲滅的「我」。他的嘴唇、鼻孔都很痛，他心想：「我好痛。」他往前走，必須走，只要一停下，圖書館的高牆就會猛然間矗立在他四周，圈住他，科西嘉島人就會在身旁冒出，那一幕又會如實重新上演，包含一切細節，那個女人又會嘲諷，「這些髒東西應該關到監獄裡。」他往前走，他不能回家，科西嘉島人和那女人，以及那兩個年輕人會在他房間裡等著他，「不必否認了，我看到了。」然後那一幕又重新上演。他心想：「我的上帝啊，我若沒做該多好啊，如果我能忍住不做，如果這一切不是真的該多好啊！」

他那張焦慮的臉來來回回出現在意識的前面，「或許他會自殺。」不會的，這個走投無路的溫柔靈魂絕不會想到死。

還有對意識的感知。你看到它貫穿在牆之間，平靜而空洞，擺脫了寄居其中的人，也正因為沒有了人寄居，而顯得恐怖。那個聲音說：「行李已經託運，火車再過兩個鐘頭就要開了。」牆滑移到右邊，又滑移到左邊，意識到碎石子路面，意識到鐵匠店，意識到兵營牆壁上的槍眼，那個聲音說：「這是最後一次了。」

意識到安妮，肥胖的安妮，人老珠黃的安妮，在旅館房間裡。以及對痛苦的意識，在這一去不復返的長長一道道牆之間感到痛苦的意識：「因此一切都沒有結束的時候？」那聲音在牆之間唱著一曲爵士調子，〈時光匆匆〉，因此沒有結束的時候？這個調子，從後面，再度狡詐地輕柔響起，這聲音無法停止，身體一直往前走，對這一切都還有意識，以及，唉！意識到有這個意識存在。但是沒有人在這裡為此受苦，絞著雙手，自哀自憐，沒有人。這是個純粹的痛苦的十字路口，一個被遺忘而自己無法忘卻的痛苦。那聲音說道：「現在來到了鐵路員工酒吧。」於是這個**我**又從意識中冒出，是**我**，安端．羅岡丹，待會兒我要動身去巴黎，我來跟女老闆道別。

「我來向您道別。」

「您要走了，羅岡丹先生？」

「我要搬到巴黎去，換換環境。」

「運氣真好！」

我以前怎能把嘴唇貼上這張大臉呢？她的身體已不再屬於我，昨天我還能想像她黑色毛料洋裝下的身軀，今天這洋裝已無法透視了，這青筋浮上皮膚的白色身軀，是一個夢嗎？

「我們會惋惜您離開，」女老闆說：「要喝點什麼嗎？我請客。」

我們坐下來，舉杯互敬。她稍微拉低音調。

「我很習慣您了，」她帶著禮貌的惋惜說：「我們處得很好。」

「我會回來看您。」

「是啊，安端先生，您路過布城的話，過來跟我打聲招呼，您對自己說：『去和珍娜夫人打個招呼吧，她會很高興。』是真的，我們希望知道客人的近況。再說，在我們這裡呢，客人總是會回來的，客人裡很多是船員，可不是嗎？那些大西洋航運的船員，有時候兩年沒消息，去了巴西或紐約，或者在波爾多的運輸輪上幹活，突然有一天，他們又出現，『珍娜夫人妳好啊。』我們會一起喝一杯。不管您信不信，就算過了兩年，我都還記得他們習慣喝的是什麼！我跟瑪德蓮說：『給皮耶先生來一杯不兌水的苦艾酒，雷翁先生一杯諾利仙山露。』他們對我說：『妳怎麼都記得啊，女老闆？』我回他們：『這是我的工作。』」

酒吧盡頭有個胖男人，是她最近的老相好，他在叫她。

「小女老闆！」

她站起身。

「抱歉了，安端先生。」

女侍者走過來。

「您就這樣離開我們啦？」

「我要去巴黎。」

「我以前住過巴黎，」她驕傲地說：「待了兩年，在西梅翁餐廳工作，但我想念這裡。」

她猶豫了一秒鐘，發現沒話可跟我說了。

「那麼，再見了，安端先生。」

她在圍裙上擦擦手，向我伸出手。

「再見，瑪德蓮。」

她走開了。我把《布城日報》拉過來，又推開，剛才在圖書館已經從頭到尾仔細讀過了。

女老闆還沒走回來，她肥滋滋的手交給男友，任他熱情地揉搓著。

再過三刻鐘火車就要開了。

我計算著花費來打發時間。

每個月一千二法郎，不能算寬裕，但是省著點花應該夠用。三百法郎租個房間，一天伙食費十五法郎，還剩下四百五當作洗衣費、小額雜用開銷、看電影。內衣和衣物還可以撐很久不必買，我的兩套西裝雖然手肘處有點油亮，也還算清潔，愛惜著穿還可以撐個三、四年。

老天爺？**我**將要像個蘑菇般存在嗎？我每天要做什麼呢？我會去散步，我會去杜樂麗花園坐在鐵椅子上——或是為了省錢坐木長椅上，我會去圖書館讀書。然後呢？一個星期去看一次電影。然後呢？我可以放任自己每星期天去看一場馬賽？還是去盧森堡公園和退休老人一起玩槌球？三十歲！我可憐我自己。有時候我想不如乾脆一年內就把剩下的三十萬法郎一口氣花光——之後……但是這樣又能帶給我什麼？新西裝？女人？旅行？這些我以前都有過，現在，結束了，我不再想要這些，它們留下什麼了呢！一年之後我又會像今天一樣空虛，連個回憶都沒有，怯懦地面對死亡。

三十歲！一萬四千四百的年金，每個月有錢可領。然而我不是老頭子！給我點事情做吧，隨便做什麼都好……我最好想點別的事，因為我現在正在上演內心悲情小劇場。我很清楚自己什麼都不想做：無論做點什麼事，都是創造存在——而存在已經夠多了。

事實上是我不想拋下自己的筆，我擔心噁心會襲來，我感覺寫作會延緩它的到來，所以想到什麼就寫什麼。

瑪德蓮想讓我開心，遠遠亮出一張唱片對著我喊：

「您的唱片，安端先生，您喜歡的唱片，您想最後一次聽它嗎？」

「麻煩妳了。」

我這麼說是出於禮貌，其實此時的心情並不想聽爵士樂曲調，但我還是要專心聽，因為誠如瑪德蓮說的，這是我最後一次聽這張唱片。唱片很老舊，就算在外省來說也太老了，在巴黎一定找不到了。瑪德蓮將把它放在唱盤上，它將開始旋轉，唱針將在坑紋上開始跳動，吱喳作響，當唱針循著紋路迴旋到中心，唱片就播完，唱〈時光匆匆〉的沙啞聲音將永遠停止。

唱片開始。

居然有些笨蛋會想在藝術中汲取安慰，例如我的碧卓姑媽說：「你可憐的姑丈過世的時候，蕭邦的〈前奏曲〉給了我極大的幫助。」音樂廳蜂擁著受挫折、受傷害的人們，閉著眼，努力把自己蒼白的臉龐轉化為接收天線。他們想像接收到的聲音流淌在身體裡，溫柔而滋養，他們的痛苦將成為音樂，如同少年維特[68]一樣，他們相信美能夠慰藉他們。那些笨蛋。

我真希望他們能告訴我是否真覺得這個音樂令人慰藉，剛才聽這音樂時，我絕對不是徜徉在甜美的幸福裡，表面上我機械式地計算著日常花費，表面之下積壓停滯的是那些不愉快的念頭，它們化為不成形的疑問或是沉默的詫異，日夜糾纏著我。我想到安妮，想到我被糟蹋了的生命，在這更下一層，是如同晨曦般靦腆的**嘔吐**，但在那時刻並沒有音樂，我沉鬱而平靜。四周的物體都是和我同樣材質，都是一種醜陋的痛苦。我身外的世界如此醜陋，桌上的髒杯子如此醜陋，鏡面上的棕色漬痕和瑪德蓮的圍裙、女老闆那胖情人和善的表情，乃至於世界的存在本身都如此醜陋，令我感到放鬆，和它們如同一家人。

現在揚起了薩克斯風的音樂。我感到羞愧。一股凱旋般的小小痛苦出現了，這是痛苦的典型，薩克斯風的四個樂音來來回回，似乎在說：「應該像我們一樣，**有節奏有節制地**受苦。」啊，可不是嗎！我當然也希望如那般受苦，有節奏有節制，不同情也不可憐自己，帶著純然的嚴苛，但這難道是我的錯嗎？杯底的啤酒已變溫，鏡面上有棕色漬痕，我是多餘的，我最真誠最生猛的痛苦都變得猶疑遲鈍，像海象一樣肉太多皮太鬆，帶著濕潤感人卻如此難看的眼睛，這一切是我的錯嗎？不，我們絕不能說它帶著溫情，這小小的鑽

68 譯注：來自德國作家歌德（Goethe）一七七四年所著的《少年維特的煩惱》（*Die Leiden des jungen Werthers*）一書，描述少年維特為情所困，飽受折磨，終於自殺的故事，維特因而成為感傷主義的代表人物。

石唱針的痛苦，在唱片上迴旋，讓我目眩神馳，它甚至不帶諷刺，自顧自輕快地旋轉，像長柄鐮刀般割除與世界無趣的聯繫。現在它旋轉著，而我們大家——瑪德蓮、胖先生、女老闆、我自己、桌子、長椅、斑痕的鏡子、杯子，我們都陷於存在之中，因為我們是自己人，僅僅和自己人在一起，它卻突然出現，看見我們邋邋遢遢，放任日常馬馬虎虎，我為自己感到羞恥，也為所有存在它面前的人與物感到羞恥。

它不存在，這甚至令人氣憤。倘若我站起身，把這張唱片從托著它的唱盤拿起，把它折裂成兩半，我也觸及不到**它**，它超越之上——永遠超越某個東西之上，超越歌聲，超越小提琴的一個樂音。它穿過一層又一層厚厚的存在，顯露出來，細薄卻堅實，你想抓住它，碰觸到的只是存在物，撞上的只是毫無意義的存在物。它在這些存在物的後面，我連聽都聽不到它，我聽見的只是聲音、只是揭示它的空氣振動。它不存在，因為它沒有任何多餘的東西，與它相較，所有其他一切才是多餘。它不存在，它是**它**。

而我，我也想要**是**我，甚至可說我想要的只有這個，整件事簡而言之就是這樣。我對自己生命外表的失序看得很清楚：在所有似乎互無關聯的嘗試之中，我發現藏在深處同樣的希望，那就是把存在驅逐於我身外，把每時每刻的油膩去除、擰乾、曬乾，淨化自己、堅定自己，讓它像薩克斯風的樂音一樣清晰準確。這甚至可以寫成一則寓言：從前有個可憐的男人錯識了世界，他和其他人一樣，存在於這個滿是公園、小餐館、商業城市的世界上，但是他想說服自己他是活在另一個地方，活在畫作的畫布之後，和丁托列托[69]畫筆下的總督、和戈佐利[70]畫筆下嚴肅的佛羅倫斯仕紳在一起；活在書籍的扉頁之後，和法布利斯・東戈以及朱利安・索黑爾[71]在一起；活在唱片之後，和爵士樂乾澀的長吟在一起。之後呢，在鬧了一堆笨事之後，他才明瞭，他才睜開眼睛，他才看到這是一場誤會：他只不過在一家小餐館裡，面前擺著一杯溫熱的啤酒，他坐在長凳上不知如何是好，心想：我真是個笨蛋。就在這一刻，在存在的另外一面，在只能遠遠望見卻永遠無法靠近的另一個世界，一個小小的旋律開始起舞，開始唱著：「應該像我們一樣，有節奏有節制地受苦。」

那聲音唱著：

69 譯注：丁托列托（Tintoret），義大利文藝復興晚期的威尼斯畫家。
70 譯注：戈佐利（Gozzoli），義大利文藝復興早期畫家。
71 譯注：法布利斯・東戈（Fabrice del Dongo）是法國十九世紀寫實主義作家斯湯達爾的著名小說《帕爾瑪修道院》中的主人翁。朱利安・索黑爾（Julien Serel）是同作家另一本《紅與黑》（*Le Rouge et le Noir*）的主人翁。

未來的某一天，

你會想念我，親愛的！[72]

唱片大概在這裡磨壞了，發出奇怪的雜音，有某種令人錐心的東西：唱針在唱盤上輕輕跳動，然而絲毫無法觸及旋律。這旋律如此遙遠——遠遠在後面。這一點，我也明白了：唱片會磨損，女歌手或許死了，我呢，我也要走了，乘火車離去。但是在這從一個現在落入另一個現在、既無過往也無未來的存在物的後面，在這一日復一日瓦解、嘶啞、滑向死亡的聲音的後面，旋律依然不變，年輕而堅韌，像個無情的見證。

歌聲止息了，唱片轉了一會兒之後停了。咖啡館擺脫了這個令人厭煩的夢影，正在反覆思忖，一再思量存在的喜悅。女老闆一臉通紅，在她那新情人白胖的臉頰上刷了兩耳刮子，但是那白臉頰上還是沒顏色，是死人的臉頰。我呢，我滯留不動，半昏睡狀態。再過一刻鐘就要上火車了，但我現在不去想這個，我想的是一個剃光了頭、眉毛粗黑的美國人，在紐約一棟大樓的第二十一樓熱得快窒息。紐約上方的天空燒紅一片，藍色的天空著了火，黃色的巨大火焰舔噬著屋頂，布魯克林的孩童們換上泳褲跑到澆水器下。第二十一層樓的那個黝暗房間裡在熱焰下蒸騰，那個黑眉毛美國人嘆著氣、喘著息，臉上汗流如注。他坐著，只穿著襯衫，坐在鋼琴前面；他嘴裡有股菸味，腦袋裡有模模糊糊、若有似無的〈時光匆匆〉的旋律。再過一個鐘頭湯姆會來，屁股下掛著扁平酒壺，他們會癱在皮製扶手椅上，大口喝著烈酒，陽光的炙熱燃燒著他們的喉嚨，他們將會感到炎熱的巨大困倦，但是得先把這旋律記下來，〈時光匆匆〉。汗濕的手抓起鋼琴上的鉛筆，*未來的某一天，你會想念我，親愛的。*

事情的經過就像這樣，到底是不是這樣，這無關緊要。這首歌是這樣誕生的，它選擇從這眉毛漆黑如炭的猶太人筋疲力盡的身上誕生。他無精打采地拿著筆，汗珠從戴著戒指的手指一滴滴落在紙上。為什麼不是我呢？為什麼偏偏是灌滿骯髒啤酒和烈酒的這隻肥胖笨牛實現了這個奇蹟呢？

「瑪德蓮，能再放一次唱片嗎？一次就好，在我離開之前。」

瑪德蓮笑了起來，她搖動手柄，樂曲又開始，但是我不再想我自己，我想的是遠方那個人，七月裡的一天，在他炎熱難忍的房間裡創作了這樂曲。我試著**透過**旋律，透過薩克

72編注：這段歌詞擷取自謝爾頓・布魯克斯（Shelton Brooks）所作的〈時光匆匆〉（Some of These Days），小說中提到的這張專輯由歌手蘇菲・塔克所演唱。

斯風蒼白而微酸的樂音想著他。他創作了這首曲子，他過得並不好，一切都不盡如人意：有帳單要付，不知哪裡有個女人對他心懷怨懟，然後還有這把人變成一堆融化油脂的恐怖熱浪。這一切既不美觀也不光彩，但是當我聽到這首歌，想到創作這首歌的那個人，我覺得他的痛苦和他的汗流浹背……相當感人。他真走運，而且連他自己都沒意識到，他可能想：要是運氣好一點，這東西好歹讓我賺上五十美金！這麼多年來，這是頭一次有個人讓我覺得感動，我想多了解這個人，我對他遭受到的困難、他是否有太太或是單身一人感到興趣。這完全不是出於人道，正好相反，只是因為他創作了這首曲子。我並不想結識他——何況他或許已經作古，只是想知道他的一些生平事蹟，在聽這唱片時能夠不時想到他。我想若是有人對他說，在法國第七大城市的火車站附近，有個人想著他，他一定也毫不在乎，但換作是我，我會很開心，我很羨慕他。我得動身了，我站起來，但遲疑了一會兒，想聽那黑女人的歌聲，聽最後一次。

她開始唱，這一下，有兩個人得救了：那個猶太人和黑女人，得救了。他們或許以為自己沉淪到底了，淹沒在存在裡。然而，沒有人會像我想到他們這樣想到我，懷著如此的溫柔，沒有人，甚至安妮也不會。對我來說，他們有點像逝者，像小說裡的主人翁，洗淨了存在這個原罪，當然不是完全洗淨，但已經是一個凡人能做到的極限。這個想法突然間令我震驚，我本來連這個都已不敢奢望，我感到有點什麼東西怯怯地輕觸著我，我一動都不敢動，唯恐它消失。這是某個我已經不識的東西：一種欣喜的感覺。

黑女人唱著，所以我們可以認為她的存在是有意義的？或許一丁點？我感到萬般膽怯，並非我抱著很大的希望，而是我像個在雪地裡行走、完全凍僵了的人，突然進到一個暖和的房間裡，我想他會站在門邊一動不動，身子還冰冷，全身緩緩打著顫。

未來的某一天，
你會想念我，親愛的！

我難道不能試一試……當然不是樂曲旋律……但不能是另一種類型嗎……？應該是一本書，因為我不會其他的，但不是歷史書，歷史談的是曾經存在過的，而一個存在物永遠不能證明另一個存在物的存在價值，我犯的錯誤就是想要讓侯勒邦先生復活。我要寫的是另一種書，我還不太清楚是哪一種，但必須讓人在印刷的字句、在書的扉頁後面，意會某個從未存在過的東西，某個超乎存在之上的東西，譬如一個不會發生的故事，一個奇遇的故事，它必須美麗且如鋼一般堅硬，必須讓人對自己的存在覺得羞愧。

我要走了，我感覺茫然。我不敢做出決定，要是我能確定自己有這個天分就好了……但是我從來、從來沒嘗試過這種小說寫作，頂多寫過一些關於歷史的文章，但是一本書，一本小說，從來沒有。將來讀這本小說的人會說：「這是安端．羅岡丹寫的，他是個一天到晚泡在咖啡館的紅髮傢伙」，然後他們會想到我的生活，就像我想到黑女人的生活一樣，彷彿想到某個珍貴、半傳奇性的東西。一本書，當然首先會是令人厭煩而勞累的工作，它無法阻止我存在，以及感覺我存在；但是書總會有寫完的時候，書將在我身後，它的光芒將稍微照亮我的過去，那麼，或許透過它，我能夠不帶厭惡地回顧自己的人生。或許有一天，當我回想起此時此刻，回想到我駝著背等著上火車的這個沉悶時刻，我會感到心跳加速，對我自己說：「就是那天，就是在那個時刻，一切都開始了。」那麼我終於能夠——在這之後，只有在這之後——接受我自己。

夜降臨了，春天旅館二樓的兩扇窗子剛剛亮了燈，新車站的工地發出濃烈的濕木頭氣味：明天，布城會下雨。

沙特年表

一九〇五年　出生於法國巴黎。

一九二四年　開始於巴黎高等師範學院求學，該校的入學選拔考試以競爭激烈著稱，堪稱法國思想的搖籃。

一九二九年　取得哲學博士學位，並開始於勒阿弗爾高中（Lycée du Havre）執教。

一九三三年　前往柏林，進修胡塞爾現象學，並陸續寫了《自我的超越》（*Transcendance de l'Ego*）、《想像》（*L'Imagination*）等現象學研究論文。

一九三七年　發表短篇小說〈牆〉，並於兩年後收錄於小說集《牆》出版。

一九三八年　第一本長篇小說《嘔吐》出版。此書原名「憂鬱」，後沙特接受出版社建議修改題名。

一九三九年　受徵召入法國軍隊，但被德國人俘虜，並在戰俘營中度過了九個月。逃出戰俘營後，沙特回到巴黎創辦了一個抵抗組織，名為「社會主義與自由」（Socialisme et liberté）。

一九四三年　發表最重要的代表作《存在與虛無》，提出「存在先於本質」的主張，並以此奠定其學術地位。同時也加入抵抗組織，為《法國信使報》和《法蘭西文學》做工作。

同年，伽利瑪出版社出版了沙特的劇作《蒼蠅》（*Les Mouches*）。

一九四四年　沙特的新戲《間隔》（*Huisclos*）公演，大獲成功，戲劇中的台詞「他人即地獄」成為沙特最為人熟知的名言之一。其後沙特陸續有許多劇本創作。

一九四五年　與西蒙·德·波娃創立《摩登時代》（*Les Temps modernes*）雜誌，以批判性的分析文章、戰鬥的風格在新聞界與政治圈引起了一陣騷動。

沙特於戰爭期間完成了多卷本長篇小說《自由之路》（*Les Chemins de la liberté*），包括第一卷《理性時代》（*L'Age de Raison*）和第二卷《延緩》（*Le Sursis*）。

同年十月，沙特在現代俱樂部發表了著名的「存在主義是一種人道主義」

演講。

一九四八年　受邀擔任革命民主同盟執行委員，開始介入政治活動，但不久就和其領導人胡賽之間產生分歧並且日趨嚴重。

一九五一年　卡繆的小說《反抗者》出版，譴責訴諸暴力的革命方式。沙特隨即於《摩登時代》刊登大力抨擊《反抗者》的評論，引起公眾注目，兩人也從此分道揚鑣。

一九五二年　在政治上逐漸傾向共產黨，發表《共產黨人與和平》（*Les communists et la paix*）試圖說明共產黨和工人間的關係，分析造成罷工失敗的根源。沙特的政治立場轉向雖然得到編輯部大部分人的贊同，但仍導致一些人離開了《摩登時代》雜誌，其中包括梅洛—龐蒂。

一九五四年　公開反對法國和阿爾及利亞的戰爭，當局因此指控其「有害國家安全」。

一九五五年　和西蒙·德·波娃應邀到中國訪問。同年十一月，中國《人民日報》發表了沙特的文章〈我對新中國的感受〉。

一九六〇年　在古巴最大的報紙《革命報》主編的邀請下與西蒙·德·波娃訪問古巴，稱讚古巴「是一種直接的民主制」並感嘆「這是革命的蜜月」。同年，兩人訪問巴西，在里約熱內盧大學公開抨擊戴高樂和馬爾羅，使得沙特被視為法國的敵人。從此不斷受到暗殺威脅。

完成了第二部重要的哲學著作《辯證理性批判》（*Critique de la raison dialectique*）的第一部分，其中《存在主義與馬克思主義》一文引起回響；而該著作的第二部分則一直沒有完成。

一九六三年　《摩登時代》雜誌刊登了沙特的自傳性小說《沙特的詞語》。

一九六四年　獲得了諾貝爾文學獎的提名並獲獎；但沙特拒絕領獎，理由是他一向否定官方的榮譽；在晚年的口述中，他表示，拒絕領獎是因為它把作家和文學分等級。

一九六八年　法國大學發生反對越南戰爭和校規的學運；沙特與波娃等人發表了支持學生行動的聲明，並前往大學發表演講。

一九七三年　擔任了左派報紙《解放報》（*Libération*）的主編。此時沙特眼睛已經近乎失明，生活上多由波娃與其養女照顧。

一九八〇年　沙特逝世。終生伴侶西蒙·德·波娃在他去世後，以沙特最後十年生活為基礎，寫了回憶沙特的作品《再見沙特》和沙特的書信集《與沙特的對話》。

GREAT! 58 **嘔吐**
La Nausée by Jean-Paul Sartre

作者	沙特（Jean-Paul Sartre）
譯者	嚴慧瑩
封面設計	莊謹銘
主編	徐凡
責任編輯	李培瑜
校對	呂佳真
國際版權	吳玲緯　楊靜
行銷	闕志勳　吳宇軒　余一霞
業務	李再星　李振東　陳美燕
總編輯	巫維珍
編輯總監	劉麗真
事業群總經理	謝至平
發行人	何飛鵬
出版	麥田出版 地址：115台北市南港區昆陽街16號4樓 電話：(02)2500-0888　傳真：(02)2500-1951
發行	英屬蓋曼群島商家庭傳媒股份有限公司城邦分公司 地址：115台北市南港區昆陽街16號8樓 網址：www.cite.com.tw 客服專線：(02)2500-7718｜2500-7719 24小時傳真專線：(02)2500-1990｜2500-1991 服務時間：週一至週五09:30-12:00｜13:30-17:00 劃撥帳號：19863813　戶名：書虫股份有限公司 讀者服務信箱：service@readingclub.com.tw
香港發行所	城邦（香港）出版集團有限公司 地址：香港九龍九龍城土瓜灣道86號順聯工業大廈6樓A室 電話：+852-2508-6231　傳真：+852-2578-9337
馬新發行所	城邦（馬新）出版集團【Cite(M) Sdn. Bhd.】 地址：41, Jalan Radin Anum, Bandar Baru Seri Petaling, 57000 Kuala Lumpur, Malaysia. 電話：+603-9056-3833　傳真：+603-9057-6622 讀者服務信箱：services@cite.my
麥田部落格	http://ryefield.pixnet.net
印刷	漾格科技股份有限公司
初版1刷	2023年7月
初版7刷	2024年6月
售價	450元
ISBN	978-626-310-454-9（平裝）
EISBN	978-626-310-478-5（EPUB）

國家圖書館出版品預行編目（CIP）資料

嘔吐／沙特（Jean-Paul Sartre）著；嚴慧瑩譯. －－
初版. －－ 臺北市：麥田出版：英屬蓋曼群島商家
庭傳媒股份有限公司城邦分公司發行, 2023.07
面：　公分. －－（Great!；RC7058）
譯自：La Nausée
ISBN 978-626-310-454-9（平裝）

876.57　112005444

城邦讀書花園
www.cite.com.tw

Printed in Taiwan.
本書若有缺頁、破損、
裝訂錯誤，請寄回更換。